Elizabeth Cody Kimmel

Willst du meine beste Freundin sein?

cbj

© Penny Millar

Elizabeth Cody Kimmel, aufgewachsen in New York City und Brüssel, ist schon seit ihrer frühesten Kindheit eine begeisterte Leserin, Käuferin und Verehrerin von Büchern. Mittlerweile ist sie selbst Autorin zahlreicher Bücher. Elizabeth Cody Kimmel lebt mit ihrer Familie in New Yorks Hudson Valley. Sie verbringt ihre knapp bemessene Zeit mit Lesen, Wandern, Singen, Klettern, Wäschewaschen und dem Versuch, telepathisch mit ihrem Beagle zu kommunizieren.

ELIZABETH CODY KIMMEL

Willst du meine beste Freundin sein?

Aus dem Amerikanischen
von Bettina Spangler

cbj

cbj
ist der Kinder- und Jugendbuchverlag
in der Verlagsgruppe Random House

MIX
Papier aus verantwortungsvollen Quellen
FSC® C014496

Verlagsgruppe Random House FSC-DEU-0100
Das für dieses Buch verwendete FSC®-zertifizierte Papier *München Super Extra* liefert Arctic Paper Mochenwangen GmbH.

1. Auflage
Erstmals als cbj Taschenbuch September 2012
Gesetzt nach den Regeln der Rechtschreibreform

Die Originalausgabe erschien
unter dem Titel »Spin the Bottle«
bei Dial Book for Young Readers, einem Imprint der Penguin Young Readers Group
Übersetzung: Bettina Spangler
Umschlagkonzeption: basic-book-design, Karl Müller-Bussdorf
MP · Herstellung: CB
Satz: EDV-Fotosatz Huber, Verlagsservice G. Pfeifer, Germering
Druck: GGP Media GmbH, Pößneck
ISBN 978-3-570-22348-2-2
Printed in Germany

www.cbj-verlag.de

Für Ashton Crosby – einfach unentbehrlich,
im Klassenzimmer wie auf der Bühne.
E. C. K.

1

Bühne frei

»Jetzt mach mal den Mund wieder zu«, flüsterte Harper, während wir die Turnhalle betraten, wo die Anmeldung für die Wahlfächer stattfand. Harper war meine beste Freundin, und deshalb meinte sie es auch nett mit mir, wenn sie solche Sachen sagte. Ist doch klar, dass keiner gern am allerersten Tag in der Mittelstufe aussehen wollte, als hielte er Maulaffen feil. Und schon gar nicht, wenn man sich nach Jahren des Wartens endlich für die Theatergruppe anmelden will.

Die Theatergruppe war im Grunde das Einzige, was ich an der Mittelstufe echt gut fand. Okay, klar haben wir auch schon in der Grundschule so getan, als würden wir »Stücke« inszenieren, aber normalerweise war das nicht viel mehr als der Ententanz oder eine Aktion, bei der wir uns als eine der Lebensmittelgruppen verkleiden durften. Einmal, da mussten sieben von uns die Wochentage tanzen. Ich war der walzertanzende Mittwoch. Talent musste man dazu nicht wirklich vorweisen können, und das Ganze fand in der Turnhalle statt. Der reinste Albtraum. Singende Tomaten und tanzende Hühnchen sag ich nur.

Da Harper noch nicht entschieden hatte, wo ihre Interessen so lagen (derzeit liebäugelte sie mit Astronomie, Kunst, mittelalterlicher Geschichte und der Quantenphysik), und weil wir immer ganz gern alles gemeinsam machten, hatte sie jetzt vor, sich ebenfalls für die Theatergruppe einzuschreiben. Im Zeugnis bekam man dafür ein paar Extrapunkte, und außerdem hatte ich Harper eingeredet, die würden sie vielleicht bei den diversen Produktionen die Gestaltung der Programmhefte übernehmen lassen. Ich meine, die wären ja echt bescheuert, sie es nicht wenigstens versuchen zu lassen. Harper zeichnete nämlich besser als irgendein Mensch, den ich kannte.

Wir standen bei den anderen Siebtklässlern rum, wie eine Herde verirrter Kälber, als eine miesepetrig dreinschauende Dame mit kurz geschnittenem weißen Haar namens Mrs Harley unnötigerweise verkündete, wie die Anmeldeformalitäten für die diversen Gruppen abliefen.

Harper stellte sich ganz gerade hin, weil sie nämlich ein netter Mensch ist und sich Autoritätspersonen gegenüber immer gern kooperativ zeigt.

»Jungs und Mädchen«, rief Mrs Harley und kniff die Augen zusammen.

Jungs und Mädchen? Ich wurde irgendwie das Gefühl nicht los, dass wir diese Bezeichnung eigentlich mit der Grundschule hätten hinter uns lassen sollen.

»RUHE!«, blaffte Harper. Das kam so schnell, unerwartet und ohne eine Veränderung des Gesichtsausdrucks, dass keiner genau zu wissen schien, wo es eigentlich herkam. Unsere Gruppe wurde sofort still. Das ist meine Harper. Sie kann sich solche Sachen erlauben, eben weil es keiner von ihr erwartet. Sie ist total das Superhirn, und Superhirne brüllen normalerweise keine Befehle. Und schon gar nicht gleich am ersten Tag der Mittelstufe.

»Nun denn«, sagte Mrs Harley. »Dann hört jetzt mal gut zu.«

Sie lispelte ein klein wenig, wenn sie sprach. Wieder kniff sie die Augen zusammen und schürzte die Lippen, als hätte sie einige von uns bereits im Verdacht, Schlimmes auszuhecken.

»Bitte seht euch jede einzelne Aktivität zunächst genau an, bevor ihr entscheidet, wofür ihr euch eintragen wollt. Wenn ihr euch einer Gruppe anschließt, ist dies bindend. Einige Gruppen sind zeitaufwendiger als andere. Wählt klug, Jungs und Mädels. Nehmt euch nicht zu viel vor.«

Als Mrs Harley uns schließlich gestattete, die verschiedenen Tafeln anzusehen, auf denen sich die Gruppen vorstellten, blieb Harper im Hintergrund und ließ dem Rest der Menge erst mal den Vortritt. Ich tat es ihr gleich.

Ungefähr zum zehnten Mal an diesem Tag dankte ich im Stillen meinem Schicksal, dass Harper bei mir war. Wir waren schon seit der zweiten Klasse die besten Freundinnen, und mittlerweile war sie fast so etwas wie ein Teil meiner selbst. Wenn ich irgendetwas irrsinnig komisch fand, dann ging es Harper immer genauso. Wenn Harper jemanden von Anfang an nicht leiden konnte, dann stellte sich früher oder später stets heraus, dass ich die ganze Zeit genauso gedacht hatte. Und ab und zu kamen wir sogar drauf, dass wir in der Nacht wieder einmal das Gleiche geträumt hatten.

»Du machst doch hundertpro mit bei der Theater-AG, oder?«, erkundigte ich mich bei Harper, während wir uns zur Mitte der Turnhalle durcharbeiteten.

»Klar, das weißt du doch, Pheebs«, entgegnete Harper und drückte meinen Arm. Erleichtert sah ich sie an. Harpers Hautfarbe hatte einen leichten Olivton, was dafür sorgte, dass sie selbst im grässlich grellen Licht der Turnhalle total hübsch aussah.

»Und wenn die je eine Physik-AG gründen, dann kommst du mit mir dahin, okay?«, fügte Harper noch hinzu.

»Solange du das mit dem Rechnen und mit den Kernspaltexperimenten übernimmst, Harp, wäre es mir eine Freude, mit dir der Physik-AG beizutreten.«

Harper lachte, weil sie wusste, dass ich noch nicht mal wusste, was Kernspaltung eigentlich war. Obwohl mir zumindest klar war, dass es etwas mit Physik zu tun hatte und irgendwie ziemlich witzig klang.

»Ist schon komisch, jetzt hier zu sein«, meinte ich. »Alles sieht so …«

»… unecht aus«, pflichtete Harper mir bei. »Als wäre das nicht real. Als …«

»… als wäre das alles nur die Kulisse für ein Stück!«, beendete ich den Satz. »Und wenn wir alle nach Hause gehen, räumen sie die Kulissen wieder weg.«

Harper nickte grinsend.

»Sogar die ganzen Kids sehen seltsam aus«, ergänzte ich noch.

Die Jungs, die ich in der sechsten Klasse so gekannt hatte, schienen den Sommer über fast ausnahmslos eine Verwandlung durchgemacht zu haben, sie waren wie mutiert. Einige von ihnen sahen aus, als hätte man sie auf der Streckbank in die Länge gezogen. In einige Stimmen schlich sich immer wieder mal ein peinliches Gekrächze und Gekiekse ein. Und manche von den Jungs hatten sich das Haar wachsen lassen, sodass es ihnen bis über die Augen und die Nase fiel und sie aussahen wie gruselige Muppets. Auch einige von den Mädchen hatten sich verändert. Mir fiel auf, dass manche von ihnen hohe Absätze und Handtaschen trugen, außerdem zeichnete sich bei ihnen dezent, aber unübersehbar die Unterwäsche ab.

Abgesehen von der halben Schuhgröße, die ich über den Sommer zugelegt hatte, war ich immer noch mit meiner Sechstklässlerversion identisch. Alles, was bei mir flach gewesen war, war auch jetzt flach. Ich war weit davon entfernt, perfekt zu sein, und im Grunde total unscheinbar, aber daran war ich ja gewöhnt. Zum Glück hatte sich auch Harper nicht groß verändert. Wir waren nun schon seit fünf Jahren wie Pech und Schwefel, und jetzt steckten wir eben auch gemeinsam fest und entwickelten uns nicht weiter. Es war mir ein Trost inmitten dieses Mittelstufen-Wahnsinns.

»Siehst du irgendwo die Theater-AG?«, fragte ich ungeduldig.

An der Wand entlang waren Tische und Schautafeln der verschiedenen AGs aufgereiht. Einige der Gruppen, wie das sogenannte »Schuljahrbuch-Komitee«, hatten ganze Menschenmassen angezogen. Andere wiederum, wie beispielsweise der »Lateinklub«, hatten niemanden locken können. Der Stand war absolut verlassen, abgesehen von einem einzigen Schüler, der trübsinnig an einem Gameboy herumfummelte.

»Da drüben«, meinte Harper schließlich und deutete mit dem Finger in die Richtung.

Ja. Da war er. Der Stand der Monroe-Middle-School-Theater-AG, wie ein Banner verkündete, das stolz über einen riesigen Tisch voller alter Poster und Programmhefte von früheren Produktionen gespannt war. Ich kannte sie alle, weil ich mir die vergangenen zwei Jahre jedes einzelne Stück angesehen hatte. Ich hatte Klassiker gesehen wie *Cabaret*, *Evita*, *König der Löwen* und die *Weihnachtsgeschichte*, die in der örtlichen Zeitung mit Fotos und allem Drum und Dran besprochen worden waren. Ich kannte die Namen sämtlicher Personen, die je eine Hauptrolle übernommen hatten, weil ich die Programme auswendig kannte, und deswegen wusste ich auch, dass es sich bei dem Mädchen hinter dem Tisch der Theater-AG um die legendäre Delilah Fortescue handelte.

In der Welt des Mittelstufentheaters war Delilah so was wie eine intergalaktische Berühmtheit. Sie und Bud Gelcho waren inzwischen in der neunten, und beide hatten in den vergangenen drei Produktionen

Hauptrollen gespielt. Es wurde sogar getratscht, dass Bud und Delilah seit dem Sommer ein Paar waren.

»Oh Mann, Harper, siehst du, wer da sitzt?«, flüsterte ich ihr aufgeregt zu.

Harper schüttelte den Kopf. Sie hatte mich zu vielen der Vorstellungen der Theater-AG begleitet, doch hatte sie bei Weitem nicht mein enzyklopädisches Wissen was Namen, Gesichter und Theaterkarrieren anging. Man stelle sich das vor.

»Das ist Delilah Fortescue«, wisperte ich ehrfürchtig.

»Los, komm, da ist gerade nichts los«, meinte Harper. »Schnell rüber, solange sich keine Schlange gebildet hat.«

Das war das Tolle an Harper. Wenn ich mit ihr zusammen war, fühlte ich mich viel mutiger, viel selbstbewusster. Unsere Gehirne arbeiteten absolut synchron. Aber sobald ich alleine war, kam es mir fast so vor, als würde sich mein inneres Ich vom äußeren Ich abspalten. Das innere Ich war einzigartig, aufgeweckt, kreativ und vielleicht sogar ein wenig geheimnisvoll. So war ich in Harpers Gegenwart. Doch manchmal, wenn ich allein war, wurde das innere Ich vom äußeren Ich eingewickelt wie eine Mumie. Dann war ich mit einem Mal tollpatschig und nervös und redete vollkommen peinliches blödes Zeug. Außer wenn ich Theater spielte, da passierte mir das nie. Mein walzertanzender Mittwoch zum Beispiel war kein bisschen unbeholfen oder nervös gewesen. Diese Rolle verkörperte den Inbegriff von Haltung und Anmut.

Harper nahm mich am Arm und steuerte auf den Tisch der Theater-AG zu. Dem Himmel sei Dank. Jetzt war wirklich nicht der Zeitpunkt, da ich es gebrauchen konnte, dass mein äußeres Ich die Kontrolle übernahm und mich dazu brachte, die idiotischsten Dinge zu sagen oder zu tun.

Plötzlich fühlte ich mich, als wäre ich in einen Teilchenbeschleuniger geraten. Es schien fast, als wäre ich durch Zeit und Raum gebeamt worden, weil ich plötzlich direkt vor Delilah Fortescue stand, die mir ein breites Lächeln schenkte. Und ich konnte mich nicht daran erinnern, dass ich den Raum durchquert hätte.

»Hi! Ich bin Delilah. Seid ihr beide denn an der Theater-AG interessiert?« Ich hatte Delilah Fortescue noch nie aus der Nähe gesehen. Man konnte kaum ihr Gesicht erkennen, weil sie eine Baseballmütze trug, auf der »König der Löwen« stand, und die hatte sie sich tief in die Stirn gezogen. Am liebsten hätte ich ihr die runtergerissen, damit ich sie mir genau ansehen konnte.

»Ich bin Harper«, meinte Harper. Ich fand es echt toll, dass es ihr nie etwas ausmachte, als Erste den Mund aufzumachen. Jetzt, da sie das Eis gebrochen hatte, war ich bereit, ebenfalls einen Vorstoß zu wagen. Ich atmete einmal tief durch.

»Mein Name ist Phoebe«, sagte ich. »Wir würden uns beide gern für die Theater-AG einschreiben.«

»Großartig!«, rief Delilah, und ich fragte mich sofort, ob ihnen vielleicht noch Leute fehlten in diesem Jahr, weil sie gar so glücklich darüber klang, dass wir mitmachen wollten. »Könnt ihr denn beide schauspielern?«

»Ich schon«, bestätigte ich. Ich hatte das Gefühl, als würde ich eine Astralwanderung erleben. Ein Teil von mir stand da neben Harper, so unheimlich cool, und plauderte mit Delilah Fortescue höchstpersönlich. Ein anderer Teil von mir schwebte irgendwo weit oben zwischen den Basketballkörben und sah zu, wie ich mich mit Delilah unterhielt und total aus dem Häuschen geriet. Auch wenn die Kappe sie verdeckte, war es ohne Zweifel die Delilah Fortescue, die ich auf der Bühne gesehen hatte, nur dass ihre Gesichtszüge jetzt viel weniger ausgeprägt und auch unscheinbarer wirkten. Das Haar, das unter der Baseballmütze hervorlugte, sah schön aus – wellig und gestuft, fast schon honigfarben.

»Harper würde sich gern hinter der Bühne nützlich machen. Sie könnte beim Entwerfen der Programmhefte mithelfen. Ich meine, wenn ihr dafür jemanden braucht. Weil sie nämlich total gut zeichnen kann.«

»Im Ernst?«, hakte Delilah nach. »Das ist ja der *Hammer!* Wir tun uns echt schwer, Leute zu finden, die sich um das Design der Programmhefte kümmern.«

Strahlend sah ich Harper an. Das lief ja super.

»Also, ihr braucht eigentlich nur eure Namen und eure Telefonnummern in diese Liste hier eintragen. Ihr müsst noch eine Einverständniserklärung eurer Eltern mitbringen, da die Treffen zum Teil nach der Schule stattfinden und sie euch abholen müssen, weil ihr den Bus nicht nehmen könnt. Morgen um halb vier findet ein erstes Orientierungstreffen statt, und dann fängt Mr Romeo, unser Theaterlehrer, auch schon mit dem Vorsprechen für die Herbstproduktion an. Ich weiß nicht, ob ihr es schon gehört habt, aber wir wollen *Schwere Jungs, leichte Mädchen* inszenieren. Und wenn ihr das Stück nicht kennt, dann kann ich euch versichern, das wird der Oberhammer!«

Ich kannte das Musical ganz vage – es war ein echter Oldie. Doch in diesem Moment war es mir egal, ob wir Händels *Messias* in Samtroben und Rollschuhen aufführten. Ich wollte einfach mitmachen, egal wobei.

»Aber müssen wir uns auf das Vorsprechen nicht erst vorbereiten?«, fragte ich.

Delilah lachte auf und schüttelte den Kopf. Ich spürte, wie es mich angesichts meiner Unwissenheit heiß überlief.

»Nein, so läuft das nicht. Ich meine, wenn ihr das Stück kennt, umso besser, aber im Grunde braucht man sich nur eine Rolle auszusuchen und dann den Text vorzulesen, den man ausgehändigt bekommt. Wenn man sich um eine Gesangsrolle bewirbt, braucht man nichts aus dem Musical zu singen. Man kann sich aussuchen, was man will, solange der Pianist das hinbekommt, und das trifft auf so gut wie alles zu. Im Ernst, ist keine große Sache. Beim Treffen werden Infoblätter verteilt, da steht alles drauf. Aber um ehrlich zu sein, es ist normalerweise echt besser, einfach zu improvisieren. Wenn man sich zu viele Gedanken macht über die, na ja, ungefähr sieben Zeilen, die sie einem für das Vorsprechen geben, dann übertreibt man es meistens. Versteht ihr?«

Ich nickte ganz ernsthaft. Ich fühlte mich jetzt nicht mehr ganz so blöd, stattdessen löste sich meine Scham nun in Dankbarkeit auf. Delilah hatte recht. Es war wirklich besser, einen Text völlig unvoreingenommen vorzulesen, statt sich stundenlang damit zu beschäftigen und ihn zu Tode zu analysieren.

»Okay, alles klar, wo sollen wir unterschreiben?«, erkundigte ich mich.

Delilah strahlte übers ganze Gesicht und hielt mir das Klemmbrett mit der Liste hin.

Harper unterschrieb als Erste, dann reichte sie das Klemmbrett an mich weiter. Ich nahm zwei Vordrucke für die Einverständniserklärungen, einen für jede von uns, dann gab ich Delilah die Liste zurück.

»Okay, großartig! Gratuliere, Leute, und willkommen bei der Theater-AG! Wie gesagt, wir werden einen Riesenspaß haben. Wir veranstalten Partys, bei denen wir am Bühnenset arbeiten, und es gibt Pizza, wenn es bei den Proben mal etwas später wird. In der Gruppe sind alle total witzig. Du solltest dich um einen Assistenzjob als Produzentin bewerben, Harper, dann kannst du auch bei den Proben dabei sein«, meinte Delilah.

Ich drehte mich zu Harper um und nickte mit ernster Miene. Harper *musste* einfach bei den Proben dabei sein – das wäre echt tausendmal besser, als wenn ich da allein ohne sie hinmüsste.

»Manchmal erlaubt Mr Romeo, dass wir unsere eigene Musik auf der Anlage laufen lassen, während wir uns aufwärmen – dann ist es fast so, als wäre man auf einem Megakonzert! Echt jetzt, das ist alles total toll«, schwärmte Delilah. Dann lehnte sie sich zu uns herüber und senkte ihre Stimme. »Obwohl mein persönlicher Favorit immer noch das traditionelle Flaschendrehen am Premierenabend ist«, fügte sie verschwörerisch hinzu.

Delilah grinste uns beide an, und tja, ich stand einfach bloß da wie ein Feuerhydrant. Stocksteif, ohne einen Ton von mir zu geben. Ich war mir einfach nicht sicher, ob ich Delilah richtig verstanden hatte. Es hatte sich fast so angehört, als hätte sie was von *Flaschendrehen* gesagt. Oder hatte ich mich verhört? Obwohl Harper neben mir stand, schaltete mein äußeres Ich sofort um auf Mumienmodus, sodass meine Sprechmuskeln wie gelähmt waren. Ich warf einen Seitenblick auf meine beste Freundin, die mich nun ihrerseits ansah, die Augenbrauen hochgezogen. Eine von uns beiden würde jetzt wohl oder übel was sagen müssen.

»Häh?«, machte ich deshalb.

Na toll, echt genial.

Delilah schlug sich die Hand vor den Mund, um ihr Lachen zu verbergen.

»Tut mir leid. Ich hätte das Flaschendrehen nicht erwähnen dürfen, wo ihr euch doch gerade erst angemeldet habt! Ich dachte nur, ihr macht so einen coolen Eindruck, und das Flaschendrehen ist eins der größten Geheimnisse der Theater-AG. Das ist so was wie ein Aufnahmeritual! Total witzig, echt. Ich will euch keine Angst machen, ehrlich!«

»Das macht mir keine Angst«, meinte Harper, und ich nahm ihr das auch ab. Harper war so was von gar nicht an Jungs interessiert, daher überraschte es mich nicht, dass ihr beim Gedanken an Flaschendrehen nicht flau im Magen wurde. Was mich betraf, hätte ich das nicht behaupten können.

Ich gab mir alle Mühe, völlig cool zu tun. Ihr wisst schon, nach dem Motto: »Aber klar, Mann, total!« Aber mein Gesicht zeigte sich kein bisschen kooperativ.

»Vergesst, was ich gesagt habe«, meinte Delilah. Sie streckte die Hand aus und drückte beruhigend mein Handgelenk. »Vergesst nicht, das Vorsprechen ist morgen um halb vier. Dann fängt der Spaß richtig an!«

Ich spürte, dass mittlerweile jemand hinter mir stand und darauf wartete, dass Delilah ihm ihre Aufmerksamkeit schenkte.

»Okay, danke«, meinte ich. Dann traten Harper und ich zur Seite und gingen vom Tisch weg. Ich bemerkte ein Mädchen mit blonden Locken und Apfelbäckchen, das direkt hinter uns gestanden hatte und ungeduldig auf den Fersen wippte. »Bis morgen dann.«

Ich verspürte den Drang, Harper sofort rüber in die Ecke zu zerren, um Delilahs Verhalten und jedes ihrer Worte genau zu analysieren, doch Harper hatte soeben den Tisch des »Künstlerkollektivs« entdeckt, den sie sich genauer ansehen wollte.

Also trottete ich hinter ihr her. Ich hatte erledigt, weshalb ich gekommen war. Ich war nun ganz offiziell ein Mitglied der Theater-AG der Monroe-Middle-School.

Obwohl ich mich mit meiner Unterschrift zu weit mehr verpflichtet hatte, als ursprünglich gedacht.

2

Begegnung der dritten Art

Harper und ich nutzten in der Pause die Gelegenheit, den entlegeneren Bereich des Pausenhofs zu erforschen. In der Grundschule hatten wir unsere eigene kleine Ecke gehabt, wo wir in den Pausen abhingen und an unseren Comics arbeiteten.

Harper und ich schrieben und zeichneten schon seit der zweiten Klasse gemeinsam Comicstrips. Vermutlich hatten wir damals auch rausgefunden, dass unsere Gehirne ganz ähnlich funktionierten. Ich hab meistens angefangen, eine Szene zu zeichnen, und Harper nahm dann den Stift und machte weiter. Fast immer hat sie ein Bild gezeichnet, das die Story genau so fortsetzte, wie ich es auch getan hätte, wenn ich den Comic ganz allein gezeichnet hätte. Als wir unser erstes Comicheft fertig hatten, ließ sich nicht mehr genau sagen, welche Teile Harper gezeichnet hatte und welche von mir stammten. Wir hatten fast die gleiche Handschrift. Unsere Zeichnungen von Leuten und Tieren sahen fast gleich aus. Selbst kleine Häuser und die Sonne und Vögel zeichneten wir ganz ähnlich. Aber Harper hatte auch ein Talent für echte Kunst. Aquarelle und so. Was mir persönlich echt zu hoch war. Aber Comics konnte ich. Das war genau unser Ding.

Ich konnte es kaum erwarten, weiter am aktuellen Strip zu arbeiten. Wir würden hoffentlich einen passenden Schlupfwinkel finden, einen Ort, an dem wir arbeiten oder uns unterhalten konnten, ohne dass irgendwelche Leute uns störten und sehen wollten, was wir da so trieben. Nach einer kurzen Erkundungstour stießen wir auf eine alte Schaukel, die etwas abseits stand. Niemand sonst schien Interesse daran zu zeigen, deshalb hatten Harper und ich die Schaukel für uns allein.

»Ich bin ein bisschen nervös«, sagte ich zu Harper. Wir saßen zusammengekauert Seite an Seite auf einem Balken gleich hinter der Schaukel und brüteten über dem Notizbuch mit unserem Comic »Mein nicht ganz so außerirdisches Leben«, das über unseren Schößen ausgebreitet lag.

»Nervös, weswegen?«, hakte sie nach. Sie beugte sich über das Notizbuch und kritzelte einen kleinen Außerirdischen mit gezackten Strahlen hin, die von seinem Kopf ausgingen.

»Na ja, zum einen wäre da … ach, einfach alles. Glaubst du, die Lehrer sind dieses Jahr so richtig streng? Bisher war das ja eher lasch und es hat nie einer Ärger gekriegt, mit Ausnahme von Anthony Swister, aber der ist ja eh krass der Kriminelle. Und ich hab gehört, dass man in der Siebten voll viel Hausaufgaben aufkriegt. Was, wenn ich da nicht hinterherkomme? Mrs Teeky hat uns nie mehr als ein Aufgabenblatt in Mathe und ein paar Seiten aufgegeben, die wir freiwillig lesen konnten.« Ich seufzte. Die Welt der Schule war so ziemlich das Einzige, bei dem sich Harpers und meine Gedanken nicht deckten. »Du kriegst ja dauernd glatte Einsen, Harper, aber was, wenn ich mich grad mal so durchmogle? Und was ist mit dem Essen?! Dieses Mädchen letztes Jahr bei uns in Sport, die mit den Dreadlocks, von der niemand den Namen wusste, die meinte doch, ihre Schwester habe gehört, ein Achtklässler habe ein Heftpflaster gefunden in seinem …«

»Pheebs, okay. Hör auf«, meinte Harper, wobei sie eine Strähne ihres glatten, schokobraunen Haares hinter ihr winziges Ohr schob. »Erstens ist das mit dem Pflaster in den gebratenen Nudeln mit Hühnchen eine von diesen modernen Großstadtlegenden. Total apokryph also.«

»Keine Ahnung, was das bedeuten soll«, meinte ich.

»Das sind erfundene Geschichten, die alle für bare Münze nehmen. Die Geschichte von dem Pflaster in den gebratenen Nudeln erzählt man sich an jeder Schule, jedes Jahr aufs Neue.«

»Ich hab aber gehört, dass es Spaghetti mit Meeresfrüchten waren.«

»Die Einzelheiten variieren immer ein bisschen«, versicherte Harper mir. »Und was den Rest betrifft, mir kam unser Klassenleiter eigentlich nicht vor wie der typische Sklaventreiber. Ich mag ihn.«

Harper und ich hatten beide Mr Wick als Klassenlehrer, was echt ein Segen war, da musste ich ihr beipflichten. Er war wirklich ein netter Typ. Er hielt sich im Klassenzimmer in einem Aquarium eine Burmesische Python, was echt cool war. Ich nahm Harper den Stift aus der Hand und begann einen kleinen Weltraumhund neben den Außerirdischen zu zeichnen. Nach kurzem Überlegen verpasste ich dem Hund seine eigenen gezackten Strahlen.

»Und ich glaube nicht, dass wir uns wegen des Arbeitspensums Sorgen machen müssen«, fuhr Harper fort, während sie sich herüberbeugte, um mir beim Zeichnen zuzusehen. »Das Pensum der sechsten Klasse ist auf Sechstklässler ausgerichtet. Mrs Teekys Unterricht wäre für uns mittlerweile viel zu langweilig. Wir haben uns, na ja, du weißt schon … weiterentwickelt. Wir sind jetzt Siebtklässler. Und wir haben doch uns. Ich kann dir in Mathe und in Bio ein wenig unter die Arme greifen, und du kannst mich in Sozialkunde unterstützen. Wir haben nichts zu befürchten, versprochen.«

Es wäre tatsächlich gut, wenn sie mir in Mathe und Bio ab und an helfen würde, dachte ich, während Harper, um ehrlich zu sein, keinerlei Hilfe in Sozialkunde benötigte. Harper war einfach ein Superhirn, aber auch kein ganz normales – sie spielte das immer maßlos herunter, wie so vieles, dabei hätte man Harpers IQ eigentlich zu einem nationalen Kulturgut erklären müssen.

»Na ja, und dann wäre da noch das Vorsprechen für die Theater-AG morgen«, sagte ich. Allein es jetzt laut auszusprechen, sorgte dafür, dass sich mir der Magen umdrehte.

»Klar«, meinte Harper. »Ich kann gut verstehen, dass du deswegen aufgeregt bist. Ich könnte das ja nie, so viel ist sicher. Aber wir reden hier von *dir*, Pheebs. Du hast zwei Sommer im Theaterferienlager hinter dir. Du bist Abonnentin des *American Theater Magazine*. Du kannst dich in jeden verwandeln, und ich muss es wissen. Ich würde alles geben, wenn ich mich einfach so vor Leute hinstellen könnte. Es ist echt erstaunlich, wie du das machst. Da musst du dir, glaube ich, keine Gedanken wegen eines Vorsprechens mit nur sieben Zeilen machen.«

Obwohl Harper vermutlich mehr Wissen in ihrem Gehirn abgespeichert hatte als jeder andere Siebtklässler des Landes, war mir doch klar, dass sie nicht allzu viel über Theaterstücke oder Vorsprechen wusste. Trotzdem sorgten ihre aufmunternden Worte dafür, dass ich mich gleich besser fühlte. Einfach nur neben ihr zu sitzen hatte eine beruhigende Wirkung auf mich. So seltsam die Mittelstufe auch schien, war Harper immer noch so wie eh und je. Ihr schokoladenbraunes Haar war lang und glatt und glänzte wie immer. Ihre Augen waren dunkel und mandelförmig. Sie war weder allzu groß noch sonderlich klein, weder kräftig noch dürr. Sie trug meist praktische, nicht besonders trendige Klamotten wie Jeans und zwei Shirts übereinander. Und sie roch immer nach Pfefferminz.

Da war aber noch etwas anderes an ihr, was ich nicht genau benennen konnte. Irgendwas Besonderes. Die verrücktesten Dinge konnten um sie herum passieren, doch sie blieb immer ruhig. »In sich ruhend«, wie meine Mutter das nannte. Die Grundschule hatte ihr nie groß Probleme bereitet, und so wie es aussah, würde sich das auch in der Mittelstufe nicht ändern. Nicht dass Harper sich nicht auch mal Sorgen gemacht hätte. Im Gegenteil, sie konnte sich sogar Gedanken machen wie ein Weltmeister. Allerdings sorgte sie sich um Dinge wie die globale Erderwärmung und das Schwinden der Ozonschicht. Sie zerbrach sich den Kopf über genetisch manipulierte Lebensmittel und Superviren. Harper verschwendete ihre unglaublichen Gehirnkapazitäten nicht auf das Grübeln über irgendwelches Schulzeugs.

»Google mal nach dem Stück heute Abend, und suche nach einer zusammenfassenden Beschreibung der einzelnen Personen. Dann weißt du morgen wenigstens, für welche Rolle du vorsprechen sollst.«

»Ob ich mich wohl um eine Hauptrolle bewerben kann?«, erkundigte ich mich. »Das ist vermutlich eher was für die Acht- und die Neuntklässler.«

»Vielleicht«, meinte Harper. Sie zeichnete jetzt eine Alienversion von Mrs Harley, aus deren zusammengekniffenen Augen Laserstrahlen schossen. »Aber es bringt doch nichts, sich bloß für eine kleinere Rolle zu bewerben. Du bist nun mal du. Du wirst denen auffallen. Sprich für eine der Hauptrollen vor, den Rest überlässt du dann Mr Romeo. Wenn das tatsächlich sein richtiger Name ist.«

»Warum sollte das denn nicht sein richtiger Name sein?«, fragte ich.

»Wie viele Romeos kennst du denn?«, wollte Harper wissen. Und es stimmte. Den Namen Romeo hatte ich noch nie gehört, abgesehen vom Mops unseres Nachbarn.

»Da ist was dran«, gab ich zu. »Vielleicht ist das ja ein Künstlername.«

»Dann sollte er den vielleicht noch mal überdenken«, meinte Harper. »Aber egal, ich hoffe, er ist netter als Mrs Harley. Sie ist schon echt ein harter Brocken. Stell dir vor, wir hätten *sie* als Klassenleiterin.«

Ich kniff die Augen zusammen und schürzte die Lippen: »Jungf und Mädelf«, lispelte ich. Dann sog ich die Luft tief durch die Nase ein, so wie Mrs Harley, wobei ich meine Lippen weiter zu einem Schmollmund verzogen und das Kinn hochgereckt hielt. »Jungf und Mädelf, ef ift mir von grofer Wichtigkeit, daff ihr wifft, daff mir gerade ein Käfer hochgekrabbelt ift an meinem …«

Harper boxte mich in den Arm und kicherte wie verrückt.

»Das ist sie! Das ist ganz eindeutig sie!«

»Feid ftill, Jungf und Mädelf«, sagte ich und verengte die Augen zu schmalen Schlitzen und starrte Harper an meiner erhobenen Nase vorbei an.

Harper wedelte abwehrend mit den Händen. Sie war wegen ihres Lachkrampfes so außer Atem, dass ich schon Angst hatte, sie würde sich gleich aus Versehen in die Hose pinkeln.

»Pheebs«, quietschte Harper schließlich. »Du musst sofort aufhören! Ich halt das nicht mehr aus!«

»Ich spiele doch nur, meine Liebste«, sagte ich total affektiert. Dann holte ich eine Rolle Mentos Pfefferminzkaubonbons aus meiner Jackentasche. Die hatte ich mir für später aufheben wollen, aber jetzt bot ich Harper eins an.

»Mentos!«, jubelte Harper und nahm sich gleich zwei.

»Trink bloß keine Pepsi hinterher, gleich nachdem du die gegessen hast«, warnte ich sie. »Ein Mädchen hat das mal gemacht, daraufhin ist ihr Magen explodiert.«

»Noch eine von diesen modernen Großstadtlegenden«, meinte Harper und steckte sich beide Minzbonbons auf einmal in den Mund.

»Akropyph«, sagte ich.

Harper musste lachen. »*Apokryph*. Nun gut«, sagte sie im Befehlston, wobei sie ihre Wangen aufblies wie ein Backenhörnchen, »dann wollen wir mal schaukeln.«

Wir waren immer noch die Einzigen bei der alten Schaukel. Mir machte es nichts aus, mich hin und wieder unter die anderen Mädels zu mischen, aber Harper bezeichnete die meisten von ihnen als Minihirne und gab sich nicht sonderlich gern mit ihnen ab. Harper konnte manchmal anderen Leuten gegenüber ein wenig … hochmütig sein. Doch bei mir würde sie das nie tun. Außerdem war da im Grunde eh niemand, mit dem ich gern rumgehangen hätte. Harper hüpfte auf eine Schaukel und verzwirbelte die Kette mehrmals, dann ließ sie los und drehte sich im Kreis, wobei ihr Haar einen perfekten Bogen beschrieb. Sie streckte die Zehen aus wie eine Ballerina, wie sie so auf der Schaukel saß.

»Ich wünschte, ich könnte ein bisschen mehr sein wie du«, sagte ich ganz unvermittelt und blieb bei der Schaukel neben ihr stehen. »Dir scheint die Mittelstufe nicht im Geringsten Angst einzujagen. Du machst dir nie Gedanken darüber, was die Leute über dich denken könnten.«

»Das liegt daran, dass es mir *egal* ist, was die Leute von mir denken«, meinte Harper, die sich jetzt abstieß, um zu schaukeln. »Das weißt du doch. Es gibt viele Dinge über die man sich aufregen kann: die Abholzung des Amazonaswaldes, die Bohrungen in der Arktis, Vogelgrippe, globale Erwärmung. Klar, aber was die Minihirne über meine Klamotten oder mein Gesicht oder meine Persönlichkeit zu sagen haben, ist absolut unbedeutend. Das sind nicht die Leute, die mir was bedeuten. *Du* bist mir wichtig.«

Ich seufzte und ließ mich auf der Schaukel nieder.

»Du bist mir auch wichtig, Harper. Aber ich mach mir trotzdem Gedanken, du weißt schon, wie ich auf andere wirke.«

Harper, die inzwischen ziemlich hoch schwang, löste sich ganz unvermittelt von der Schaukel, segelte durch die Luft und landete sicher mit beiden Beinen auf dem Boden.

»Pheebs, du kommst genauso rüber, wie du bist, und zwar total witzig und großzügig, außerdem bist du eine fantastische Schauspielerin und Comicautorin. Und du bist kein bisschen oberflächlich. Du bringst mich zum Lachen – du schaffst es, dass mir Sachen Spaß machen, selbst wenn ich es selbst nicht für möglich gehalten hätte.«

Ich zog wieder ein Gesicht wie Mrs Harley.

Harper kicherte. »Wenn du nicht wärst«, meinte sie, »wäre ich die ganze Zeit traurig wie I-Ah und würde mir Sorgen um den Planeten machen.«

»Ja, aber …«

»Du bist absolut du selbst«, unterbrach Harper mich voller ernsthafter Überzeugung. »Warum, denkst du, bist du meine beste Freundin?« Sie machte eine kurze Pause. »Bloß leider, und ich mein das nur gut, zerbrichst du dir viel zu sehr den Kopf darüber, was der Rest der Welt von dir denkt, und zeigst deshalb zwanghafte Verhaltensmuster.«

»Okay«, sagte ich, weil ich mir nicht ganz sicher war, was das bedeutete, wenn ich auch ahnte, dass es höchstwahrscheinlich stimmte.

»Und ich glaube, der Grund, warum du gerade jetzt dieses Gefühl hast, ist, dass das Vorsprechen morgen so eine Art Ritual ist«, fuhr Harper fort.

»Was für ein Ritual?«, erkundigte ich mich. Harper kletterte wieder auf die Schaukel neben mir. Wir fingen an, im Tandem zu schaukeln, indem wir unser Tempo exakt anglichen.

»Ein Ritual, während dessen du hoffst eine Antwort darauf zu finden, wer du wirklich bist, wenn du darum *bettelst*, von anderen Leuten beurteilt zu werden. Du stellst dich dahin und erteilst implizit den ganzen Leuten die Erlaubnis, sich eine Meinung über dich zu bilden.«

Normalerweise fand ich es cool, wenn Harper große Reden schwang. Aber heute sorgten ihre Worte nur dafür, dass ich noch nervöser wurde.

»Ich weiß ja, dass du es nur gut mit mir meinst, Harper, aber wenn ich ehrlich bin, wird mir langsam schlecht«, sagte ich und hielt mir den Bauch mit einer Hand.

»Dann hör auf zu schaukeln«, sagte Harper rasch. »Und lutsch eins von deinen Mentos. Pfefferminz wirkt äußerst wohltuend auf den Magen. Und weißt du, vergiss einfach, was ich gesagt habe. Du wirst es denen schon zeigen und sie reihenweise umhauen bei diesem Vorsprechen.«

Wieder ließ sie sich von der Schaukel gleiten und vollführte eine weitere perfekte Landung. Ich hatte Angst, ich könnte auf der Gusche landen, deshalb hielt ich einfach die Füße still und ließ die Schaukel ausschwingen. Als ich wieder festen Boden unter den Beinen hatte, fühlte ich mich gleich besser.

»Harper, um dir die Wahrheit zu sagen, ich glaube langsam, dass diese ganze Sache mit dem Vorsprechen gar keine so gute …«

Ehe ich den Satz zu Ende sprechen und meine gesamte Zukunft infrage stellen konnte, zischte etwas an uns vorbei, prallte mit einem Pling von der alten Schaukel ab und schoss dann ins Gebüsch.

»Was war das denn?«, fragte Harper erstaunt und blickte sich um.

Ich starrte auf die Stelle im Gebüsch, wo das Ding verschwunden war. Und dann geschah es.

Er kam aus dem Nichts, marschierte einfach so auf mich und Harper zu. Und wenn man mich später gefragt hätte, hätte ich geschworen, dass in diesem Moment über unseren Köpfen ein glitzernder Funkenregen zerstob und eine Sternschnuppe in weitem Bogen über den Himmel sauste. Mein Magen sackte ab und mir schoss das Blut ins Gesicht.

Er war anders als jeder andere Junge, der mir je begegnet war. Er hatte rabenschwarzes Haar und riesige dunkle Augen. Er war groß, schlaksig und schlank und trug ein ausgebleichtes Greenpeace-T-Shirt zu abgetragenen Jeans. Er sah aus wie ein Rockstar und hatte eine anbetungswürdige Art, sich zu bewegen.

Er blieb stehen, als er Harper und mich entdeckte. Ich saß wie erstarrt auf der Schaukel. Sein Mund öffnete sich. Er würde jetzt ganz bestimmt was sagen. Dann wandte er sich an mich. Das komplette Universum versank in einem schwarzen Loch.

»Hat eine von euch mein Frisbee gesehen?«

3

Lampenfieber

Das Vorsprechen für das Stück, meine Angst davor, all das war plötzlich bedeutungslos, weil mich die Begegnung mit diesem Jungen in ein vorübergehendes Wachkoma versetzt hatte. Die Begegnung mit diesem Objekt meiner Zuneigung. Mit diesem … OmZ.

Obwohl er seine Frisbeescheibe binnen Sekunden gefunden hatte, kurz lächelte und dann wieder abdampfte, schaffte ich es, hundert winzige Details zu finden, die ich im Kopf abspeicherte. Ich kann es nicht erklären. Es war wohl sein Aussehen. Wie er ging, und sein Haar und die Jeans. Aber da war auch noch etwas anderes. Da war ein riesengroßes, überlautes JAAAA, das durch das Universum schallte. Irgendetwas, das rief: DER IST ES.

War das jetzt eine von den Sachen, die sie einem immer verschweigen, wenn es um die Mittelstufe geht? Erging es auch anderen Siebtklässlerinnen so? War das normal? Und, was noch wichtiger war, was sollte ich jetzt tun?

Ich hatte an diesem Abend ein begeistertes, von heftigem Herzklopfen begleitetes Gespräch mit Harper in Bezug auf das OmZ. Nur dass die Begeisterung und das Herzklopfen absolut einseitig waren. Harper fand, der Junge hätte einen ganz netten Eindruck gemacht, aber sie teilte keineswegs meine Überzeugung, er wäre das Zentrum des biophysischen Universums. Geduldig hörte sie zu, während ich pausenlos über ihn daherlaberte, aber in puncto weiser Rat hatte sie nicht sonderlich viel zu bieten. Und einen Rat brauchte ich jetzt ganz dringend.

»Die Sache ist die, und mir ist klar, dass ich das schon gesagt habe, aber ich hab echt keinen Plan, was ich jetzt tun soll«, sagte ich ganz ernst zu Harper.

»Klar«, erwiderte sie.

Was ich in diesem Moment aber ganz dringend gebraucht hätte, war eine von Harpers gewichtigen Reden, voll endlos langer Wörter und psychologischem Dingsbums und biologisch verhaltenstechnischem Wieheißtdasdochgleich. Doch sie hatte ausnahmsweise mal nichts weiter als eine Ein-Wort-Antwort parat. Normalerweise bestand ein Großteil unserer allabendlichen Telefonate darin, dass ich Leute nachahmte, und meistens ging es um Dinge, die an diesem Tag passiert waren. Harper hatte immer ganz spezielle Wünsche und bettelte mich an – ich solle die Turnlehrerin nachmachen, als der Ball sich im Deckenventilator verfangen hatte, ich solle Melissa Spivak imitieren, wie sie merkte, dass sie einen Streifen Klopapier hinter sich herzog, ich solle Mr Wick spielen, als die Python versuchte, auszubüxen. Mir war klar, dass Harper genau das jetzt von mir erwartete. Aber ich hatte etwas anderes auf der Agenda stehen.

»Zum Beispiel frage ich mich, ob wir uns jetzt quasi kennen? Du weißt schon, sodass ich, wenn wir uns in Zukunft über den Weg laufen, gleich rufe: *Hey, super, bin froh, dass du dein Frisbee wiederhast*? Oder wäre das irgendwie seltsam, dass ich mich an das Frisbee erinnere, so als hätte ich öfter daran gedacht oder so. Ist es besser, ich tu so, als würde ich mich gar nicht an die besonderen Umstände unserer ersten Begegnung erinnern? Oder sollte ich ihm zeigen, dass ich es tue? Hätte er dann das Gefühl, etwas Besonderes zu sein, oder würde er denken, ich bin total aufdringlich?«

Als endlich klar war, dass ich vorerst mit dem Fragenstellen aufgehört hatte, meinte Harper nur: »Weiß nich.«

Weiß nich. Und das sagt ausgerechnet das Mädchen, das selten Wörter mit weniger als sieben Silben verwendet. Und jetzt war aus ihr nicht viel mehr rauszukriegen als etwas, das noch nicht mal ein richtiges Wort war?

Ich gab mir alle Mühe, nicht genervt zu reagieren. Ich meine, es war ja nicht eben eine Riesenüberraschung, dass Jungs nicht unbedingt zu den unzähligen Gebieten gehörten, auf denen Harper eine Expertin war. Der einzige Typ, von dem Harper je zutiefst beeindruckt gewesen war, war Albert Einstein, und der war, na ja, ihr wisst schon. Alt. Und im Übrigen auch tot. Doch Harper und ich teilten nun mal jede noch so kleine Erschütterung in unser beider Leben und lösten jedes Problem gemeinsam, als ginge es um ein wissenschaftliches Experiment. Doch offensichtlich musste ich jetzt von selbst den nächsten Schritt tun. Ich wusste nicht, ob ich mein Heft mit Herzchen vollkritzeln oder lieber umkippen oder meine Eltern überzeugen sollte, mit mir in einen anderen Bundesstaat zu ziehen.

Der zweite Tag in der Mittelstufe war ein bisschen weniger seltsam als der erste, und er ging vor allem ziemlich schnell vorbei. Ehe ich mich's versah, war es fast halb vier, und Harper und ich waren auf dem Weg zur Theater-AG. Jetzt, da das Vorsprechen kurz bevorstand, hatte ich voll das Nervenflattern. Im Theatercamp in den

Sommerferien war mir das nie passiert. Aber in ein paar Minuten schon würde ich mich mit einer Reihe älterer Kids messen müssen, die ich auf dieser Bühne schon hatte auftreten sehen. Und ich würde vor ihnen vorsprechen müssen. Alle würden sie mich sehen. Der Gedanke daran verdrängte sogar das OmZ aus meinem Gehirn.

Ich krallte mich an Harpers Arm fest.

»Das wird schon gut gehen«, meinte sie. »Phoebe. Du. Machst. Das. Schon.«

Ich schaffte es, gleichzeitig zu nicken und den Kopf zu schütteln.

»Sie sind alle da, Harp«, sagte ich und wedelte wild mit der Hand in Richtung der Leute im Auditorium. »Dieser große Kerl, der so seltsam aussieht? Ben Pfeiffer. Der ist echt zum Schreien komisch. Und das Mädchen da mit dem blauen Hut? Miranda Goetz, das ist die, die so wunderschön singt, dass die Leute tatsächlich zum Heulen anfangen. Und der spindeldürre Typ ganz in Schwarz? Erinnerst du dich an ihn?«

Harper schüttelte den Kopf.

»Das ist Chris Seligman. Er ist einfach phänomenal – total düster und nachdenklich. Normalerweise spielt er die bösen Jungs. Ich meine, all diese Leute sind einfach unglaublich! In der zweiten Reihe da unten sehe ich Fedora Kravitz und Kelvin Black und Annabelle Peterson.«

»Das ist das große Mädchen mit dem seltsamen Namen«, meinte Harper und deutete auf jemanden. »Ich erinnere mich an sie.«

»Romalla Lee Um«, sagte ich. Das war wirklich ein *äußerst* sonderbarer Name.

Überall waren vertraute Gesichter zu sehen, die Leute riefen sich gegenseitig etwas zu und erzählten sich brüllend Anekdoten von früheren Aufführungen. Die Einzige, die zu fehlen schien, war die auf geheimnisvolle Weise glamouröse Mia Kezdekian. Sie war absolut umwerfend gewesen in *Cabaret*, und ich freute mich schon richtig, sie in echt zu erleben. Jeder, den ich schon mal hier auf dieser Bühne gesehen hatte, war da. Die Elite der Theater-AG. Weia. Was hatte mich eigentlich auf die Idee gebracht, ich könnte hierhergehören?

»Das ist hier ja wie am Piccadilly Circus«, meinte Harper in rätselhaftem Ton. »Schnapp dir mal so eins.«

»Was soll ich mir schnappen?«, hakte ich nach. Harper deutete auf einen Tisch gleich neben der Tür, über dem ein Plakat prangte mit der Aufschrift: »Text für das Vorsprechen zu *Schwere Jungs, leichte Mädchen*«, und darunter lag ein Stapel Kopien. In meiner Panik hatte ich das gar nicht mitbekommen. Ich griff nach den Seiten und folgte Harper, die wie üblich ein paar Reihen hinter den anderen Platz nahm, abseits von der Menge.

Ich setzte mich neben sie, erleichtert, nun aus sicherer Distanz alles beobachten zu können, was da so vor sich ging, obwohl ich mir gleichzeitig wünschte, ich könnte mittendrin sein im Geschehen. Ich hatte richtige Hochachtung vor diesen Leuten, doch ich wollte auch dazugehören, was nicht der Fall war, da ich ja zwei Reihen weiter hinten bei Harper saß.

»We will, we will – ROCK YOU!«, plärrte eine laute männliche Stimme.

Es war Ben Pfeiffer, der vorne auf der Bühne herumtanzte, halb im Hiphop-Stil, halb wie ein Irrer. Bald schon gesellte sich Bud Gelcho zu ihm, der ein lautes Kriegsgeheul ausstieß. Ben begrüßte ihn mit einem ebenso lautstarken »Alter!«, und dann sprangen sie aufeinander zu und prallten mit den Bäuchen zusammen. Fedora Kravitz und Romalla Lee Um hatten sich zum Notausgang verzogen, wo sie sich angeregt unterhielten. Fedora unterbrach die Konversation für einen kurzen Moment, um Annabelle Peterson über die Sitzreihen hinweg etwas zuzurufen. Die trug einen Gymnastikanzug und Stulpen und war damit beschäftigt, sich zu dehnen und zu strecken, als würde sie sich auf ein Vortanzen für *Schwanensee* vorbereiten.

»Annabelle, gib nicht so an und komm gefälligst hier rüber! Romalla hat Du Weißt Schon Wen bei dem Ding an diesem Ort da gesehen!«

»Maaaaa meeeeeeee maaaaaa muuuuuuuuu muuuuuuuuu …«

Das war Miranda Goetz, die gerade den Mittelgang herabmarschiert kam und soeben direkt an der Reihe vorbeiging, in der Harper und ich saßen. Wie sie ihre Tonleitern sang, klang das fast so, als wäre es ein Kunstwerk. Dann fiel mein Blick auf die berühmt-berüchtigte Mia Kezdekian, die ganz cool zur Hintertür hereinspaziert kam, und einfach hinreißend aussah in ihrer tief geschnittenen, ausgebleichten Jeans und einem T-Shirt, das die Botschaft verkündete: »Frauen für den Frieden«. Ihr wunderschönes Gesicht trug einen Ausdruck, der nicht zu deuten war, das lange schwarze Haar fiel makellos. Wie konnte jemand nur so unverschämt gut aussehen, ohne rund um die Uhr ein ganzes Team von Stylisten zu beschäftigen?

»Das ist ja widerlich!«, hörte ich eine hohe Stimme sagen, die ich nicht kannte.

»Das ist ja widerlich!«, kreischte Ben Pfeiffer, und er machte die Person von gerade eben fast täuschend echt nach.

Chris Seligman, der wie üblich ganz in Schwarz gekleidet war, ging ganz allein in einem Nebengang auf und ab und wärmte sich auf, indem er ständig wiederholte: »Fischers Fritz fischt frische Fische. Frische Fische fischt Fischers Fritz.«

Ich warf einen kurzen Seitenblick auf Harper, um zu beobachten, wie sie auf diesen herrlichen Anblick von Schauspielern und Schauspielerinnen in ihrer natürlichen Umgebung reagierte, doch sie hatte bereits ihr Mathebuch rausgeholt und sich an die Erledigung der Hausaufgaben gemacht. Harper war nicht gern unter Leuten. Und dafür hatte ich absolut Verständnis. Doch meine Aufmerksamkeit wurde nun wieder nach vorne gelenkt zu Kelvin Black, der auf der Bühne im Kreis tanzte, offensichtlich von irgendetwas auf seinem iPod inspiriert. Ben kreischte dramatisch, als Kelvin aus Versehen in ihn hineintanzte. Bud und ein gammelig aussehender Typ mit Namen Scooter Nemo, dessen ungekämmtes Haar ihm wild vom Kopf abstand, begann ebenfalls zu kreischen.

»Rettet uns vor dem tobenden Mannsvolk!«, trällerte Scooter.

»Hört auf damit!«, hörte ich jetzt Delilah rufen. Sie war da vorne mittendrin im Geschehen und wirkte total würdevoll in ihren Khakihosen mit Bundfalten und dem türkisen Langarmshirt.

Als ich einen Blick auf Delilah erhaschte, überkam mich eine plötzliche Erkenntnis. Diese Theaterleute, sie ALLE mussten bereits bei mehr als einem Flaschendrehen anlässlich des Premierenabends mitgemacht haben.

Hatte Miranda Goetz je Chris Seligman küssen müssen? War Ben Pfeiffer von der Flasche dazu verdammt worden, Delilah Fortescues Lippen mit einem Kuss zu versiegeln? Oder mit der langbeinigen und glamourösen Mia Kezdekian zu knutschen? Wenn die Flasche Mia je auftragen würde, Scooter Nemo zu küssen, würde sie es dann tun? Würde *ich* es tun?

Oh Gott. Was für eine Horrorvorstellung.

Das rege Treiben wurde jäh unterbrochen, als ein Mann die Stufen hochstieg und mitten auf der Bühne stehen blieb. Er schien auf etwas zu warten. Das musste Mr Romeo sein. Er strahlte eine Aura von Autorität aus, und ich war verblüfft, wie auf einmal der Großteil der Leute unverzüglich in respektvolles Schweigen verfiel, auch wenn Ben Pfeiffer immer noch einen Grizzlybär unter Koffeinschock nachzuahmen schien.

Ich setzte mich aufrecht hin und machte ein aufmerksames Gesicht, so gut es eben ging. Da ich jetzt jeden Einzelnen im Raum registriert hatte, wusste ich, dass da ungefähr acht andere Neulinge beim Treffen waren, und ein paar von ihnen saßen am Ende unserer Sitzreihe. Eine von ihnen, ein engelsgesichtiges Mädchen mit blonden Löckchen, das ich bereits bei der Anmeldung gesehen hatte, warf mir ein strahlendes Lächeln zu. Ich tat so, als hätte ich es nicht bemerkt. Vielleicht hielt ich mich ja besser von diesen Anfängern fern, und erst recht von denen, die aussahen, als wären sie einem Erdnussbutterspot entsprungen. Es könnte meinem Image schaden, mit denen zusammen gesehen zu werden. Harper mit ihrer coolen und ruhigen Art war selbstverständlich etwas anderes. Und ich auch. Ich beschäftigte mich immerhin schon seit Jahren mit diesem Handwerk. Also war mein Status als Neuling rein theoretischer Natur.

»Okay, Leute«, rief Mr Romeo. »Ich brauche jetzt bitte eure gesammelte Aufmerksamkeit. Wir müssen – Ben Pfeiffer!«

Ben blieb wie angewurzelt stehen, mitten in der Bewegung, dann hüpfte er runter von der Bühne und suchte sich einen Sitzplatz.

Mr Romeo war schlank, ein Strich von einem Mann mit kurz geschnittenem silbrigen Haar und einem langen Schal, den er sich um den Hals geschlungen hatte, ähnlich wie Harry Potter. Er wirkte total penibel. Nichts an ihm war in Unordnung, nicht ein einziges Haar. Seine Klamotten sahen aus, als wären sie gerade eben noch gebügelt worden. Ich glaube, ich hatte noch nie einen so gepflegt wirkenden Menschen gesehen. Wenn Seifenblasen aus seinem Mund rausgeschwebt wären, als er ihn aufmachte, wäre ich kein bisschen überrascht gewesen.

»Wie ich schon sagte, Leute, herzlich willkommen – und das gilt ganz besonders für unsere neuen Mitglieder – beim Vorsprechen für unsere Musicalproduktion im Herbst, *Schwere Jungs, leichte Mädchen.* Ich bin Mr Romeo, und ich leite diese Produktion. Ich gehe davon aus, dass die meisten von euch mit diesem Stück vertraut sind, daher will ich euch gar nicht erst langweilen mit einer Nacherzählung des Plots.«

Ich richtete mich gleich noch gerader auf und nickte eifrig, damit auch ganz klar war, dass ich so einiges wusste über *Schwere Jungs, leichte Mädchen* und auf das Vorsprechen gut vorbereitet war, wie man es von einem Neuling gar nicht erwartet hätte. In Wirklichkeit hatte ich gerade mal zehn Minuten damit verbracht, mir die Handlung und die Übersicht über die Charaktere in dem Stück durchzulesen, die ich gestern Abend auf Google gefunden hatte. Ich hatte beschlossen, für die Rolle einer gewissen Adelaide vorzusprechen, weil sie den Eindruck machte, als hätte sie ein bisschen mehr Pep.

»Ich hoffe, ihr alle hattet ausreichend Zeit, um euch die Handouts anzusehen, auf denen ihr die einzelnen Monologe zu den verschiedenen Rollen findet.«

Mir drehte sich der Magen um.

Ich war so damit beschäftigt gewesen, mir die ganzen altbekannten Gesichter der Theater-AG anzusehen, dass ich mir nicht mal eine Minute Zeit genommen hatte, um die paar Zeilen für die Rolle der Adelaide durchzulesen.

Was war nur mit mir los? Wie hatte ich zulassen können, dass die ganzen örtlichen Berühmtheiten mich von meiner Aufgabe ablenkten?

»Wie immer wird Miss Maslin für die musikalische Begleitung sorgen, sowohl bei den Proben als auch bei den Vorstellungen. Wenn ihr für eine Rolle vorsprecht, die ein Solo-Gesangsstück mit einschließt, also die Rollen von Nathan, Sky, Sarah, Adelaide und Nicely-Nicely, dann werdet ihr mir ein paar Zeilen Text vortragen und anschließend bei Miss Maslin im Musikraum ein Singstück zum Besten geben. Und meldet euch jetzt bitte *nicht* und fragt, ob das Lied, das ihr singen müsst, aus dem Stück stammt. Das vorgetragene Lied muss *nicht* aus dem Musical stammen. Ihr könnt singen, was immer ihr wollt. Wenn euch nichts einfällt, dann singt einfach *Jingle Bells*. Wir wollen nur hören, was ihr zu bieten habt.«

Die Schmetterlinge, die mittlerweile in meinem Bauch herumflatterten, hatten sich inzwischen in gigantische, genetisch mutierte mexikanische Springbohnen verwandelt. Mit einem Geweih dran.

»Nun, ehe wir beginnen, möchte ich von denjenigen die Hände oben sehen, die bei der Produktion über eine Rolle im Stück hinaus mithelfen möchten.«

Harper hob die Hand. Am Ende unserer Reihe streckte ein verschlafen wirkender Junge in einem Beatles-T-Shirt ebenfalls den Arm in die Höhe. Mr Romeo sah sich über den Rand seiner Brillengläser hinweg im Auditorium um.

»Okay, und jetzt Hände nach unten, wenn ich euch bereits kenne. Dann bleiben noch … mal sehen. Ja? Du willst helfen?«

»Tyler Luddo, Kumpel«, meinte der verschlafene Typ im Beatles-Shirt.

Ich war verblüfft, wie jemand die Kühnheit besitzen konnte, Mr Romeo mit »Kumpel« anzusprechen. Ich erwartete schon fast, dass gleich ein Blitz auf Tyler Luddo niederfuhr und ihn an Ort und Stelle röstete wie knusprigen Speck.

»Tyler Luddokumpel«, wiederholte Mr Romeo und machte sich eine Notiz auf seinem Klemmbrett. Es klang so steif und professionell, dass schwer zu sagen war, ob er sarkastisch sein wollte oder ob er echt dachte, das »Kumpel« wäre ein Bestandteil von Tylers Namen.

»Und was würdest du gerne zu dieser Produktion beitragen?«

»Licht, Kulissenschieber, Sie wissen schon. Mit meinem Kumpel Scooter«, erwiderte Tyler. Scooter Nemo stieß einen leisen Jubelschrei aus.

»Sehr schön«, meinte Mr Romeo und wirkte tatsächlich erfreut. »Es ist immer gut, viele Helfer hinter der Bühne zu haben, und wie immer, Leute, möchte ich auch diesmal betonen, dass die Arbeit dort *genauso* wichtig ist wie das, was im Rampenlicht geschieht.«

Dann nickte Mr Romeo Harper zu, die immer noch ihre Hand oben hatte.

»Ja, und du bist?«

»Harper Tanaka«, entgegnete sie. »Ich wäre gerne Produktionsassistentin. Ich könnte beim Entwerfen der Programmhefte helfen oder bei der Werbung. Was auch immer gerade anfällt.«

Harper wurde dafür mit einem Lächeln und einem anerkennenden Nicken belohnt.

»Ausgezeichnet, Harper. Initiative und Begeisterung auf ganzer Linie. Von ihr könnt ihr noch lernen, Leute.«

Ein paar unterdrückte Lacher, die aus unbestimmter Richtung kamen, waren zu vernehmen, während die Leute sich zu Harper umdrehten. Die aber schob sich lediglich eine Haarsträhne hinters Ohr und blickte stur geradeaus. Das Kichern verstummte. Die Leute merkten bei Harper immer schnell, dass es ihr offensichtlich nichts ausmachte, wenn man sich über sie lustig machte, folglich bestand auch keinerlei Veranlassung, es zu tun.

»Dann wollen wir mal anfangen«, meinte Mr Romeo, während er sein Haar glatt strich, ungeachtet der Tatsache, dass es eh schon total perfekt saß. »Wir gehen Rolle für Rolle vor, und ich würde gern mit der Adelaide anfangen. Bitte Hände nach oben, wenn ihr gern für diese Rolle vorsprechen würdet.«

Mist! Adelaide war also als Erstes dran, und ich hatte mir *immer noch nicht* die paar Zeilen Text angeschaut. Es war genau wie in einem von diesen Träumen, die ich hin und wieder hatte, wo ich bei der Abschlussprüfung saß, in einem Fach, in dem ich das ganze Jahr vergessen hatte, am Unterricht teilzunehmen. Ich hob eine Hand, während ich rasch mit der anderen die zusammengetackerten Seiten durchblätterte. Adelaides Text befand sich gleich auf der zweiten Seite, und ihr Monolog war etwa zwanzig Zeilen lang. Ich blickte mich unauffällig um, um zu sehen, wer sich noch um die Rolle bewarb.

Ach herrje! Miranda Goetz und Mia Kezdekian hatten BEIDE die Hände hochgerissen. Als wäre ich nicht so schon nervös genug gewesen. Ich bemerkte, dass die blonde Neue mit dem Engelsgesicht, die mich angelächelt hatte, ebenfalls die Hand gehoben hatte. Das irritierte mich noch mehr. Die Rolle der Adelaide war schon eine größere. Und dieses Mädchen ging erst in die siebte Klasse. Ein Neuling. Während ich … na ja, okay. Das war ich auch alles. Aber bei mir war das trotzdem irgendwie anders. Ich hatte Leidenschaft. Ich hatte Erfahrung. Ich hatte … das Theatercamp in den Sommerferien besucht.

»Okay, die Leute, die für Adelaide vorsprechen, bitte nach vorne«, rief Mr Romeo.

Und ich hatte mir immer noch nicht den doofen Text angesehen! Delilah hatte mich zwar gewarnt, nicht allzu viel über die paar Zeilen nachzudenken, aber damit hatte sie ganz sicher nicht gemeint, dass ich sie gar nicht lesen sollte.

Ich zischte Harper einen Fluch zu. Eine Art Hilfeschrei.

»Keine Sorge. Du machst das schon prima!«, flüsterte sie und drückte aufmunternd meinen Arm, ehe sie mich anstupste, um mir zu bedeuten, ich solle gehen.

Also stand ich auf und marschierte den Gang entlang zu der Adelaide-Gruppe, aber ich hatte ganz entschieden kein gutes Gefühl dabei. In der vierten Klasse hatten Harper und ich einen kurzen Ausflug in die Welt des Backens gewagt, und wir hatten angefangen, jeden Tag nach der Schule Kuchen und so Zeug zu produzieren. Nach meinem ersten Versuch, einen Chocolate-Chip-Cookie zu backen, hatte Harper gemeint, der wäre »prima«, und dann hatte sie ganze vier Stück verspeist, um mir zu beweisen, dass sie es so meinte, auch wenn ich den Zucker vergessen hatte und doppelt so viel Backpulver reingetan hatte. Mit »prima« meinte Harper in Wirklichkeit, dass ich nicht unmittelbar in Lebensgefahr war und auch anderen keinen Schaden zufügen würde.

Da waren sechs oder sieben weitere Mädchen in der kleinen Gruppe, abgesehen von Mia und Miranda. Mit einem Anflug von Genugtuung bemerkte ich, dass die andere Neue, das blonde Engelchen, ungefähr so durch den Wind aussah, wie ich mich fühlte. Einige von den Mädchen plauderten ganz ungezwungen. Romalla Lee Um, die alle anderen überragte, stand etwas abseits, völlig in Gedanken versunken. Das blonde Engelchen pirschte sich jetzt langsam an mich heran, doch ich schaute schnell nach unten und tat so, als würde ich auf das Blatt mit den Textzeilen starren. Und das gab mir die perfekte Gelegenheit, sie mir *tatsächlich* anzusehen.

»Hört mal alle her. Ich rufe jetzt willkürlich ein paar Namen auf, in keiner bestimmten Reihenfolge«, verkündete Mr Romeo.

Pah, als würde willkürlich nicht eh schon bedeuten, dass es nach keiner bestimmten Reihenfolge ablief. Trotzdem nickte ich noch einmal ganz ernst, weil nämlich keine Schauspielerin, die noch ganz richtig ist im Kopf, je ihrem Regisseur das Gefühl geben würde, er habe etwas total Dämliches gesagt.

»Miranda Goetz«, rief er. »Okay, fang du doch mit Miss Maslin im Musikzimmer an.«

Dir bleibt noch ein bisschen Zeit, redete ich mir ein. Lies dir die Zeilen noch mal durch. Und ich versuchte es, obwohl ich nach der ersten Zeile jedes Mal den Faden verlor, weil meine Furcht mich ablenkte.

»Nun gut, wollen wir mal sehen ... du bist?«

Nein. Nein. Er sah doch jetzt wohl nicht *mich* an, oder? Er meinte jetzt nicht ernsthaft *mich*. Wenn ich nicht hochsah, dann würde ich ihn nicht sehen. Und wenn ich ihn nicht sah, war er auch nicht da. Und wenn er nicht da war, konnte er auch nicht meinen Namen aufrufen. Und wenn er mich nicht aufrief ...

»Also? Wer bist du noch mal?«, wiederholte Mr Romeo seine Frage.

Ja, ich bin. Ich begegnete diesem blitzblanken Blick.

»Phoebe Hart«, flüsterte ich, und versuchte verzweifelt mich an eine der Entspannungsmethoden aus dem Theatercamp zu erinnern, um irgendwie mein Elend und mein Entsetzen zu überspielen.

»Sehr gut«, sagte er, als würde ich Punkte dafür absahnen, dass ich meinen Namen richtig ausgesprochen hatte. »Wenn du dann so weit bist?«

Das war's jetzt also? Ich wurde einfach so auf die Bühne geschubst, ohne irgendwelche einleitenden Worte? Keine hilfreichen Ratschläge vonseiten des Regisseurs?

Denn statt weiterzuquatschen und herumzualbern, waren jetzt die Augen sämtlicher Mitglieder der Theater-AG, inklusive der Reihe von Neulingen, erwartungsvoll auf mich gerichtet. Ich schluckte geräuschvoll.

»Bist du bereit?«, erkundigte sich Mr Romeo noch einmal, und seinem Ton nach zu schließen, bedeutete das: *Es wäre jetzt auch langsam an der Zeit!*

Ich schluckte erneut, dieses Mal ganz leise. Jetzt war mir klar, warum es in der Grundschule kein Vorsprechen gegeben hatte. Kein Kind von zehn Jahren konnte diese Tortur überleben. Als ich die kleine Treppe zu erklimmen begann, die hoch zur Bühne führte, war ich überzeugt, jeden Moment ohnmächtig zu werden. Alles wird gut, sagte ich mir selbst. Du bist nicht in akuter Lebensgefahr, und du wirst auch keinen umbringen. Alles, was du zu tun hast, ist eine anständige, lebhafte, intelligente Darbietung von zwanzig oder dreißig Sätzen.

Ich trat zur Bühnenmitte und hob die Unterlagen. Die Stille im Publikum war ohrenbetäubend. Meine Hände zitterten. Meine Füße schwitzten. Ich atmete ganz tief ein.

»Nathan, wo hast du gesteckt?«, begann ich.

Piepsig! Viel zu piepsig! Erneut holte ich kräftig Luft, doch ehe ich das nächste Wort herausbrachte, flog die Tür des Seiteneingangs neben den Sitzreihen auf, jemand kam hereingerannt und rief: »Verzeihung!«, ehe dieser Jemand sich auf einen Platz in der allerersten Reihe sinken ließ.

Nein.

Das durfte nicht wahr sein.

Es war das OmZ, er saß nun keine zwanzig Schritte von mir entfernt und blickte auf das, was auch alle anderen ansahen. Nämlich mich.

Und das war der berühmte Tropfen, der das Fass zum Überlaufen brachte. Ich fühlte, wie die Welt unter meinen Füßen zu schwanken begann, woraufhin ich mich abwandte und von der Bühne rannte. Wie durch ein Wunder stand hinter einer der Kulissen ein riesiger Mülleimer. Ich hechtete darauf zu und klammerte mich mit beiden Händen daran fest.

Und dann übergab ich mich, lautstark und unterbrochen von gelegentlichen Würgegeräuschen, und die versammelte Mannschaft der Theater-AG konnte mir dabei zuhören.

4

Der Kotzerei-vorbei-Report

Die Realität des Kotzens hat irgendwie etwas dauerhaft Lebensveränderndes und absolut Widerliches an sich.

Ja, jeder tut es ab und an. Aber während wir uns den durchschnittlichen Menschen ansehen und uns nicht unbedingt vorstellen, wie er losreihert, können wir eine Person, die wir es haben tun sehen, nicht mehr auf dieselbe Weise betrachten wie vorher.

Und jetzt verratet mir mal eines.

Würdet ihr in Erwägung ziehen, so jemanden je zu küssen?

Ich denke nicht.

»Phoebe, jetzt dramatisier das doch nicht«, meinte Harper, während sie auf meinem Bett saß und mein dickes blaues Kissen aufschüttelte.

»Dramatisieren?«, kreischte ich. Dabei warf ich die Hände hoch und ließ sie verärgert und aufgewühlt flattern.

Okay, irgendwo hatte sie wohl recht.

»Die Sache ist mir so unglaublich peinlich«, ächzte ich und vergrub die Hände in den Taschen meiner Jeans, damit sie nicht weiter so wild gestikulierten.

»Ich weiß«, meinte Harper. »Aber wenn du mal genauer drüber nachdenkst, Pheebs, dann war das nichts weiter als eine einfache verdauungstechnische Fehlfunktion. Ein biologisches Missgeschick. Und da Mr Romeo dich in seinem Büro noch mal hat vorsprechen lassen, nachdem alle fertig waren, hast du noch nicht mal das vermasselt. Auf lange Sicht gesehen ist alles bestens gelaufen.«

Bis auf diese eine Sache.

»Okay, abgesehen von deinem Mittagessen«, fügte Harper hinzu.

»Ich bin total ruiniert«, stöhnte ich und ließ mich in meiner Verzweiflung auf meinen alten Kunstfellsitzsack aus den Siebzigern sinken.

»Bist du nicht«, beharrte Harper, während sie mein blaues Kissen dorthin zurücklegte, wo es hingehörte.

»Nein, im Ernst. Hör zu«, sagte ich und stemmte eine Hand in die Hüfte, was in einem Sitzsack nicht ganz einfach ist. »Ich bin ein Opfer diverser Traumata. Erst fangen wir an einer neuen Schule an, voller Mini-Erwachsener und neuer Regeln und sonderbarer Strukturen. Dann taucht da plötzlich dieses OmZ auf, was im Grunde meine eigene kleine Welt aus ihrer Umlaufbahn geschleudert und jede einzelne Zelle in meinem Gehirn durcheinandergebracht hat.«

Harper nickte, um mir zu zeigen, dass sie mir bis dahin immer noch folgen konnte.

»Dann melden wir uns bei der Theater-AG an, was ich schon seit Jahrzehnten will …«

»Seit Jahren«, verbesserte Harper mich.

»Okay, seit Jahren. Und dann finde ich raus, dass es eine alte Tradition gibt in diesem Theaterklub, die es erfordert, dass man an einem ziemlich öffentlichen Flaschendrehspiel teilnimmt.«

Harper sah mich abwartend an.

»Allein der Gedanke daran ist der blanke HORROR«, fügte ich noch hinzu, ohne dass das irgendeine Regung bei Harper hervorgerufen hätte. »Und bevor ich noch eine Chance hatte, mich von dem ganzen Schlamassel zu erholen, muss ich auch schon zum Vorsprechen für mein erstes Stück und erlebe dabei eine … wie hast du das gleich noch mal genannt?«

»Eine verdauungstechnische Fehlfunktion«, sagte Harper ganz sanft.

»Eine verdauungstechnische Fehlfunktion also, und das vor den Augen von Mr Romeo und der KOMPLETTEN Theater-AG, darunter auch das Objekt meiner Zuneigung, das sich jetzt ohne Zweifel für immer ekeln wird allein bei der Erwähnung meines Namens. Ich hab jegliche Chance verspielt, jemals eine weibliche Person von Belang im Leben des OmZ zu sein.«

»Erstens heißt der Typ Tucker«, meinte Harper nun. Sie griff wieder nach meinem blauen Kissen und knautschte und knuddelte es auf ihrem Schoß, als wäre es ein kleines Hündchen.

»Was? WAS? Woher weißt du das?«, stammelte ich.

»Er ging mit Kelvin Black an mir vorbei, als du dein Vorsprechen nachgeholt hast und ich auf dich warten musste«, meinte Harper. »Da hat Kelvin ihn so genannt.«

Dass ich den Namen von dem OmZ erfuhr, war im Augenblick zu viel für mich. Mein Gehirn konnte das nicht mehr verarbeiten. Ich starrte Harper an, erfreut und verwirrt, dass sie dem OmZ begegnet war, als ich gerade nicht dabei war.

»Und du kannst doch nicht einfach solche pauschalen Aussagen über deine Zukunft treffen«, fuhr Harper fort. »Du hast den Kerl doch noch nicht mal offiziell kennengelernt. Vor dem Vorsprechen belief sich eure Beziehung unterm Strich auf ein einziges seltsames Geräusch und die Tatsache, dass dir die Augen fast aus dem Kopf gefallen wären, als er dich nach seinem Frisbee fragte.«

»Ich weiß«, gab ich zu. »Aber Harper, was, wenn gar nicht mehr nötig war? Ich sag dir, im einen Moment bin ich noch völlig arglos und kümmere mich um nichts, und im nächsten Moment trifft mich Amors Pfeil und haut mich um. Ich weiß echt nicht, wie das passiert ist. Ich weiß nicht warum – ich glaube, es war … okay, ich will ja jetzt nicht total schmalzig klingen, aber ich glaube, es war der Moment, als ich seine Augen sah. Es war … sie … Was war das noch mal, was die Leute über die Augen sagen … Sie sind die Pforte nach … sie sind die Tür in …«

»Die Augen sind die Fenster zur Seele«, sagte Harper hilfsbereit.

»Genau!«, stieß ich hervor. »Die Fenster zur Seele. Du kennst mich, Harper. Ich hab mich in der Vergangenheit nie aufgeführt wie eine total Irre. Aber ich glaube, ich hab irgendwie … in seine Seele geblickt. Es war wie bei einem von diesen Fällen von Liebe auf den ersten Blick, von denen man immer so hört. Ich weiß, dass ist jetzt überhaupt nicht wissenschaftlich oder so. Aber ich halte das alles durchaus für möglich. Weil, weißt du, wenn es so etwas wie Seelenverwandte gibt, dann würde man sich doch wohl gegenseitig erkennen? Und zwar sofort, oder?«

»Ich glaube durchaus an die Liebe auf den ersten Blick«, meinte Harper. »Und ich glaube auch an Seelenverwandtschaft. Ein Freund meines Vaters beschäftigt sich mit der Erforschung der elektromagnetischen Eigenschaften der menschlichen Psyche. Für mich ergibt das total Sinn, dass bestimmte elektromagnetische Felder auf andere reagieren, wenn die Voraussetzungen stimmen. Ich sag also nicht, dass er nicht dein Seelenverwandter sein könnte. Ich will damit nur andeuten, dass du nicht wegen eines einzigen Vorfalls davon ausgehen kannst, dass Tucker dich niemals mögen wird.«

Manchmal überraschte Harper mich total. Wie ich schon sagte, sie ist echt unheimlich schlau. Wenn sie also an etwas so unwissenschaftliches wie Seelenverwandtschaft oder die Existenz von Engeln oder das Monster von Loch Ness glaubte, dann erhielt das Ganze eine Art intellektuelles Gütesiegel. Und auch wenn sie nicht mit weisen Ratschlägen aufwarten konnte, was das richtige Verhalten Jungs gegenüber betrifft, so war ihre Theorie von diesem elektromagnetischen Psychodingens schon ziemlich cool. Nur dass meine Psyche offenbar ein bisschen heftiger reagierte, als mir lieb war.

»Ich habe *gekotzt*, Harper«, meinte ich. »Er kam rein, dann sah er mich dort oben auf der Bühne, und als Nächstes renn ich davon und reihere los. Es ist echt schwer für einen Menschen, so was zu vergessen. Das OmZ – Tucker – wird denken, dass meine Verdauung total unberechenbar ist. Und der Rest der Theater-AG wird mich als bibberndes Nervenbündel abschreiben. Mein Leben ist ruiniert.«

Harper schwang die Beine über die Bettkante und stand auf. Obwohl sie nicht viel größer war als ich, hat Harper die Fähigkeit, bisweilen ziemlich hochgewachsen zu wirken. Ich blieb zusammengekauert auf meinem Sitzsack hocken.

»Pheebs. Das sind totale LUXUSPROBLEME. Sie bedeuten lediglich, dass du dich mit der realen Welt auseinandersetzen musst. Weil du nämlich tatsächlich in der Theater-AG bist. Weil du wirklich einen Jungen getroffen hast, der deine Welt hat aus den Fugen geraten lassen. Weil du zu deinem ersten Vorsprechen angetreten bist. Du redest schon davon, endlich mal in einem echten Stück mitzuspielen, seit du in der vierten Klasse warst. Du hast tatsächlich jemanden getroffen, der in deinen Augen ernsthaft dein Seelenverwandter sein könnte. All diese Dinge machen dein Leben nicht schlimmer, sie verkomplizieren es nur ein wenig. Und was kompliziert ist, ist GUT!«

Nur meine beste Freundin war dazu fähig, mir einzureden, ich sollte den schlimmsten Tag meines bisherigen Lebens eigentlich mit Kuchen und Gesang feiern. Ich spielte am Sitzsack herum und schlug eine Vertiefung hinein, dann quetschte ich die ganzen kleinen Kügelchen darin zurück in die Mulde.

»Das ist deine Milchzeit, Phoebe«, fügte Harper noch hinzu. Mehr schien sie nicht sagen zu wollen. Wenn da nicht die traurige, aber auch nicht weiter überraschende Tatsache gewesen wäre, dass ich wie immer keinen Schimmer hatte, wovon sie sprach.

»Milchzeit?«

»Shakespeare«, erwiderte Harper. »*Meine Milchzeit, als mein Verstand noch grün*. Das stammt aus *Antonius und Cleopatra*. Der Ausdruck steht für die Zeit im Leben, wenn alles so sein soll, wie es ist. Es handelt sich um einen Lernprozess. Grün steht für Jugend, und der Verstand entwickelt sich erst mit der Erfahrung weiter.«

Ich seufzte.

»Im Großen und Ganzen versteh ich ja, was du sagen willst, Harper. Tu ich wirklich. Aber das ändert nichts an der Tatsache, dass ich mich jetzt, in diesem Moment, total zum Deppen gemacht habe ausgerechnet vor den Leuten, die ich eigentlich beeindrucken wollte. Ich hab einfach nicht das Gefühl, dass ich im Augenblick auch nur einem von ihnen unter die Augen treten könnte.

Ich kann morgen auf gar keinen Fall wieder in die Schule gehen.«

Harper ließ sich zurück auf das Bett sinken.

»Du *musst* aber morgen in die Schule kommen. Da wird die Besetzungsliste ausgehängt. Außerdem hast du keine richtige Entschuldigung, zu schwänzen.«

»Doch, die hab ich«, versetzte ich. Ich versuchte, mich aus dem Sitzsack zu befreien, weil mir nämlich allmählich die Beine einschliefen. Aber der Sessel hatte sich derart an mich geschmiegt, hatte mich regelrecht fest in seinem Griff, sodass ich kapitulierte und einfach sitzen blieb.

»Die hab ich«, wiederholte ich. »Ich brauche einen freien Tag für mein seelisches Wohlbefinden.«

»So was gibt es aber nicht«, meinte Harper.

»Und ob es das gibt, und ich brauche es. Ich muss mir eine Pufferzone schaffen – ich lass erst ein bisschen Zeit verstreichen nach dem Vorsprechen. Dann haben das nicht alle so frisch im Gedächtnis. Ich krieg einfach so 'ne Vierundzwanzigstundensache. Kopfschmerzen, Halsweh, gerötete Augen mit Juckreiz.«

»Das ist doch auch keine Lösung, Pheebs«, meinte Harper. »Wenn du das Unvermeidliche hinauszögerst, bringt das nicht viel. Weißt du noch, wie Billy Stilton in der Vierten einen Basketball in die Magengrube gekriegt hat und sich dann aus Versehen in die Hose pinkelte?«

»Klar weiß ich das noch«, entgegnete ich.

»Er war anschließend ganze drei Tage lang nicht in der Schule«, erklärte Harper.

»Ich weiß«, gab ich zurück. Der arme Billy Stilton. Tut mir ja leid, das sagen zu müssen, aber es baute mich echt auf, dass da jemand war, dessen Leben *noch* übler war als meins.

»Und als er dann endlich wiederauftauchte, hatten wir da etwa die Sache mit der nassen Hose vergessen?«, erkundigte sich Harper.

Ich konnte mich noch so gut an die Sache erinnern, als wäre es erst gestern geschehen. Statt den Zwischenfall zu vergessen, hatten wir nämlich ganze drei Tage Zeit gehabt, darüber nachzudenken und über Billys Unfall zu reden, was seine Rückkehr letzten Endes nur noch schlimmer machte.

»Okay, da ist was dran, Harper. Ich bin mir aber ziemlich sicher, dass mein Kopf schon zu pochen anfängt.«

Harper beugte sich vor und warf mir einen Otter, mein Lieblingskuscheltier mit Namen Otti-Potti, direkt an den Kopf.

»Hey!«

Ich streckte die Hand nach Otti-Potti aus, um ihn zurück zu Harper zu schleudern, als ich es klopfen hörte. Unmittelbar darauf ging die Tür auf, wie es für meine Mutter typisch war. Sie achtet zwar immer tunlichst darauf, erst anzuklopfen, zur »Wahrung der Privatsphäre«, wie sie das immer so schön ausdrückt, nur dass sie dann nie die Antwort abwartete. Da blieb einem noch nicht mal die Zeit, zu rufen: »Warte bitte kurz.« Das ist wie in einem von diesen schlechten Krimis im Fernsehen, wo die immer brüllen »Polizei – machen Sie die Tür auf!«, und noch ehe der Satz zu Ende gesprochen ist, brechen sie sie auch schon auf, sodass die Holzsplitter nur so auf sie herabregnen.

Hab ich eigentlich schon erwähnt, dass meine Mutter Psychotherapeutin ist? Laiensprachlich auch Seelenklempner genannt? Oder wie Töchter sagen würden: Nervensäge!

»Phoebe, du hast Besuch«, meinte meine Mutter. Sie trug ihre hellblaue Jogginghose, diejenige, die »SMILE« in neonpinker Schrift auf dem Hintern stehen hatte.

»Ja, ich weiß, Mom, Harper ist schon seit …«

Doch ich verstummte sofort, als meine Mutter zur Seite trat und auf einmal Delilah Fortescue ins Zimmer marschiert kam, wie sie leibte und lebte.

Ohne die tief in die Stirn gezogene Mütze und bei hellem Licht besehen sah Delilah Fortescue sogar noch umwerfender aus als sonst. Sie war zwar nicht so mysteriös und atemberaubend gut aussehend wie Mia Kezdekian. Aber sie hatte *eindeutig* etwas an sich. Groß genug, um eine hochgewachsene Frau zu spielen, aber eindeutig nicht zu groß, um nicht auch als klein durchzugehen. Sie war hübsch genug, um eine schöne Frau zu verkörpern, aber nicht so umwerfend, dass sie nicht auch eine graue Maus hätte spielen können. Sie stellte eine faszinierende Mischung aus allem dar. Doch in erster Linie war es ihre Haltung. Sie war eine Persönlichkeit, die sofort sämtliche Blicke auf sich zog, eine Person, die an sich selbst keinerlei Makel fand und sich für kein bisschen unscheinbar hielt.

Delilah kam also ins Zimmer, als hätte sie das schon tausendmal getan, dann lächelte sie meiner Mutter über die Schulter zu und bedankte sich bei ihr.

»Freut mich, dass du hier bist, Delilah«, meinte meine Mutter. »Es war mir ein *großes* Vergnügen, dich kennenzulernen.«

Ich dankte den Sternen am Himmel, dass meine Mutter jetzt endlich verschwand, statt sich darüber auszulassen, was für ein großer Fan von ihr die kleine Phoebe doch war. Manchmal konnte meine Mutter sogar richtig taktvoll sein. Und das machte fast schon die anderen Male wett, in denen sie mich bis auf die Knochen blamierte.

Ich versuchte wieder, mich aus dem Sitzsack zu befreien, um Delilah angemessen zu begrüßen. Ich meine, sie war echt hier, in meinem *Zimmer!* Dieses Mädchen, das so eine Art Berühmtheit war. Da sollte ich doch wohl besser aufstehen. Aber ich steckte leider fest und als ich hilflos mit beiden Armen und Beinen zappelte fühlte ich mich, wie ein Käfer, der auf dem Rücken lag. Mit einem Mal war Harper über mir, griff nach unten, packte mich am Arm und zerrte mich hoch. Mein Mund klappte auf und zu, als wäre ich ein Fisch, den Harper soeben aus dem Wasser gezogen hatte. Mein äußeres Ich hatte wieder mal die Regie übernommen. Harper sah mich an, dann wandte sie sich Delilah zu.

»Hi«, sagte sie.

Wieder einmal hatte meine beste Freundin es geschafft, als Erste zu sprechen.

»Hey, du bist Harper, stimmt's?«, erkundigte sich Delilah.

Harper nickte.

»Tut mir leid, dass ich hier so reinplatze«, entschuldigte sie sich. »Ich wollte nur nach dir schauen, Phoebe. Aber wo ich dich jetzt so sehe, scheint es dir ja doch recht gut zu gehen. Ich hatte mir nur Sorgen gemacht, du könntest dir vielleicht Gedanken machen wegen dem, was heute passiert ist. Manche Leute würden nach so was ausflippen, weißt du, oder einfach von der Bildfläche verschwinden.«

Ich nickte. Ja. Ja zu allen Punkten.

»Ich wollte dir nur sagen, dass das jedem von uns früher oder später mal passiert. Im Ernst, du machst dir ja gar keine Vorstellung davon, was einige von uns schon durchmachen mussten. Vorsprechen, Premierenabende, Zweitbesetzungen, die im letzten Moment einspringen mussten. Ich sag dir, uns ist *allen* schon mal etwas total Peinliches passiert. Ich hab mal einen Schauspieler beim Vorsprechen gesehen, dessen Namen ich besser nicht nenne, der hatte zu Mittag Chili con Carne gegessen, sodass er mitten während seines Vortrages einen fahren ließ, und zwar derart geräuschvoll, dass es selbst die in der hintersten Reihe noch hören konnten. Keiner hat an die Sache heute auch nur einen Gedanken verschwendet, das kann ich dir versichern. Ich bin Vorsitzende der Theater-AG, also sollte ich das wissen.«

Delilah hatte jetzt meine beiden Hände in ihre genommen und sah mich mit ernster Miene ganz eindringlich an, sodass ihre Augen fast ein bisschen hervortraten. Ihr Haar, das sie zu einem Pferdeschwanz zurückgebunden hatte, wippte mitfühlend, als sie nun nickte, um das Gesagte noch mal zu unterstreichen. Ich versuchte etwas zu erwidern, nur um festzustellen, dass mein äußeres Ich tatsächlich das Kommando übernommen hatte über meinen Mund. Das war jetzt schon das zweite Mal, dass mir das passierte, obwohl Harper bei mir war.

»Ich hbns – du tussnich – gns …«

»Genau das hab ich ihr vorhin auch gesagt«, unterbrach Harper mein Gestammel und rettete mich, ehe ich noch mehr unverständliches Zeug von mir geben konnte. »Siehst du, Phoebe? Es besteht kein Grund zur Sorge. Alles ist gut.«

Ich nickte, und da auch Delilah immer noch mit dem Kopf wippte, müssen wir ausgesehen haben wie ein Synchronschwimmerpaar, das soeben aufgetaucht war, um Luft zu holen.

»Alles ist gut«, wiederholte Delilah. »Prima.«

Prima. Das bedeutete also, ich befand mich nicht in akuter Lebensgefahr und stellte auch keine Gefahr für andere dar.

»Ich hab auch gehört, dass du das Vorsprechen hinterher nachholen durftest«, fügte Delilah noch hinzu. »Das ist großartig! Weil die Besetzungsliste nämlich morgen ausgehängt wird, egal was passiert. Wenn man also das Vorsprechen versäumt, dann hat man Pech gehabt. Vor zwei Jahren ist das mal einem Mädchen passiert, das plötzlich Schluckauf bekommen hat. Den hatte sie ganze sieben Stunden lang. Sie konnte ihren Text einfach nicht vortragen!«

Dann entstand eine längere Stille. Ich wollte nicht wieder total unverständliches Zeug von mir geben, deswegen hielt ich besser den Mund.

»Um welche Uhrzeit hängen die die Liste denn aus?«, erkundigte sich Harper nach einem kurzen Augenblick.

»Um Punkt eins«, erwiderte Delilah, wobei ihr Gesicht vor lauter Vorfreude strahlte. »Direkt draußen vor dem Auditorium. Ist schon verrückt. Da drängen sich dann immer alle, und vor lauter Anspannung drehen die ganzen Leute fast durch. In der Nacht davor macht kaum einer ein Auge zu. Das wäre dann also heute Abend!«

»Du kriegst bestimmt die Rolle der Sarah«, sagte ich. Eine wirklich triumphale Rede – ich hatte die Worte tatsächlich ohne einen einzigen Hänger rausbekommen. »Das sagen alle«, schob ich noch hinterher. Und es stimmte. Ich hatte zufällig mitgekriegt, wie verschiedene Leute die Vermutung anstellten, Delilah würde sich die Hauptrolle angeln.

Delilah wurde rot.

»Keine Ahnung«, meinte sie. »Das wäre schon richtig cool, nicht wahr? Ich würde liebend gern die Sarah spielen. Wir werden sehen. Da war heute ganz schön harte Konkurrenz am Start.«

Das sagte sie voller Überzeugung, obwohl sie dabei dennoch den Eindruck machte, als wäre sie sich selbst sicher, dass sie die Rolle bekommen würde. Gerade wollte ich mir einen weiteren vollständigen Satz abringen, da kam Delilah mir zuvor und umarmte mich ganz fest. Als sie mich drückte, presste es mir komplett die Luft aus den Lungen.

»Du bist so süß«, sagte sie, ehe sie mich ganz unvermittelt wieder losließ. »Versprich mir, dass du das heute nicht überbewertest.«

»Ich versprech's«, erklärte ich, und ich glaubte allmählich sogar selbst daran. Worüber sollte ich mir denn jetzt noch Gedanken machen? Delilah Fortescue höchstpersönlich hatte mir einen Besuch abgestattet. Vor mir hatte es schon Schauspieler gegeben, die ihr Vorsprechen furzend und hicksend bestritten hatten. Da musste ich mir echt keine Gedanken machen, den anderen gegenüberzutreten.

Delilah klatschte in die Hände und lieferte einen Soloapplaus ab.

»Cool«, sagte sie. »Wir werden total viel Spaß haben, Mädels. Hört zu, ich muss los. Bud wartet draußen mit den Rädern. Wir sehen uns morgen um Punkt eins, okay?«

Ich nickte bedeutungsvoll. Als Delilah sich auf den Weg zur Tür machte, drehte sie sich noch einmal um und machte wieder diese Sache mit dem Lächeln über die Schulter.

»Tschüssi!«

Harper hob die Hand, ein bisschen so, wie es der Papst immer tut, wenn er vom Altar aus eine ganze Gruppe von Menschen segnet.

»Tschau«, gab ich zurück.

Zwei Sekunden später war Delilah dann auch entschwunden und hinterließ nichts als einen blumigen Duft, der einzige Beweis dafür, dass sie jemals hier in meinem Zimmer gewesen war.

»Wow«, stieß ich hervor und wandte mich Harper zu, die sich schon wieder quer auf mein Bett hatte plumpsen lassen.

»Ja, aber echt. Was wollte die denn von uns?«

»Wollen?«

»Ich hab noch nie jemanden gesehen, der sich so exzessiv ins Zeug gelegt hätte, ohne dass er etwas von einem gewollt hätte«, erwiderte Harper.

Ich hatte ein wenig Angst, zu fragen, was sie mit exzessiv meinte. Es klang irgendwie nach 'ner Hautkrankheit.

»Ich fand das unglaublich nett von ihr, dass sie vorbeigekommen ist«, meinte ich.

Harper zuckte mit der Schulter.

»Findest du nicht?«, fuhr ich fort. »Du weißt schon, dass sie überhaupt auf die Idee gekommen ist, ich könnte mir Gedanken machen, und dass sie den weiten Weg auf sich genommen hat, nur um mich zu trösten und von dem Kerl zu erzählen, der zum Vorsprechen ist, nachdem er Chili gegessen hatte und das alles?«

»Ich schätze, so könnte man es auch sehen«, gab Harper zu. »Heißt das wenigstens, dass du dich jetzt von deiner Vierundzwanzigstundengrippe erholt hast?«

Ich grinste. »Das habe ich tatsächlich, Harper. Ich fühl mich wieder so richtig gut.«

»Dann können wir ja nun endlich das Thema wechseln. Weil nämlich, wenn du dich jetzt wieder ganz erholt hast …«

»Ja?«

Harper richtete sich auf und verschränkte die Hände ineinander.

»Machst du Mr Romeo für mich nach?«

Und ob ich das tun würde.

Schon seit er zu diesem Vorsprechen erschienen war, wollte ich nichts lieber als das. Ich rannte rüber zu meinem Schrank und schnappte mir einen langen Schal, den meine Mutter in ihrer kurzen Stricktherapie-Phase produziert hatte. Den schlang ich mir jetzt um den Hals, glättete mein krisseliges rotblondes Haar, rückte meine imaginäre Brille zurecht und drehte mich mit großer Geste zu Harper um.

»Loooooite, bittäääää! Hört jetzt mal zuhuu!«, flötete ich.

Harper kicherte bereits wie wild.

»Und duuu bist?«, fragte ich, während ich Harper eindringlich anstarrte. »Entschuldige bittää, jaa? Und duuuuu bist?«

Ich schnappte mir ein *People*-Magazin und tat so, als wäre es ein Klemmbrett.

»Aaah, ja. Sehr gut. Ausgezeichnet.«

Harper lachte hemmungslos weiter. Ich machte Mr Romeo echt total perfekt nach, und ich wusste es. Ich *war* eine gute Schauspielerin.

Zum ersten Mal an diesem Tag war ich absolut glücklich.

Sehr gut.

Ausgezeichnet.

5

Die Besetzungsliste

Harper war zum Schulleiter gegangen, um sich eine Ausnahmegenehmigung erteilen zu lassen, damit sie am Mathegrundkurs Algebra der neunten Klasse teilnehmen durfte, was zum einen aus intellektueller Sicht von größter Bedeutung war, es ihr zum anderen aber auch ersparen würde, beim Turnunterricht mitzumachen, was wohl der wichtigere Aspekt war. Für mich bedeutete das (abgesehen von der grässlichen Vorstellung, dass ich jetzt ohne sie würde zum Turnen gehen müssen), ganz allein der Schlange in der Cafeteria gegenübertreten zu müssen. Harper hatte mir versprochen, mich im Anschluss so schnell wie möglich zu treffen, doch war sie nicht ganz sicher, wann das sein würde. Und ich hatte Hunger.

Die Siebt- und Achtklässler essen in der Mittelstufe als Erste, während die Neuntklässler ihr eigenes Zeitfenster haben, ein bisschen später. Vielleicht half das, Schlachten um das Essen zu vermeiden sowie einen Wettstreit um die beigen oder hellgrünen Hauptgerichte zu verhindern, vielleicht lag es aber auch einfach daran, dass die Cafeteria zu klein war.

Noch stand fast keiner in der Schlange, daher schob ich mein Tablett über den Tresen, um eine Fischpastete und etwas, das sie hier optimistisch »Brokkoligratin« nannten, in Empfang zu nehmen. Dazu schnappte ich mir einen Kakao. Jetzt, da ich in der Mittelstufe war, achtete ich sorgsam darauf, was ich wählte, und wann immer es möglich war, fiel meine Wahl auf etwas mit Schokolade.

Da auch nicht allzu viele Leute an den Tischen saßen, war wenigstens die Anzahl der Augen begrenzt, die mich anstarren konnten, während ich mein Tablett an einen der hinteren Tische trug. Harper war der Ansicht, dass mindestens ein Drittel aller Fälle von Angstzuständen bei Erwachsenen auf bleibende Kindheitserinnerungen an traumatische Erlebnisse in Schulcafeterien zurückzuführen waren, und ich musste ihr da zustimmen. Es war wirklich kein Leichtes, ein solches Schulmittagessen zu überstehen. Vor allem dann, wenn die beste Freundin beim Schuldirektor war.

Ich setzte mich in die Ecke an einen leeren Tisch und versuchte mich auf mein Essen zu konzentrieren. Ich schnitt die Fischpastete in zwei Hälften, und dann viertelte ich die Teile. Den gratinierten Brokkoli schob ich auf meinem Teller hin und her, wo er winzige Schleimspuren aus weißem Käse hinter sich herzog. Dann öffnete ich den Kakao und stürzte den ganzen Viertelliter auf einmal runter. Jetzt, da meine Geschmacksknospen betäubt waren, spießte ich ein großes Stück Fischpastete auf und schob es mir in den Mund. Das war der Moment, da all meine Probleme ihren Anfang nahmen.

Habt ihr schon mal den Ausdruck »den Mund zu voll nehmen« gehört? Genau das hatte ich gerade getan. Ich versuchte die Fischpastete zu zerkauen, ohne dabei den Mund aufzumachen, aber ich spürte bereits, wie meine Wangen sich gefährlich ausbeulten.

»Ist der Platz hier noch frei?«

Ich blickte in die Richtung, aus der die Stimme kam, und wurde stocksteif. Das OmZ stand ein paar Sitzplätze weiter und hielt ein schwer beladenes Tablett mit einer Auswahl an beigen und grünen Lebensmitteln und drei Tetrapacks Milch auf dem Arm. Er war genauso umwerfend, wie ich ihn in Erinnerung hatte, und trug ein etwas knittriges tannengrünes T-Shirt und die üblichen ausgebleichten Jeans. Ein Vorhang von schwarzem Haar hing ihm über ein Auge.

Ich konnte mich nicht mehr rühren. In meinem Mund war absolut kein freier Platz zur Verfügung, um auch nur ein Wort herauszubringen. Wenn ich jetzt wieder anfing zu kauen, um die Pastete endlich runterzukriegen, bestand durchaus die Gefahr, dass mir ein bisschen was davon aus dem Mund quoll. Also saß ich einfach nur so da wie ein Weltmeister von einem Idioten, mit hervorquellenden Augen und Wangen wie ein Backenhörnchen. Angestrengt versuchte ich, das zermantschte Essen im Mund zu behalten.

»Das heißt dann wohl Nein«, meinte er und lächelte mir ein wenig schief zu. Er zog einen Stuhl heran, stellte sein Tablett ab und nahm Platz.

»Und«, fuhr er fröhlich fort. »Bist du schon gespannt auf die Besetzungsliste?«

Ich versuchte, beiläufig zu nicken, um Zeit zu gewinnen, aber ich spürte, wie meine Augen sich mit Tränen füllten, und die halb zerkaute Fischpampe blockierte immer noch meinen Mund und wollte einfach nicht verschwinden. Wenn das hier nicht ohnehin noch schlimmer war als die Sache mit dem Kotzen, dann nahm es sicher den zweiten Platz um die größten Peinlichkeiten meines Lebens ein. Ich saß allein an einem Tisch mit Tucker, dem Realität gewordenen Traum, und unter den gegebenen Umständen fiel mir nur eine einzige Sache ein.

Flucht.

Ich nahm noch nicht mal mein Tablett mit. Ich sprang einfach nur von meinem Stuhl hoch, schnappte mir meine Tasche, winkte Tucker mit einer vagen Handbewegung zu, die besagen sollte: »Upsi, hab ganz vergessen, dass ich SOFORT losmuss, bis später«, dann sprintete ich zur Seitentür raus auf den Flur. Ich hetzte direkt auf das Klo für Angestellte zu, das nie einer benutzte, stürmte durch die Tür und schloss sie hinter mir ab.

Das war eins der wenigen Klos, in dem es nur eine Kabine gab und eine Eingangstür, die man ganz absperren konnte. Ich hätte nicht wirklich hier drin sein dürfen, aber das war im Moment die geringste meiner Sorgen. Hier war ich wenigstens vorübergehend sicher. Ich packte den Mülleimer, beugte mich darüber und öffnete den Mund. Das Stück halb zerkauter Fisch fiel raus. Es landete im Abfalleimer und lag dann da wie ein total abgenutzter beiger Hockeypuck. Ich griff mir ein paar Papiertücher und bedeckte das Zeug damit.

Dann trat ich ans Waschbecken und spritzte mir ein wenig kaltes Wasser ins Gesicht, weil die Leute das immer zu tun scheinen, wenn sie ein Trauma loswerden wollen. Ich trug ein wenig von dem Erdbeer-Lipgloss auf, das Harper mir geschenkt hatte, weil der Duft immer tröstlich auf mich wirkte. Dann versuchte ich es zur Beruhigung mit einer von diesen Atemsequenzen, die meine Mutter mir hatte unbedingt beibringen müssen. Anschließend beugte ich mich ein paarmal runter zu den Zehen, weil ich nicht wusste, wie ich hier richtiges Yoga hinbekommen sollte, und das schien echt ganz gut zu helfen. Schließlich betrachtete ich mich eingehend im Spiegel. Ich versuchte mir vorzustellen, was das OmZ in mir gesehen haben mochte, nur ohne den Mund voller Fisch.

Ich würde nicht behaupten, dass ich hässlich bin. Der Meinung bin ich ganz und gar nicht. Ich glaub sogar, dass es im Grunde nicht viele wirklich hässliche Menschen auf der Welt gibt. Das sind nur ein paar wenige, und die wissen es auch ganz genau. Ich gehöre nicht dazu. Ich bin aber alles andere als perfekt und im Grunde mehr oder weniger unscheinbar.

Ich war immer der Ansicht gewesen, Schauspieler müssten ein Gesicht haben, das die Leute auf sie aufmerksam werden lässt. Nicht unbedingt ein schönes Gesicht, aber zumindest ausgeprägte Gesichtszüge. So wie Delilah Fortescue, die nicht unbedingt ein umwerfend schönes Mädchen war, aber sie fiel eben auf. Ich war vom Kopf bis zu den Zehen allenfalls durchschnittlich. Nichts an mir stach irgendwie hervor, nicht einmal mein rotblondeses Haar, obwohl Harper das immer behauptete. Es war einfach zu krisselig, um als vorteilhaft gelten zu können. Ich war eine graue Maus, total unauffällig. Die Leute konnten sich oft nicht daran erinnern, dass sie mir schon mal begegnet waren, auch wenn ich selbst sie noch sehr gut in Erinnerung hatte. Sogar den Freunden meiner Eltern passierte das immer wieder – und mal ehrlich, wer vergisst denn, bitte schön, dass er die Kinder von Freunden kennengelernt hat?

Aber das Frustrierendste an alledem war, dass ich genau wusste, dass mein inneres Ich, die echte Phoebe, *durchaus* bemerkenswert war. Vielleicht sogar außergewöhnlich. Ich machte wunderbar Leute nach, und Harper brachte ich fast immer dazu, dass sie sich kringelte vor Lachen – sie behauptete sogar, dass ich der einzige Mensch auf der Welt wäre, der sie so zum Lachen brachte. Ich konnte mir so gut wie alles ohne großen Aufwand merken. Ich war ein Ass darin, verschiedene Akzente zu imitieren. Ich konnte recht gut singen. Ich konnte die meisten Tierstimmen nachahmen, vom Muh bis zum Iah, und zwar so naturgetreu, dass man hätte glauben können, man befände sich auf einer Safari in Kenia oder zumindest in einem Streichelzoo. Ich konnte die Körpersprache von egal wem übernehmen – man musste mir nur dreißig Sekunden geben, dann gab ich die fünfundachtzigjährige Omi mit Schluckauf, und jeder nahm mir das ab. Ich hatte ein

Talent, und das war schon ziemlich cool. Doch wie ich in der Cafeteria soeben vor meinem OmZ bewiesen hatte, zeigte ich, sobald Harper nicht in meiner Nähe war, alle Anzeichen einer wandelnden sozio-biologischen Katastrophe.

Und selbst wenn ich mich nicht an zwei aufeinanderfolgenden Tagen vor Tuckers Augen zum Deppen gemacht hätte, was würde er denn dann in mir sehen? Wenn er beim Flaschendrehen mitmachte und das Ding auf mich zeigte, wäre er dann enttäuscht? Angewidert? Oder wäre ihm das schlichtweg egal, und er würde weiter hoffen, dass er bei der nächsten Runde Mia Kezdekian erwischte?

Wem machte ich hier eigentlich etwas vor? Ich wusste doch noch nicht mal, wie das mit dem Küssen ging. Ich starrte mein Spiegelbild an, konzentrierte mich auf meine Lippen. Sie waren, was für eine Überraschung, nicht weiter bemerkenswert. Mia Kezdekian hatte ganz außergewöhnlich aufgeblasene Lippen, fast wie Kissen. Selbst Harpers Lippen waren ganz natürlich zu einem gewinnenden Lächeln geschwungen. Meine hingegen sahen aus, als hätte man sie mir nachträglich mit einem Buntstift ins Gesicht gemalt. Ich zog eine Schnute, kniff mein linkes Auge zu, ließ aber das rechte einen Spaltbreit offen, damit ich ein bisschen was sehen konnte. Nun beugte ich mich auf den Spiegel zu, immer noch mit geschürzten Lippen. Eine einzelne Haarsträhne hatte sich vor mein Gesicht verirrt, hing da jetzt rum und kitzelte mich an der Nase. Ich schob sie mir aus der Stirn, dann zog ich wieder einen Kussmund und näherte mich meinem eigenen Spiegelbild. Im letzten Moment beschloss ich, dass es doch recht eklig wäre, die Lippen auf den Spiegel im Klo zu pressen, daher legte ich meine rechte Hand auf das Glas. Und dann küsste ich sie.

Irgendwie wurde ich den Verdacht nicht los, dass meine Hand, wenn sie denn hätte sprechen können, mir erklärt hätte, ich würde miserabel küssen.

Selbst nachdem ich mein Kussexperiment beendet hatte, blieb ich noch weitere zehn Minuten in der Toilette, um die Ruhe zu genießen. Doch statt rumzugammeln, machte ich mich an meine Mathehausaufgaben. Als ich schließlich auf die Uhr sah, war es auch schon zehn vor eins.

Ich war mir gar nicht mal mehr sicher, ob ich wirklich scharf drauf war, zum Aushang mit der Besetzungsliste zu flitzen. Das OmZ würde aller Wahrscheinlichkeit nach auch da sein, so viel war sicher. Warum sollte ich mir die Liste denn sofort ansehen? Obwohl ich immer noch danach strebte, ein Star zu werden, war mir doch klar, dass es in dem Stück nur zwei größere weibliche Rollen gab. Mein zweites Vorsprechen bei Mr Romeo und Miss Maslin war definitiv ganz anständig verlaufen. Aber für diese beiden Rollen gab es massenhaft Konkurrenz, und ich war, theoretisch gesehen, nichts weiter als eine blutige Anfängerin. Vielleicht bekam ich ja eine kleinere Nebenrolle, mit drei oder vier Sätzen, aber die Chancen waren groß, dass ich eher in einem der Chöre endete, und dann blieb mir nur noch zu hoffen, dass ich eins der *Heißen Häschen* darstellen durfte und nicht Mitglied des eher langweiligen Missionarschors wurde. Im Theatercamp in den Sommerferien hatte man mir eingetrichtert, dass es so etwas wie kleine Rollen nicht gab und jemand am Theater nichts zu suchen hätte, der es nicht ertrug, lediglich Teil eines Chors zu sein. Schauspielerei, so schärfte man uns immer wieder ein, war etwas, was man im Team gestaltete.

Und mein Team war die Theater-AG. Delilah hatte mehr oder weniger gesagt, dass sie mich dort erwarten würde, wenn die Liste aushing. Wie würde das wohl aussehen, wenn ich jetzt nicht auftauchte? Nein, ich musste dahin, mehr war dazu nicht zu sagen. Die Frage war nur, ob mir genügend Zeit blieb, um vorher noch nach Harper Ausschau zu halten?

Doch das Problem, so stellte sich raus, war schnell gelöst. Ich hatte kaum zwei Schritte aus der Toilette gemacht, da fand ich Harper auch schon am Boden vor der Cafeteria sitzend, ihr Mathe- und ihr Sozialkundebuch geöffnet vor sich liegend.

»Was tust du da?«, erkundigte ich mich bei ihr. Harper fing sofort an, ihre Bücher aufzusammeln, als sie mich sah. Nachdem sie den Reißverschluss ihrer Tasche zugezogen hatte, sah sie zu mir hoch.

»Wir wollten uns doch zur Mittagszeit treffen. Du warst nicht in der Cafeteria, und ich hatte keinen Plan, wo ich dich sonst suchen sollte. Ich dachte, du würdest früher oder später wieder hierher kommen, um nach mir Ausschau zu halten. Du willst also sagen, dass du die ganze Zeit auf der Toilette da warst?«

»Ja«, gab ich zu. »Ich meine, nein. Nein! Na ja, vielleicht schon, ich war in der Toilette. Aber ich hab nicht, du weißt schon. Ich war nicht auf dem Klo.«

»Okay, kapiert«, meinte Harper und stand auf. Ein blaues Stück Folie von ihrer Rolle Pfefferminzbonbons flatterte zu Boden. Harper hob es auf und steckte es in ihre Tasche.

»Alles in Ordnung?«, fragte sie.

Ich zögerte. Ein Teil von mir wollte am liebsten gleich die ganze Mund-voller-Fischpastete-vor-OmZ-Story brühwarm erzählen, ohne ihr auch nur das geringste qualvolle Detail zu ersparen. Doch die Sache war kompliziert und peinlich, und ich hatte mich in den letzten paar Tagen Harper gegenüber schon mehr als genug über mein Leben beschwert.

»Alles okay«, sagte ich deshalb.

»Dann lass uns gehen.«

Wir gingen auf den gläsernen Verbindungsflur zu, der von der Cafeteria zu den Auditorien führte.

»Wie war denn dein Treffen?«, erkundigte ich mich. In Wahrheit hätte ich die Sache mit Harpers Mathekurs fast vergessen. Ich musste echt besser aufpassen. Wenn ich mich noch weiter von meinen eigenen Problemen in Beschlag nehmen ließ, dann würde vermutlich selbst Harper, die normalerweise nichts erschüttern konnte, das irgendwann persönlich nehmen.

»Ich bin drin«, sagte sie. »Der Direktor hat mir die Erlaubnis erteilt.«

»Dann verpasst du aber Sport«, erklärte ich ein wenig bedrückt.

»Sport ist was für Schwachköpfe«, entgegnete Harper.

Ich machte mir nicht die Mühe, sie darauf hinzuweisen, dass Sport für uns geistige Normalsterbliche durchaus ein Pflichtfach war, ganz gleich ob Schwachkopf oder nicht. Vor uns vernahm ich aufgeregtes Gelächter und Gejubel, und schon bald sah ich, dass sich bereits eine

Menschentraube vor den Türen zum Auditorium gebildet hatte. Genau in dem Moment, da Harper und ich uns näherten, trat Mr Romeo durch die Flügeltür. Er trug einen purpurroten Schal und einen schwarzen Anzug. Selbst aus der Entfernung konnte ich erkennen, dass an ihm nicht ein Härchen in Unordnung war. Mr Romeo hielt ein Blatt Papier in der Hand, und als wäre er Moses höchstpersönlich, teilte sich die Menge und machte ihm den Weg frei. Ein ziemlich adretter Moses wohlgemerkt. Mit einer einzigen dramatischen Bewegung heftete er das Blatt ans schwarze Brett und verdrückte sich dann wieder, ohne auch nur ein Wort zu sagen.

Harper und ich hielten uns zurück, als die Menge sich um die Liste drängte. Ich hörte Rufe wie »Ja!« und »Geil!« und »Cool!«.

»Willst du auch vorgehen?«, erkundigte sich Harper. Sie sah mich einen Augenblick an. Es war schwer, ihren Blick zu deuten. Sie schien irgendwie auf eine mütterliche Art und Weise besorgt.

»Ich warte lieber, bis sich die Lage etwas beruhigt hat«, meinte ich.

Ich sah, wie Delilah Fortescue sich aus der Menge löste, eine Hand an ihr Schlüsselbein gepresst.

»Ich kann's nicht glauben. Ich kann es einfach nicht glauben«, sagte sie wieder und wieder. Die Worte hätten echt alles bedeuten können, doch den vor Aufregung geröteten Wangen nach zu schließen, hätte ich wetten wollen, dass sie die Rolle der Sarah bekommen hatte.

Delilah schien mit einer Hand immer noch in der Menge festzustecken, dann aber trat eine Person aus dem Pulk, die sie festhielt. Es war Bud Gelcho, der von einem Ohr zum anderen grinste. Er hob Delilahs Hand hoch in die Luft, als wäre sie ein siegreicher Preisboxer. Ben Pfeiffer packte ihn von hinten am Hemd.

»Kumpel, ich kann die Liste nicht sehen. Welche Rolle hast du bekommen?«

»Wir sind Sky und Sarah, Mann!«, sagte Bud. Delilah wiederholte weiterhin, dass sie es nicht glauben könne, doch inzwischen machte sie durchaus den Eindruck, als glaubte sie sehr wohl daran.

Immer mehr Leute lösten sich aus der Menge. Ich sah das blonde Engelchen, was mich ein wenig ärgerte, weil sie mit den älteren Kids vor dem Anschlagbrett gestanden hatte. Bud und Delilah machten sich nun auf in Richtung Cafeteria, und auf einmal bestand die Ansammlung nur noch aus fünfzehn Leuten, und dann waren da plötzlich nur noch halb so viele. Ich bemerkte Chris Seligman und Ben Pfeiffer, die sich gegenseitig abklatschten, während sie weggingen.

»Ich geh jetzt da vor«, informierte ich Harper.

»Viel Glück«, sagte sie mit einem leichten Stirnrunzeln.

Ich trat also vor das schwarze Brett und gab mir alle Mühe, den Eindruck zu erwecken, als würde ich einfach nur so zufällig vorbeispazieren. Die Liste war sortiert nach den einzelnen Rollen, wie sie nacheinander auftraten, daher war es, abgesehen von den Rollen, die ich kannte, ziemlich schwer, zu sagen, was eine große Rolle war und was lediglich eine Statistenrolle. Tatsächlich stand da direkt neben »Sergeant Sarah« Delilahs Name und neben »Sky Masterson« der von Bud. Als Nächstes fiel mein Blick auf die »Adelaide«, und ich war überrascht, zu sehen, dass nicht Miranda Goetz mit ihrem Goldkehlchen die Rolle bekommen hatte, sondern die eher mysteriöse Mia Kezdekian. Chris Seligman durfte die Rolle ihres Verlobten übernehmen, »Nathan Detroit«. Und Ben Pfeiffer spielte jemanden oder etwas namens »Harry the Horse«.

Dann stieß ich endlich auf meinen eigenen Namen. Ich glitt mit dem Finger rüber zu der Liste mit den Rollen. Mitglied des Missionarschors. Enttäuschung machte sich in mir breit. Nicht nur, dass ich nicht mal eine kleinere Rolle bekommen hatte, man hatte mich auch noch in den Chor der prüden, anständigen Mitglieder der Heilsarmee verbannt. Während die Hot Box Girls vermutlich recht witzige Tanzeinlagen in niedlichen Outfits hinlegen würden, musste der Chor der Heilsarmee in Militäruniformen antreten und irgendwelche

Hymnen singen. Ich war quasi ins Sibirien der Welt von *Schwere Jungs, leichte Mädchen* verbannt.

Harper rief meinen Namen, doch ich wollte mir jetzt auch noch den Rest der Liste ansehen. Da waren noch drei weitere Leute im Missionarschor, und es gab eine Chorleiterin, Lieutenant Agatha, die zu meiner Verblüffung von Miranda Goetz gespielt wurde. Für einen Profi wie sie war die Agatha schon eine recht kleine Rolle. Miranda würde also sittsam dirigieren müssen, während wir »Fels des Heils« sangen, während Mia Kezdekian in hohen Absätzen und Federboa alles zeigen durfte!

Dann hörte ich direkt hinter mir eine Stimme.

»Oh Gott, mir wird schlecht!«, rief sie aufgeregt.

Ich war wie erstarrt. Eine offensichtlich männliche Stimme hatte mich gerade hinter meinem Rücken verarscht. Jetzt ging's also los – die ersten Witze wegen meiner Kotzaktion wurden gerissen. Und der Arsch hatte noch nicht mal den Mut, mir das mitten ins Gesicht zu sagen. Ich wäre am liebsten herumgewirbelt, um mir den Kerl vorzuknöpfen, doch ich war wie angewurzelt. Würde er noch einen Kommentar loslassen, vielleicht sogar noch was viel Fieseres?

Der Arsch trat jetzt einen Schritt zur Seite, um einen besseren Blick auf die Liste zu bekommen. Nun konnte ich sein Gesicht erkennen.

Überraschte es mich wirklich, dass es ausgerechnet das OmZ war? Immerhin war er mittlerweile zwei Mal Zeuge meiner Missgeschicke geworden. Er hatte einfach schon zu viel erlebt. Flaschendrehen hin oder her, Tucker würde mich niemals küssen, und wenn ich das letzte Mädchen auf Erden wäre. Er warf mir von der Seite einen Blick zu, so als würde er mich eben erst bemerken.

»Hey. Du bist vorhin davongerannt. Alles in Ordnung mit dir? Dein Name ist Phoebe, stimmt's? Diesen wilden Rotschopf würde ich nie vergessen.«

Mein Hirn fing an zu rattern. War das jetzt noch eine Beleidigung? Mein Haar war echt lächerlich und total unvorteilhaft – ich sah damit aus wie Ronald McDonalds kleine Schwester. Doch Tucker schaute mich so wahnsinnig nett an. Trotzdem, er hatte mich gerade total veräppelt. Ich war mir zwar nicht sicher, aber ich glaub, so verarscht worden bin ich in meinem ganzen Leben noch nicht.

»Wird eine tolle Show«, meinte Tucker, während er die Liste überflog. Dann sah er mich an und grinste schief. Er hatte ein Grübchen. Ein echtes Grübchen, direkt im Mundwinkel.

Ich stieß ein leises, bedeutungsloses Geräusch aus, das ein Mhmm für *Ja* hätte sein können oder ein Hmmm für *Ich bin mir nicht sicher*. Ich konnte mich nicht festlegen, solange das OmZ sich so doppeldeutig und unbeständig verhielt. Wenigstens ging es als irgendeine Antwort durch. Tucker warf einen letzten Blick auf die Liste, dann sah er auf die Uhr.

»Oh Mann, ich bin schon wieder zu spät dran. Wir Achtklässler sind dazu verdonnert, im Biolabor aufzuräumen, und wenn man das versäumt, schlägt sich das auf die Note. Muss mich sputen. Bis später, Phoebe.«

Sag jetzt auch »bis später«, drängte ich mich. Moment, nein. Besser nicht. Das könnte viel zu lahm rüberkommen. Außerdem ist er eh ein Arsch. Rein theoretisch zumindest.

Während Tucker davontrottete, blickte ich mich nach Harper um, die immer noch genau da stand, wo ich sie hatte stehen lassen. Sie war die ganze Zeit hinter mir gewesen. Ich stürzte auf sie zu, wobei meine Augen feucht wurden. Das OmZ hatte mich auf grausamste Art und Weise beleidigt, um anschließend einfach nur nett mit mir zu plaudern. Was war das denn für ein Irrer?

»Ich wollte dir gerade sagen, dass Tucker den Flur runterkommt«, meinte Harper in besorgtem Ton. Sie kramte in ihrer Tasche und holte die halbe Rolle Pfefferminzbonbons heraus, die sie mir reichte – ihr persönliches Wundermittel gegen alles. »Hast du nicht mitgekriegt, wie ich dich darauf aufmerksam machen wollte? Du siehst ja total durcheinander aus! Liegt es an der Besetzungsliste? Oder an Tucker? Phoebe, sprich mit mir!«

Harper. Meine Rettung, die wunderbare, mich niemals verarschende Harper, die noch dazu das Glück hatte, dass sie sich noch nichts aus Jungs machte – sie ergriff jetzt meine beiden Hände und drückte sie.

»Peebs, was ist los?«

Am liebsten hätte ich das alles szenisch dargestellt für sie – um sie so zum Lachen zu bringen, dann hätte ich vielleicht mitlachen können. Ich wollte mich selbst imitieren mit meinen aufgeblähten Wangen, die voller Fischpastete waren. Ich wollte ihr demonstrieren, wie ich vor dem Klospiegel das Küssen geübt hatte. Ich wollte Tucker nachmachen, wie er sich von hinten an mich ranschlich, mich verarschte und sich dann aufführte wie einer, der unter einer gespaltenen Persönlichkeit litt.

Doch stattdessen brach ich kurzerhand in Tränen aus.

6

Die Proben

Es dauerte nicht lange, bis Harper das Missverständnis aufgeklärt hatte. Sie führte mich zurück zu der Besetzungsliste und zeigte mir, was für eine Rolle Tucker bekommen hatte.

Die Rolle des Louie die Lippe. Deswegen war er so aufgeregt, dass ihm wirklich schlecht geworden war!

Tucker war ganz einfach nur verblüfft gewesen, als er seinen Namen gelesen hatte. Er hatte mich NICHT verarschen wollen. Jetzt hatte ich mich also das dritte Mal blamiert – ich war so was von draußen. Die Kotzorgie, die Fischpastete und jetzt noch das Missverständnis. Ich war echt eine Weltklasse-Idiotin. Irgendjemand hätte uns darauf vorbereiten müssen, wie kompliziert in der Mittelstufe alles werden würde. Sie hätten uns ein

Infoblatt schicken müssen. Eine Selbsthilfegruppe gründen.

Meine Mutter reagierte wie immer auf die übliche bizarre Weise, als ich ihr am Morgen darauf beim Frühstück schließlich erzählte, dass ich eine Rolle als Mitglied im Missionarschor bekommen hatte.

»Und?«, fragte sie, mit diesem einzigartigen Unterton, wie ihn nur eine Therapeutenmutter draufhatte. Mein Vater schwieg zu der Sache wohlweislich und hielt sich hinter seiner *New York Times* versteckt.

»Und was?«

Sie bestrich einen Toast mit Butter und schwieg einen Moment.

»Und … wie fühlst du dich damit?«

Ich kann euch gar nicht sagen, wie leid ich es nach all den Jahren war, dass sie mich immerzu fragte, wie ich mich mit irgendwas fühlte. Erst recht, wenn es noch früh am Morgen war, wo kein vernünftiger Mensch auch nur ansatzweise weiß, wie er sich mit irgendwas fühlt.

»Ich weiß es nicht, Mom, was meinst *du* denn, wie ich mich fühlen sollte?«

Typisch der klassische Seelenklempner bei der Arbeit bekam ich auf diese Frage lediglich eine hochgezogene Augenbraue zu sehen. Während ich darauf wartete, dass sie etwas entgegnete, fragte ich mich zum abermillionsten Mal, warum sie sich nicht mal das Haar färbte, statt es grau werden zu lassen, und warum sie es immer mit einem von diesen komischen dicken gerafften Haargummis aus Stoff zurücknahm, wie man sie immer nur in Filmen aus den Achtzigern sah.

»Hast du denn das Gefühl, dass man von dir erwartet, du müsstest eine bestimmte emotionale Einstellung dazu haben?«, wollte sie wissen.

Entnervt stieß ich die Luft aus, was sie dazu veranlasste, sich über den Tisch zu mir zu beugen.

»Gibt es irgendetwas, worüber du gerne mit mir reden möchtest, Phoebe?«, fragte sie ganz ruhig.

Im Grunde wollte ich ihr eigentlich nur den gebutterten Toast aus der Hand reißen und an die Stirn klatschen. Doch aufgrund jahrelanger Erfahrung wusste ich, dass es erst recht ihren Verdacht bestätigen würde, dass es ein Problem gab, wenn ich a) verärgert, b) mit Sarkasmus oder c) abweisend reagierte. Und dann würde sie mich noch länger aufhalten, selbst wenn ich zu spät zur Schule kam. Und ich würde garantiert nicht zu spät kommen, da ja heute die ersten Proben stattfanden. Und wenn ich wegen irgendwas nachsitzen musste, dann verpasste ich die.

»Mom, ich bin in der siebten Klasse. Ist ja nicht so, als hätte ich erwartet, dass ich gleich als Erstes die Hauptrolle kriege. Ich hab deswegen garantiert keine

Komplexe, es sei denn, du redest sie mir ein. Also vergessen wir die Sache, okay?«

Und tatsächlich ließ sie mich vorerst damit in Frieden. Wobei mir klar war, dass Dr. Mom noch lange nicht fertig war mit den Themen Mittelstufe, Minderwertigkeitsgefühle und Missionarschor.

Ich sah zu, dass ich bereits fünf Minuten vor Probenbeginn da war. Etwa fünfundzwanzig Stühle waren auf der Bühne zu einem großen Kreis aufgestellt. Harper, die man nun offiziell zur Nachwuchs-Produktionsassistentin ernannt hatte, setzte mich darüber in Kenntnis, dass wir bei der ersten Leseprobe den Text zunächst durchlesen sollten, und aus dem Theatercamp wusste ich, dass wir das komplette Skript von vorne bis hinten durchgehen würden, ohne irgendwelche Vorgaben oder Kommentare. Und das bedeutete, dass selbst Leute mit winzig kleinen Rollen, die nur ganz am Anfang oder ganz am Ende was zu sagen hatten, die ganze Zeit mit dabeisitzen mussten. Harper meinte, man habe sie gebeten, dazu Notizen zu machen, die Mr Romeo ihr diktieren würde, und dass diese dabei helfen sollten, einen Probenplan für die kommenden vier Wochen auszuarbeiten.

Da noch keiner auf der Bühne Platz genommen hatte, trieb ich mich im Auditorium rum und beobachtete das Treiben. Ich dachte, es würde vielleicht blöd aussehen, wenn ich mich als Erste setzte. Normalerweise blieb ich einfach an Harpers Seite, doch die war gerade in ein Gespräch mit Miss Maslin vertieft, in dem auch ein Klemmbrett und ein Taschenrechner eine Rolle spielten. Daher ließ ich mich stattdessen auf einem Platz in den Sitzreihen nieder und sah einfach nur zu. Ben Pfeiffer hatte sich Fedora Kravitz' Tasche geschnappt und stolzierte mit dieser über der Schulter herum, während Fedora ihm die ganze Zeit hinterherbrüllte, er solle sie ihr zurückgeben. Delilah und Bud standen ganz vorne und nahmen dankend Komplimente und gute Wünsche von ihren Schauspielkollegen entgegen. Mir fiel auf, dass Delilah eine Hand fest auf Buds Rücken geparkt hatte.

Hinter mir hörte ich jemanden sarkastisch seufzen. Möglichst unauffällig drehte ich mich um und tat so, als müsste ich lediglich meinen Nacken strecken. Dieser Jemand hatte direkt hinter mir Platz genommen, tief in den Sitz gesunken, die Füße hochgelegt. Auch wenn ich sie nicht direkt ansah, erkannte ich sofort, dass es Mia Kezdekian war. Sie war unverwechselbar.

»Dieses Mädchen«, meinte Mia und starrte hoch zur Decke, »denkt doch echt, das hier ist die Royal Shakespear Company und sie ist Emma Thompson.«

Ich war verwirrt. Nicht wegen des Shubert Theaters oder wegen Carol Channing – derartige Legenden der Theaterwelt kannte ich selbstverständlich in- und auswendig –, sondern weil ich mich fragte, von wem Mia da redete. Weil sie nämlich nicht mich ansah. Sie starrte immer noch hoch ins Leere. Aber sonst war da niemand in Hörweite. Ob sie wohl eins von diesen winzig kleinen Headsets im Ohr hatte, die manche Leute zum Telefonieren benutzten?

Wieder warf ich einen kurzen Blick zu ihr nach hinten. Ach herrje, aus der Nähe sah die ja noch tausendmal besser aus! Sie hatte ganz glattes, glänzendes schwarzes Haar, das ihr Gesicht umrahmte, riesige blaugrüne Augen und Lippen, auf denen man hätte einen Stift balancieren können, so voll waren sie. Einfach umwerfend. Unvermittelt senkte sie den Kopf und sah mich direkt an.

»Du bist doch eine von den Neuen«, stellte sie fest.

Ich nickte. »Ich bin die, die beim Vorsprechen kotzen musste.«

Warum? Warum? Warum musste ich denn das jetzt sagen?

»Wie heißt du?«

»Phoebe Hart. Ich bin Mitglied im Missionarschor.«

Heißt übersetzt: Phoebe Hart. Kotzender Loser.

»Stimmt. Hör zu, Phoebe, nimm dich vor der in Acht«, erklärte Mia und deutete mit ihrer absolut zierlichen, eleganten Hand in Richtung Bühne.

Ich konnte echt nicht fassen, dass sie nach meinen beiden super lahmen Kommentaren noch weiter mit mir redete.

»Wen meinst du?«

Immer noch total lahm.

»Unsere Lady D da vorn.«

»Delilah? Warum?«

Mia schüttelte den Kopf.

»Nimm dich einfach in ihrer Gegenwart in Acht. Mr Romeo hält sie für die großartigste Schauspielerin aller Zeiten. Er gibt ihr jedes Jahr eine große Rolle. Weil er nämlich denkt, dass sie immer alles richtig macht. Du kannst dir gar nicht vorstellen, was die schon alles abgezogen hat, und trotzdem sagt er nie einen Ton. Sie ist so was wie die hässliche Stiefschwester aus dem Märchen. Kriegt alles, hat aber im Grunde nichts von alledem verdient.«

Ich hatte gar nicht mitbekommen, dass die beiden Stars der Schule aus der neunten sich nicht leiden konnten. Hinterging ich jetzt eigentlich Delilah, indem ich mit Mia redete? Mit einem Mal war ich hin und her gerissen. Einerseits wollte ich Delilah verteidigen, andererseits fand ich es total aufregend, mitten in einem theatralischen Drama unter Mitgliedern der Theater-AG zu stecken. Ich nickte Mia zu, fing aber gleichzeitig an, meine Sachen zusammenzupacken, als würde ich gleich aufstehen und gehen. Wenn Delilah mitbekam, dass ich mit Mia redete, dann wäre sie vielleicht sauer auf mich. Oder sie würde denken, wir unterhielten uns über sie. Was wir ja auch taten.

»Miranda Goetz ist die Leiterin des Missionarschors, oder?«, erkundigte sich Mia und ignorierte es völlig, dass ich jetzt aufgestanden war und mich auf den Gang zubewegte.

Ich blieb stehen und nickte wieder, dann sah ich mich verstohlen um, ob Delilah zu uns hersah. Sie saß zusammen mit Bud am Rand der Bühne, die Köpfe über ein Manuskript gebeugt. Mit einer Hand massierte sie jetzt Buds Arm. Sie hatte nichts davon mitgekriegt, dass ich mich mit Mia unterhalten hatte, so viel stand fest. Ich wich ein paar Zentimeter zurück, um Mia den Blick auf Delilah zu verstellen. Um ehrlich zu sein, war ich immer noch erstaunt und geschmeichelt, dass Mia sich überhaupt mit mir abgab.

»Pass gut auf Mirandas Text auf, am besten prägst du ihn dir ein, wenn möglich. Und achte genau darauf, wo sie steht«, meinte Mia. »Miranda hat im Moment Probleme mit ihrer Stimme. Es geht das Gerücht, sie könnte Knoten an den Stimmbändern haben, und wenn das stimmt, käme sie nicht um eine Operation herum. Wenn das schon bald der Fall ist, dann wird jemand für sie einspringen müssen. Jemand, der bereits im Chor ist und außerdem fähig, die Rolle zu wechseln.«

»Ich?«, quiekte ich.

Wie ein Mäuschen. Das um ein Stück Käse bettelt.

Was für eine Blamage.

»Es wäre einfach das Naheliegendste, dass sie eins der Mitglieder des Missionarschors dafür einsetzen. Das Outfit der Heilsarmee hast du dann ja eh schon. Und die entsprechenden Szenen kennst du ebenfalls. Wie viele seid ihr? Drei oder vier, die in dem Chor singen? Ich mein ja nur, sieh zu, dass du vorbereitet bist. Wenn sich die Gelegenheit bietet, und du kennst zufällig ihren Text und ihre Einsätze, dann kriegst du die Rolle.«

»Wow … ich … wenn … ich meine, danke für den Tipp«, stammelte ich.

Mia zuckte mit der Schulter.

»Warum ich? 'tschuldige, ich meine, warum erzählst du das alles ausgerechnet mir?«

Mia fing an, eine Haarsträhne zu flechten. Sie sah mich immer noch nicht direkt an.

»Einfach so, das ist alles. Ich helfe dir, Fiepsi, weil ich ein netter Mensch bin. Und ich bin mir sicher, dass du noch an mich denken wirst.«

Gedanken schwirrten mir durch den Kopf wie ein Mückenschwarm. Der erste war, dass mein Name nicht Fiepsi war, doch schon im nächsten Moment empfand ich nichts als Dankbarkeit, dass Mia ausgerechnet mich ausgewählt hatte, um mir zu eröffnen, ich könnte womöglich eine größere Rolle bekommen. Obwohl mir die Vorstellung, dass sie einfach nur … nett sein wollte, irgendwie schwerfiel. Eine Göttin, vielleicht. Schrecklich einschüchternd, möglicherweise. Aber nett?

»Leute, hört zu!«, rief Mr Romeo in diesem Moment. Mr Romeo schien seine Stimme nicht allzu laut erheben zu können, daher schraubte er sie, um das zu kompensieren, wenn er sich bei allen Gehör verschaffen wollte, einfach um eine ganze Oktave nach oben. Ich war froh, so die Gelegenheit zu erhalten, nicht länger Mia ansehen zu müssen und stattdessen dem Theaterleiter meine Aufmerksamkeit zu schenken. Mr Romeo sah heute wieder besonders makellos aus. Ich bemerkte die perfekten Bügelfalten seiner Hose und die auf Hochglanz polierten Schuhe. Mit seiner schlanken Gestalt und dem perfekt frisierten grauen Haar erinnerte er mich an einen Silberfuchs. Er schürzte die Lippen, während er darauf wartete, dass alle still wurden, dann hob er sein Kinn, da seine Brille ein Stück die Nase hinuntergerutscht war.

»Uns bleibt nicht viel Zeit, Leute, wir müssen langsam damit anfangen, den Text einmal ganz durchzuarbeiten. Also geht jetzt und sucht euch auf der Bühne einen Platz. Wenn ihr einen oder mehrere Szenenpartner habt, dann versucht euch bitte zusammenzusetzen. Ich möchte, dass in einer Minute alle da vorne sitzen und bereit sind!«

Dann klatschte er zweimal in die Hände, um seinen Anweisungen Nachdruck zu verleihen. Er hätte genauso gut eine Art Feueralarm auslösen können, so schnell stolperten die Leute mit einem Mal durcheinander, um einen Stuhl zu ergattern. Ich sah, wie Mia Kezdekian die Stufen zur Bühne erklomm, und fragte mich, wie sie es so schnell geschafft hatte, von ihrem Platz aufzuspringen und den Gang runterzusprinten, ohne dass ich es mitbekommen hatte. Das war wohl wieder eine dieser mysteriösen Seiten an ihr, schätzte ich.

Ich nahm zwischen Fedora Kravitz, die sich mittlerweile ihre Tasche von Ben zurückgeholt hatte, und dem blonden Engelchen Platz, die mich wieder mal anstrahlte. Sie schien es einfach nicht zu checken. Mir war ja klar, dass das nicht sonderlich nett war, aber ich wollte keinen der Neulinge als Freundin. Delilah hatte mich auserwählt, und offensichtlich jetzt auch noch Mia. Also hatte ich mich von den anderen Siebtklässlern bereits abgehoben. Ich war nicht wie sie. Ich konnte bereits Schauspielen. Immerhin hatte ich in den Sommerferien am Theatercamp teilgenommen. Da brauchte ich keine

Amateurfreunde aus der Siebten. Harper war natürlich etwas anderes. Ich tat so, als hätte ich das Lächeln von Engelchen nicht bemerkt, und drehte mich stattdessen in Fedoras Richtung, der ich interessiert dabei zusah, wie sie ihre wilde Lockenmähne zu einem Knoten im Nacken zusammenband. Ich hatte noch nie gesehen, wie jemand sein eigenes Haar als Haarband benutzte. Daher machte ich mir eine geistige Notiz, das meiner Mom zu erzählen.

Inzwischen schienen fast alle Plätze belegt, und die Leute blätterten bereits in ihren Skripten, wobei einige, wie Chris Seligman, sich ihre eigenen Textpassagen mit gelbem Leuchtstift markierten. Die Tatsache, dass er es nicht schon früher gemacht hatte, ließ das Ganze ein bisschen nach Show aussehen, weil er ja eine größere Rolle hatte. Ich war mir auch nur allzu bewusst, dass das OmZ nicht da war. Liverlips die Lippe hatte ja durchaus ein paar Zeilen zu sprechen und so. Wo steckte er bloß?

Ich versuchte mich auf das Skript zu konzentrieren. Die Story von *Schwere Jungs, leichte Mädchen* dreht sich um zwei Pärchen: Da ist zum einen Adelaide, Sängerin in einem Nachtklub, die schon seit nunmehr vierzehn Jahren darauf wartet, dass ihr Verlobter Nathan endlich einen Termin für die Hochzeit festlegt; und die prüde Sarah, Sergeant bei der Heilsarmee, die wider besseres Wissen auf den chronischen Spieler Sky Masterson hereinfällt, der trotz allem ein gutes Herz hat. Die beiden

Protagonistinnen in dem Stück versuchen die ganze Zeit, ihre Männer zu ändern, und die Männer geben alles, damit alles bleibt, wie es ist, und am Schluss endet alles in einem Würfelspiel, bei dem sich die Zukunft aller Beteiligten ein für alle Mal entscheiden soll. Oder so ähnlich.

Ich hatte echt vorgehabt, mich voll und ganz dem Stück zu widmen. Doch tief im Inneren war ich ein wenig enttäuscht davon. Es war irgendwie total unzeitgemäß. Ich hatte insgeheim gehofft, dass mein erstes Stück viel moderner und hipper sein würde. So was wie *Cats* zum Beispiel. Aber jetzt führten wir nun mal dieses Musical auf, und Mr Romeo zufolge war es eine der beliebtesten Shows im ganzen Land, die immer wieder auf die Bühne kam. Wer war ich schon, dass ich mich mit der breiten Masse anlegte deswegen?

Wir fingen ganz von vorne an, und schon auf der zweiten Seite, war mein Einsatz gefragt. Der Missionarschor, angeführt von der Leiterin des Chors Lieutenant Agatha (alias Miranda Goetz), betrat fast unmittelbar nach Beginn des Stücks in voller Heilsarmee-Montur die Bühne, um andächtig eine Hymne anzustimmen. Da die Gesangsproben erst morgen beginnen würden, trug Mr Romeo uns auf, die Liedzeilen kurzerhand zu sprechen, allerdings in dem Rhythmus, in dem wir sie auch singen würden. Es war echt peinlich, aber ich war entschlossen, mein Bestes zu geben.

»Da ich denn nichts bringen kann, schmieg ich an dein Kreuz mich an. Nackt und bloß, o kleid mich doch! Hilflos, ach, erbarm dich noch!«

Genau in diesem Moment flog die Hintertür zum Auditorium auf, und das OmZ kam den Gang heruntergetrottet.

»'tschuldigung!«, rief er, schmiss seine Schultasche mit den Büchern auf einen Sitz und sprang hoch auf die Bühne.

Ich warf einen kurzen Blick auf Mr Romeo, der aus seinen Augen nun funkelnde Blitze in Tuckers Richtung zu schicken schien.

»Mr Wells. Wie Ihnen vielleicht bewusst ist, habe ich kein großes Verständnis für Unpünktlichkeit.«

»Tut mir leid«, meinte Tucker noch mal mit einem schiefen Grinsen. Er hatte Platz genommen und sein Skript bereits aufgeschlagen in der Hand, als wäre er schon die ganze Zeit da gewesen.

Es entstand eine längere Pause, während der Mr Romeo darüber nachzudenken schien, ob er Tucker jetzt aus dem Universum verbannen sollte oder nicht.

»Noch mal Seite zwei ganz oben, bitte«, sagte er schließlich.

Ich war erleichtert, dass er Tucker verschont hatte, doch ich war nicht allzu begeistert darüber, dass wir jetzt noch mal von vorne anfingen mit »*Fels des Heils*«.

Wir klangen wie eine Horde Hexen, die einen Baumgeist beschworen, aber ich überstand auch das und Mr Romeo schenkte mir am Ende sogar ein anerkennendes Nicken. Delilah hatte in der Szene auch ein paar Sätze zu sagen, die sie eher lustlos vortrug. Mr Romeo stieß dennoch ein leises »sehr gut« aus, also muss es doch ganz okay gewesen sein.

Was ich nicht erwartet hatte, war, dass Delilah, nachdem ihre Szene vorbei war, echt den Nerv besaß, einfach ein Buch rauszuholen und zu lesen. Verstohlen sah ich mich nach den Gesichtern der anderen um, aber niemand, Mr Romeo eingeschlossen, schien zu merken oder sich irgendwas daraus zu machen, was Delilah da abzog. Harper schien eifrig zu schreiben und sich auf ihrem eigenen Skript Notizen zu machen. Tucker beugte sich rüber, um Annabelle Peterson zu helfen, den Inhalt ihrer Tasche aufzusammeln, den sie soeben über den Boden verteilt hatte, was in mir den Wunsch weckte, es wäre meine Tasche, deren Inhalt runtergefallen war. Keiner sah Delilah an, abgesehen von Mia Kezdekian, die das Gesicht verzog und die Augen verdrehte. Vielleicht hatte sie echt recht damit, dass Mr Romeo überzeugt war, Delilah könne einfach nichts falsch machen. Das Verrückteste war dann noch der Titel des Buches, in das Delilah derart vertieft war: *Wie man einen schlanken Eindruck macht*. Ehrlich, ich verarsch euch nicht. Das Buch gibt es wirklich! Guckt doch selber im Internet nach.

Sie warf da nicht nur einen kurzen Blick rein oder so. Delilah las bis kurz vor ihrer nächsten Szene. Sie schien irgendwie einen magischen inneren Radar zu haben, der sie darauf hinwies, wann ihr Einsatz anstand. Mir fiel das ganz besonders auf, da ich als Mitglied des Missionarschors fast immer zusammen mit Delilah auftrat, obwohl sie natürlich auch noch viele andere Szenen ohne uns hatte. Langsam fing es an, mich zu nerven, dass Delilah nicht besser aufpasste, als sie plötzlich ihr Buch in den Schoß legte und mir vielsagend zuzwinkerte, so als würden wir ein Geheimnis teilen. Ich lächelte sie an. War ja schließlich alles gar nicht so schlimm. Delilah hatte solche Textproben schon zigmal mitgemacht, und sie kannte ihre Rolle, wenn sie sich also zwischen den einzelnen Szenen ein wenig über gesunde Ernährung informieren wollte, was konnte daran schon verkehrt sein?

Den Text komplett durchzuarbeiten dauerte eine ganze Weile, und weil Tucker so blöd saß, war es mir nicht möglich, einen Blick auf ihn zu erhaschen, ohne mich auf meinem Platz ganz vorzubeugen und wie die Königin der Trantüten rüberzukommen. Ich musste mich mit dem Wissen zufriedengeben, dass er ein paar Stühle weiter saß, und damit, ihn hin und wieder die eine oder andere Zeile vortragen zu hören. Als wir beim letzten Satz der letzten Seite angekommen waren, fingen alle an zu klatschen und bejubelten sich selbst und alle anderen. Ben Pfeiffer sprang im Kreis und klatschte jeden ab, der ihm die Hand hinhielt. Ich dachte so bei mir, dass Ben Pfeiffer vermutlich auch eine Wand abgeklatscht hätte, wenn sich keiner freiwillig zur Verfügung gestellt hätte. Mr Romeo kostete die feierliche Stimmung ein paar Minuten aus, dann versetzte er seine Stimme in einen extrem hohen Sopran, um die versammelte Mannschaft wieder unter Kontrolle zu bringen.

»Also gut, Leute, jetzt ist aber Schluss. Beruhigen wir uns bitte wieder. LEUTE!«

Dieses letzte »Leute« drang sogar zu Ben Pfeiffers Ohren durch, der noch einen letzten seiner Kumpel abklatschen musste, ehe er wieder Platz nahm.

»Ich danke euch. Gut. Nun, zunächst möchte ich jedem Einzelnen von euch zu dieser ausgezeichneten Leseprobe gratulieren.«

Wieder wurde ein Klatschen und Jubeln laut, doch Mr Romeo hatte das vorhergesehen und hob die Hand wie Obi Wan Kenobi. Sofort wurden alle im Raum still.

»Aber jetzt, Leute, haben wir einen ganzen Haufen Arbeit vor uns. Einen *riesigen* Haufen. Wie ihr alle wisst, sind wir gezwungen, das Stück diesen Herbst eine ganze Woche früher aufzuführen als im vergangenen Jahr, wegen der zusätzlichen Tests, die nun laut Lehrplan vorgeschrieben sind. Damit bleiben uns nur *fünf* Wochen, Leute, um dieses Stück auf die Bühne zu bringen. Fünf Wochen, um den Text auswendig zu lernen, die Kostüme anzufertigen und das Bühnenbild auszuarbeiten!«

Ein Stöhnen und ungläubiges Seufzen war nun aus allen Richtungen zu vernehmen. Es schien schon irgendwie totaler Irrsinn. Bereits in fünf Wochen sollten wir also so weit sein, vor ein Publikum zu treten.

»Hier wird euch einiges abverlangt«, fuhr Mr Romeo fort. Da mit einem Mal alle mucksmäuschenstill waren, hatte er seine Stimme wieder gesenkt, sodass sie jetzt wie immer klang. »Wir mögen zwar erst in der Mittelstufe sein, doch gehen wir hier an der Monroe die Dinge wie *echte Profis* an. Das bedeutet für euch, dass, wenn ich sage, ihr müsst euren Text beherrschen, ich von euch erwarte, dass ihr ihn auswendig könnt. Einige von euch haben ein ziemliches Textpensum zu bewältigen, das heißt, ihr solltet euch sofort an die Arbeit machen, wenn ihr euch eure Zeilen rechtzeitig einprägen wollt. Außerdem werden wir fast jeden Tag Proben haben, und wenn euer Name auf der Liste für eine Probe eingetragen ist, dann *erwarte* ich auch von euch, dass ihr erscheint.«

Ein leises Raunen ging durch den Saal. Mir fiel auf, dass die Schüler Mr Romeo umso aufmerksamer zuhörten, je jünger sie waren. Das blonde Engelchen zum Beispiel hatte sich vorgebeugt und starrte ihn eindringlich an, die Brauen verzogen zu einem Gesichtsausdruck, der eindeutig besagte: »Ich höre Ihnen mit äußerster Konzentration zu!«

Ich fand, dass das Blondchen es ein wenig übertrieb, und trotzdem wollte ich sichergehen, dass Mr Romeo wusste, dass ich ebenfalls gut aufpasste. Da die Sache mit der verzogenen Braue bereits vergeben war, entschied ich mich dafür, mich ganz gerade hinzusetzen mit dem Radiergummi am Ende meines Bleistifts im Mund und an ausgewählten Stellen während seines Vortrags auffallend zu nicken.

»Außerdem möchte ich euch an eine Sache erinnern, Leute. Eure Mitgliedschaft in der Theater-AG entbindet euch mitnichten von etwaigen schulischen Verpflichtungen. Das Arbeitspensum, das ihr mit dieser Musicalproduktion auf euch nehmt, ist freiwillig und kommt zu den euch im Unterricht aufgegebenen Hausaufgaben dazu. Wagt es also *ja* nicht, einem Lehrer zu erklären, ihr hättet eine Aufgabe nicht erledigen können, weil ihr bis spätabends proben musstet. Eine solche Entschuldigung wird nicht akzeptiert werden. Wobei ich es durchaus verstehen würde, wenn einige von euch ihre Teilnahme an *Schwere Jungs, leichte Mädchen* vielleicht noch einmal überdenken möchten. Jetzt habt ihr die Chance, Leute. Wenn ihr das Gefühl habt, die Mitarbeit an dieser Produktion nicht professionell meistern zu können, ohne dabei eure schulischen Pflichten zu vernachlässigen, dann solltet ihr mich das wissen lassen. Ihr dürft dann aus der Sache aussteigen, ohne dass es irgendwelche Konsequenzen hätte oder euch jemand böse wäre. Es wird euren Status als vollwertiges Mitglied in der Theater-AG in keiner Weise beeinträchtigen, und keiner hier wird es euch verübeln. Also, wie sieht es aus?«

Alle sahen sich um. Keine einzige Hand ging nach oben.

Wir waren gewarnt worden, dass es hart werden würde, und trotzdem wollten wir alle mitmachen. Plötzlich verspürte ich ein Gefühl der Aufregung angesichts dieser gemeinsam zu tragenden Last, als wäre ich ein Mitglied bei den Navy SEALS, die sich auf eine gefährliche und grausame Mission vorbereiteten, die ein großes Maß an menschlicher Kraft, viele schlaflose Stunden und lange Phasen ohne Essen oder Wasser erforderte.

»Na guuuuut«, meinte Mr Romeo. Er wirkte erfreut. Ein paar Leute machten Anstalten aufzustehen, aber Mr Romeo erhob erneut seine Obi-Wan-Kenobi-Hand.

»Noch eine letzte Sache. Man hat mich darüber informiert, dass unter der Schülerschaft ein paar vereinzelte Fälle von Windpocken aufgetreten sind. Mindestens einer dieser Fälle betrifft einen Schüler, der zuvor gegen diese Krankheit geimpft worden war. Wie ich das verstehe, sind diese Impfungen nicht absolut zuverlässig. Lediglich diejenigen, die schon einmal Windpocken hatten, sind vollkommen immun dagegen. Darf ich fragen, wie viele von euch die Windpocken noch *nicht* hatten?«

Ich hob zaghaft die Hand. Delilah tat es mir ebenfalls nach, genauso Tyler Luddo. Ich konnte sehen, dass mindestens fünf oder sechs weitere Leute die Hände gehoben hatten, aber ich blickte nach unten. Es schien mir irgendwie unhöflich, zu gucken, wer außer mir noch keine Windpocken gehabt hatte. Ich warf allerdings einen kurzen Blick rüber zu Harper, die ernsthaft alarmiert wirkte. Ansteckende Krankheiten jagten ihr fürchterliche Angst ein, so wie das bei mir die Mittelstufe tat. Aber eine ansteckende Krankheit AN einer Mittelschule gab Harper und mir interessanterweise einmal Anlass, uns gemeinsam wegen irgendwas in die Hose zu machen.

»Nun gut, das sind ja nicht so viele. Aber trotzdem. Windpocken sind höchst ansteckend. Seid vorsichtig, Leute. Das hier ist eine Anstrengung, die wir im Team auf uns nehmen, und dazu brauchen wir ein *gesundes* Team. Also werdet mir nicht krank.«

Ich nickte so eifrig, dass mir einer meiner Ohrringe runterfiel. Ich fing ihn auf und steckte ihn wieder rein, dann nickte ich zur Sicherheit gleich noch einmal. Es war schon seltsam, jemandem zu versprechen, dass man sich *nicht* mit einer ansteckenden Krankheit infizieren würde, aber dennoch gab ich Mr Romeo dieses Versprechen, und ich hatte durchaus die Absicht, es zu halten.

Meine Mutter hatte mir eine schriftliche Genehmigung mitgegeben, dass ich hinterher mit zu Harper nach Hause gehen dürfe. Ich war froh, dass die Leseprobe heute so angesetzt gewesen war, dass wir trotzdem noch den Bus erwischten – Harpers Bus. Und in den Bus von jemand anderem zu steigen war fast so, als würde man testweise das Leben von jemand anderem ausprobieren. Alles kommt einem vertraut vor, aber da sind dennoch viele kleine Details, die anders sind. Man bekommt einen Einblick, wie andere Leute so leben.

Harper ging gerade mit Miss Maslin einen Stapel Notenblätter durch. Als ich zu ihr rüberging, waren sie gerade fertig.

»Hey, wir beeilen uns besser, wenn wir den Bus noch erwischen wollen«, sagte Harper. Sie hatte eine winzige Spur Tinte auf ihrer Lippe, die sie noch schlauer aussehen ließ, als das eh schon immer der Fall war, auf eine gewisse leicht unordentliche Art und Weise, im Stil verrückter Professor.

»Ich bin so weit«, meinte ich und schulterte die Tasche mit den Büchern.

»Hast du deine schriftliche Erlaubnis?«, erkundigte sie sich, effizient wie immer, während wir schon auf dem Weg nach draußen waren.

»Die hab ich, ja«, bestätigte ich.

Harper öffnete die Tür und bedeutete mir mit einem Winken, ich solle vorgehen.

Als ich raus auf den Flur trat, drehte ich mich um und warf noch einmal einen Blick zurück zur Bühne, wo nur noch ein paar Schüler Mr Romeo mit Beschlag belegten. Ich sah die vielen Sitzreihen, die überwiegend leer waren.

Und auch wenn mich jede Probe dem bislang unbekannten Territorium des Flaschendrehens einen Tag näher brachte, musste ich schon sagen, dass ich elektrisiert war. Es konnte alles Mögliche passieren. Wirklich alles.

Nicht umsonst redete man im Theater von Dramen und Tragödien und so.

7

Mitgehangen, mitgefangen

Ich hatte bereits so viele Stunden bei Harper zu Hause verbracht, dass ich sie längst nicht mehr zählen konnte. Sie kam auch manchmal mit zu mir, aber mir gefiel es bei Harper viel besser. Da war alles viel entspannter, irgendwie weniger eingeschränkt. Bei uns daheim hatte ich immer das Gefühl, meine Mutter bekäme alles bis ins kleinste Detail mit, egal, was wir taten oder redeten, irgendwie wie eine Therapeutenmutter auf zu viel Koffein halt. Und wenn wir dann nach unten kamen, um eine Kleinigkeit zu essen oder so, dann wollte sie sich immer mit uns »unterhalten«. Da mein Vater dann normalerweise noch in der Kanzlei war, mussten wir uns allein mit Mom rumschlagen, die einem manchmal das Gefühl gab, in ein Psycho-Talkshow-Interview geraten zu sein.

Bei Harper daheim fühlte es sich eher wie im Ferienlager an, nur ohne die Zelte. Ihr Vater war Quantenphysiker, eine fünfsilbige Alternativbezeichnung für ein Mathe- und Wissenschaftsgenie. Er hatte sein eigenes Büro an der örtlichen Universität, doch er verirrte sich öfter mal nach Hause. Harpers Mutter war Malerin. Im Ernst. Wenn man bei ihnen zur Tür reinkam, stand sie meist in einem alten Hemd voller Farbkleckse da, das Haar mit einem Tuch hochgebunden und einen Schmierer Indigoblau am Ohrläppchen.

Ich hab noch nie erlebt, dass die Mutter von jemand anderem jedes Mal so überaus erfreut gewesen wäre, wenn ich zur Tür reinmarschierte. Ein breites Grinsen machte sich dann immer über ihr ganzes Gesicht breit, und sie rief »Pheebers!«. Als Nächstes machte sie sich daran, einen zu umarmen. Anfangs wollte ich mich immer drücken, weil mir das irgendwie peinlich war, und außerdem wollte ich nicht, dass ich auch noch was von dem Indigoblau abbekam. Aber mittlerweile ließ ich sie einfach gewähren, weil es so einfacher ist, und weil es irgendwie auch nett von ihr ist.

Außerdem schmeckte das Essen bei ihnen viel besser als bei uns. Harpers Dad ist Japaner, und so manche von seinen Familienrezepten hatten mir Tränen des Glücks in die Augen getrieben. Am besten war, als ich mal bei Harper übernachten durfte, weil wir nämlich Reis zum Frühstück bekamen, das sollte echt jeder mal probieren. Ich bin ja normalerweise eher so der Frosties-Typ, aber hin und wieder eine Schüssel warmer Reis am Morgen kann einem ganz neue Perspektiven eröffnen.

Doch heute Abend würde ich nicht bei ihr übernachten. Meine Mutter musste an diesem Tag länger arbeiten, daher würde sie mich später abholen. Ich hatte vor, meine Hausaufgaben zusammen mit Harper zu erledigen, weil es so mehr Spaß machte und ich immer viel bessere Arbeit leistete, wenn ich mit ihr zusammen war.

»Sollen wir hoch in mein Zimmer gehen?«, schlug Harper vor.

Sie hielt eine Schüssel Wasabi-Erbsen und Knabber-Sojabohnen in der Hand, die ihre Mutter ihr gegeben hatte, ehe sie sich wieder an ihre Malerei gemacht hatte.

»Viel Spaß, Mädchen, und kommt runter in mein Atelier, wenn euch langweilig ist. Ich hab gerade voll den kreativen Schub!«

Ich liebte es, ihr Atelier zu besuchen, aber ich wollte auch gern auf Harpers Zimmer gehen. Ich hatte einen Haufen Hausaufgaben auf, außerdem wollte ich mit ihr über die Proben reden. Daher folgte ich Harper die ausgetretenen, knarzenden Stufen hoch und den engen

Flur entlang, der von Bücherregalen gesäumt war. In diesem Haus war alles voller Bücher, selbst auf der Treppe stapelten sie sich. Je nachdem, wie es mit der Ordnung aussah, wirkte es bei Harper zu Hause manchmal eher wie in einem Trödelladen als wie in einem Haus, in dem Leute wohnten. Ich fand es toll. Während meine Mutter in Sachen Dekoration auf Einheitlichkeit schwor (was im Klartext hieß, dass die Vorhänge zur Tagesdecke und zum Teppich und zu den Lampenschirmen und zum Abfalleimer passten), waren Harpers Eltern eher Anhänger eines Offen-für-alles-Stils.

Wenn man dann Harpers Zimmer betrat, war es, als würde man in ein völlig anderes Universum eintauchen. Das restliche Haus war wie ein Ramschladen voller Bücher und Kuriositäten, nur in Harpers Zimmer herrschte Ordnung, und alles war total sortiert, als hinge ihr Leben davon ab.

»Hast du das Arbeitsblatt für Bio dabei?«, erkundigte sich Harper. Ich war leider berühmt dafür, dass ich am laufenden Band Arbeitsblätter vergaß.

Ich nickte. Dennoch ließ ich meine Schultasche unberührt liegen, wo ich sie hingeschmissen hatte, nämlich neben einem Gipsabdruck von einem Elefantenfuß.

»Und, hast du gesehen, wer bei den Proben mit mir geredet hat?«, fragte ich.

»Nein«, erwiderte Harper. Sie saß an ihrem Schreibtisch, zog ein Buch nach dem anderen aus der Tasche und reihte sie vor sich auf.

»Mia Kezdekian. Sie hat einfach so aus dem Nichts angefangen, mit mir zu quatschen.«

Harpers Hund Newton, ein Basset, kam ins Zimmer getapst, wobei die Ohren schwermütig hin und her schwangen. Er trottete rüber zu Harper, beschnüffelte sie neugierig, dann plumpste er vor ihren Füßen zu Boden und fiel sofort in Tiefschlaf.

»Ich wünschte, ich könnte auch so schnell einschlafen«, meinte Harper, während sie den runden Bauch des Hundes mit ihrem Fuß massierte.

»Harper – jetzt mal im Ernst. Mia Kezdekian!«, keuchte ich fassungslos.

»Pheebs, na und? Du bist jetzt in der Theater-AG, und sie ist da zufällig auch Mitglied. Du hast in ihrer Nähe gesessen. Sie hat den Mund aufgemacht und was gesagt. Was ist schon dabei?«

Es ärgerte mich, dass Harper so gar nicht beeindruckt war.

»Du wirst nicht glauben, was sie mir erzählt hat.«

Harper warf mir einen Blick zu, der mir sagte, dass sie es vermutlich schon glauben würde.

»Sie hat gemeint, ich solle mich vor Delilah Fortescue *in Acht* nehmen!«

Harper beugte sich runter und rückte Newtons Halsband zurecht.

»Harper, ich glaube, die beiden sind Erzfeindinnen oder so was!«

»Und das spielt jetzt eine Rolle, weil …«

»Na ja, immerhin ist Delilah auf mich zugekommen. Du weißt schon. Sie hat mich doch sogar zu Hause besucht, erinnerst du dich?«

»Ich bin dauernd bei dir daheim«, meinte Harper und verschränkte die Arme. Zu ihren Füßen schnarchte Newton seelenruhig und bekam von alldem nichts mit. Der Glückliche.

»Ich weiß, aber das war doch fast so, als würde sie damit andeuten wollen, dass sie mit mir befreundet sein möchte. Und das ist schon echt krass.«

Harper stieß ein genervtes Geräusch aus, indem sie die Luft durch die Nase entweichen ließ.

»Warum? Warum soll das denn krass sein?«

»Na darum! Delilah ist … du weißt schon.«

»Tut mir leid, aber ich weiß es nicht, Phoebe.«

»Delilah ist toll. Sie ist Vorsitzende der Theater-AG!«

»Na und?« Harper runzelte die Stirn und beugte sich wieder vor, um Newtons Ohren zu kraulen.

»Und deswegen ist es von Bedeutung, wenn sie sich einem noch unerfahrenen Neuling aus der Siebten gegenüber nett und freundlich verhält, der gerade erst angefangen hat. Ich hab mich irgendwie geehrt gefühlt.«

»Wenn du meinst«, sagte Harper. Doch sie sah mich dabei nicht an. Stattdessen fummelte sie die ganze Zeit an den Ohren ihres Hundes herum.

Langsam ging mir Harpers demonstratives Desinteresse gehörig auf die Nerven, aber ich wollte ihr trotzdem die Geschichte erzählen.

»Ich meine, findest du denn die Tatsache, dass Mia auf einmal auch total nett ist zu mir, nicht total komisch?«

Harpers Gesichtsausdruck aber sagte mir, dass ihr das alles schnurzegal war.

»Nun warte mal, hör zu, was Mia mir erzählt hat. Ich wollte gerade aufstehen und gehen, okay? Weil ich nicht wollte, dass Delilah sieht, wie ich da sitze und mit Mia plaudere, die sie ja offensichtlich hasst, aber Mia redet einfach weiter. Und da hat sie mir erzählt, dass Miranda Goetz irgendwie ein Problem mit den Stimmbändern hat, und wenn das schlimmer wird, dann kann sie vielleicht gar nicht mehr bei der Show mitmachen!«

Ich beugte mich vor und senkte meine Stimme zu einem verschwörerischen Flüstern.

»Sie meinte, ich solle mir überlegen, ob ich Mirandas Text nicht auswendig lernen will … du weißt schon. Nur so für den Fall.«

»Warum flüsterst du?«

»Weil ich dir hier ein Geheimnis verrate.«

Harper zog die Füße hoch in den Schneidersitz.

»Sei mir nicht böse, Pheebs, aber das kann ja wohl kein so großes Geheimnis mehr sein. Ich meine, wenn *wir* jetzt schon davon wissen. Dabei kennen wir Miranda noch nicht mal.«

Ich liebte Harper echt über alles, aber irgendwie schien sie mir heute *alles* vermiesen zu wollen.

»Ich finde nur, dass das Ganze schon ziemlich interessant ist«, meinte ich. »Und weißt du, warum sollte sich Mia ausgerechnet mich aussuchen und mir all diese Sachen erzählen? Warum sagt sie zu *mir*, ich soll Mirandas Text auswendig lernen? Warum hat sie das nicht dem blonden Engelchen erzählt?«

»Woher wollen wir denn wissen, dass sie es nicht getan hat?«, fragte Harper. »Woher wissen wir, dass sie nicht genau dasselbe Gespräch auch mit jedem anderen Mitglied der Theater-AG geführt hat?«

»Na ja, mit *dir* hat sie jedenfalls nicht darüber geredet«, erwiderte ich gereizt.

»Nein«, gab Harper zurück. »Hat sie nicht.«

Jetzt fühlte ich mich mies.

»Tut mir leid. Mir kommt es bloß so vor, als würdest du mich jedes Mal abwürgen, wenn ich dir was Interessantes zu erzählen habe. Ich meine, warum hast du dich denn dann überhaupt bei der Theater-AG angemeldet?«

»Weil *du* mich darum gebeten hast«, meinte Harper ganz leise. »Weil du unbedingt mitmachen, es aber nicht alleine durchziehen wolltest.«

Autsch. Newton stieß im Schlaf ein leises Winseln aus, so als hätte er das auch gespürt.

»Tut mir leid«, sagte ich wieder. »Ich wollte doch nur, dass wir das zusammen machen. Ich dachte, es würde lustig werden.«

»Weil du nichts gern alleine machst«, konterte Harper. »Aber ist schon gut, denk dir nichts. Mir macht das nichts aus. Und ich schätze, es könnte vielleicht wirklich lustig werden. Aber du musst damit aufhören, dein Verhalten derart von dieser celebritybesessenen Kultur beeinflussen zu lassen.«

»Von der was?«

»Diese Mädchen, Phoebe. Delilah und Mia und der ganze Rest. Das sind auch nur Menschen. Und du sprichst von ihnen, als wären sie so ultrawichtig, dass es gleich ein Riesending ist, wenn eine von ihnen sich herablässt, mit dir zu reden. Das Einzige, was dich von ihnen unterscheidet, ist das Alter und vielleicht noch in geringerem Maß die Erfahrung. Seit wir in der Siebten sind, hebst du Leute auf ein Podest und tanzt um sie herum, als wären sie Götter. Selbst Tucker ist letzten Endes nichts weiter als eine Lebensform auf Kohlenstoffbasis, die aufrecht auf zwei Beinen geht, wie wir alle.«

Während Harper mir diese Predigt hielt, wurde ich mehr als nur ein bisschen sauer, doch als sie dann auf das Thema OmZ zu sprechen kam, seufzte ich. Ich platzte fast, weil ich so gern über ihn geredet hätte, und Harper war die Einzige, mit der ich über ihn sprechen konnte. Daher schluckte ich meinen Frust kurzerhand hinunter.

»Ach, Harp, das mit Tucker. Kannst du dir vorstellen, dass er zu spät zu den Proben kam? Ich schwör's dir, ich dachte schon, Mr Romeo würde ihn rauswerfen oder so. Ich hab mir solche Sorgen gemacht! Du nicht auch?«

»Nein«, meinte Harper. »Ich mache mir eher Sorgen wegen der Windpockenepidemie an unserer Schule. Wusstest du, dass man, wenn man Windpocken hatte, als Erwachsener viel eher an einer Gürtelrose erkrankt? Ist dir überhaupt klar, dass das eine ganz schwerwiegende Krankheit sein kann? Studien deuten darauf hin, dass Impfungen gegen Windpocken häufig nichts bringen. Ich bin geimpft, aber ich könnte trotzdem krank werden. Was sich wohl noch für Impfungen als ineffektiv herausstellen? Das bereitet mir Kopfzerbrechen. Und ehrlich gesagt, hatte ich eigentlich gehofft, du könntest mir helfen, das endlich zu vergessen. Ich würde einfach gerne mal wieder lachen und mit dir die Hausaufgaben erledigen. Ich will keine Windpocken kriegen, und ich will auch nicht in dieses ganze Drama mit der Theater-AG hineingezogen werden.«

»Okay«, sagte ich zaghaft. »Klar. Ich hab tatsächlich an einem ganz witzigen Akzent gearbeitet. Der von dem Französischlehrer der Neunten. Kennst du den? Von dem, der die Brust immer so weit vorschiebt und dauernd mit geballten Fäusten rumrennt? Aber lass mich noch zu Ende erzählen, was ich vorhin sagen wollte. Wo war ich gerade …? Ach ja! Die Sache, die mich die ganze Zeit beschäftigt, Harper, ist die, dass ich vermutlich mit Tucker zusammen beim Flaschendrehen werde mitmachen müssen!«

Harper zuckte mit der Schulter, ihr Gesichtsausdruck blieb ungerührt.

»Harper, komm schon! Warum benimmst du dich, als wär dir das alles scheißegal? Bist du wegen der Sache denn kein bisschen nervös?«

»Wegen welcher Sache denn?«

»Wegen des Spiels, Harper! Das traditionelle Flaschendrehen am Premierenabend. Ich meine, mir ist ja klar, dass ich mir vermutlich viel zu viele Gedanken mache, aber denkst du denn gar nicht darüber nach?«

»Nicht wirklich, Phoebe. Das hab ich gar nicht nötig, weil ich nämlich nicht mitspielen werde.«

Nicht mitspielen? Ich hatte niemals, kein einziges Mal, in Erwägung gezogen, Harper könnte sich weigern mitzumachen.

»Nein … nein … Aber Harper, du *musst!*«

Harper beugte sich nach unten und rollte Newton auf den Rücken. Bereitwillig ließ er sich die Bauchmassage gefallen, die sie ihm verpasste, ohne dass er aufgewacht wäre.

»Wie kommst du auf die Idee?«, wollte Harper wissen.

Ich stieß ein empörtes Geräusch aus, das Newton aus dem Schlaf riss.

»Weil die das vielleicht von dir erwarten? Es ist Tradition!«

»Das waren Tieropfer auch, die man heidnischen Göttern dargebracht hat, Phoebe, aber irgendwann haben die Menschen beschlossen, das lieber bleiben zu lassen.«

»Aber alle werden mitmachen. Jeder ist dazu verpflichtet. Das hat Delilah gesagt. Wer beim Stück mitspielt, der muss mitspielen.«

»Aber nicht ich«, meinte Harper ungerührt. »Und genau genommen spiele ich ja in dem Stück nicht mit. Und selbst wenn, würde das für mich keinen Unterschied machen. Ich hab kein Interesse am Flaschendrehen. Außerdem, hast du überhaupt irgendeine Vorstellung, was für Keimen und Bakterien man sich aussetzt, wenn man bei diesem Spiel mitmacht? Da kannst du dich ja genauso gut freiwillig mit einer Erkältung, den Windpocken oder Pfeifferschem Drüsenfieber anstecken lassen. Das ist, als würde man eine Petrischale küssen in einem Labor für ansteckende Krankheiten. Nein danke, echt.«

Am liebsten wäre ich jetzt wie ein Ninja durch die Luft gesegelt und meiner besten Freundin an den Hals gesprungen.

»Ich versteh das nicht. Was bringt dich auf die Idee?«

»Da bin ich von selbst draufgekommen, Phoebe. Ich bin verpflichtet, meine Hausaufgaben zu machen. Ich bin verpflichtet, meine Eltern das Zeugnis unterschreiben zu lassen. Aber ich bin nicht verpflichtet, beim Flaschendrehen mitzuspielen. Keiner muss das, ganz gleich, was Delilah Fortescue oder irgendwer sonst denkt. Das versuche ich dir schon die ganze Zeit zu verklickern.«

Ich funkelte sie finster an.

»Mir war ja gar nicht klar, wie bescheuert du das alles findest.«

»Ich hab nicht behauptet, dass es bescheuert ist. Ich verstehe ja, dass manche Leute da gern mitmachen. Ich verstehe auch, warum du mitmachen willst, Pheebs, wegen der Sache mit Tucker. Ich wünschte nur, du würdest aufhören, so zu tun, als wärst du dazu *gezwungen*, weil das nämlich nicht stimmt. Seit du von dieser Tradition gehört hast, kommst du fast um vor Neugier wegen des Flaschendrehens. Das ist ja schön und gut. Aber gib doch bitte wenigstens zu, dass das etwas ist, was du tun *willst*. Ich kenne dich, Phoebe. Du bist nicht die Sorte Mädchen, die von der Brücke springt, bloß weil alle anderen es tun. Zumindest warst du bisher nie so. Du bist du selbst. Also benimm dich auch so.«

Ich war mittlerweile dermaßen sauer, dass ich mich fast nicht mehr zurückhalten konnte. Sie behauptete zwar, es sei nicht bescheuert, aber es war ja wohl so was von offensichtlich, dass sie genau das *dachte*. Woher kam denn diese plötzliche Überheblichkeit?

»Okay, gut, ich will mitspielen!«, brüllte ich, und stampfte doch wahrhaftig mit dem Fuß auf.

»Ich weiß. Und ich bin froh, dass du es endlich auch einsiehst. Und jetzt sei bitte nicht sauer auf mich, bloß weil ich *nicht* mitmachen will.«

Aber ich *war* stinksauer. Ich war fuchsteufelswild. Wie konnte Harper es wagen, nicht beim Flaschendrehen mitspielen zu wollen? Und wie konnte sie es wagen, nicht einzusehen, dass es mich zu etwas Besonderem machte, von Delilah Fortescue auserwählt zu werden? Bislang hatten wir immer zusammengehalten. In der sechsten Klasse war ich mit Harper zusammen zum Schachunterricht gegangen, obwohl ich echt beschissen drin war. Harper hatte sich für die Theater-AG angemeldet, obwohl das eigentlich eher mein Ding war. Wir waren wie Calvin und Hobbes. Wie Snoopy und Woodstock. Warum musste Harper jetzt alles ruinieren?

»Weißt du was, Harper?«, sagte ich, und meine Stimme bebte, als ich mich jetzt erhob. »Du bist ja offensichtlich viel zu reif, um dich noch weiter mit mir abzugeben. Ich denke nicht, dass ich weiter deine wertvolle Zeit verschwenden sollte, die du für genialere Dinge benötigst, statt dich mit meinem kindischen Heldenverehrungsquatsch aufzuhalten. Ich meine, vielleicht hast du ja viel *wichtigere* Dinge zu tun.«

Harper hob ihr Kinn und starrte mich herausfordernd an.

»Vielleicht hab ich das wirklich«, antwortete sie schließlich.

Und obwohl wir im selben Haus festsitzen würden, bis meine Mutter mich abholen kam, sprach an diesem Tag keine mehr ein Wort mit der anderen.

8

Der Hammer

Ich hatte mich noch nie zuvor mit Harper gezofft. Und das schlug mir regelrecht auf den Magen – ich konnte den ganzen nächsten Tag überhaupt nichts essen, weil mir so schlecht war. Klar, wir waren uns schon hin und wieder mal uneins gewesen wegen unserer Comicstrips und wie eine Geschichte weitergehen sollte, oder welche Filme wir uns ausleihen sollten, wenn eine bei der anderen übernachtete, aber wir hatten uns nie RICHTIG gezankt. Dieser Streit aber war absolut und unleugbar echt. Nachdem wir uns nach unserem Streit eine Stunde lang in betretenes Schweigen gehüllt hatten, war meine Mutter vorbeigekommen, um mich abzuholen. Harper hatte mich an diesem Abend nicht mehr angerufen, und ich sie auch nicht.

Ich wollte zwar. Nur zu gern. Einmal hatte ich sogar schon die ersten paar Ziffern gewählt, doch dann hatte ich wieder aufgelegt. Wenn sie mich angerufen hätte, hätte ich sie mit Reue und mit meiner Zuneigung überschüttet. Aber auf gar keinen Fall würde *ich sie* anrufen.

Sie anzurufen wäre einer Entschuldigung gleichgekommen, und mir tat die Sache ja auch leid. Nur wollte ich nicht die *Erste* sein, der es leidtat.

Abgesehen davon, dass ich mich total mies fühlte und nicht mehr essen konnte, resultierten aus dem Streit auch noch weitere Nebenwirkungen, zum Beispiel, dass ich jetzt alleine zur »freiwilligen« Arbeitsparty am Samstagnachmittag würde gehen müssen, um am Bühnenbild für *Schwere Jungs, leichte Mädchen* zu arbeiten. Ich hätte mich ja gar nicht erst dafür angemeldet, wenn ich gewusst hätte, dass Harper nicht bei mir sein würde, doch war es jetzt zu spät, einen Rückzieher zu machen.

Ich hatte schon immer Bammel gehabt, wenn ich irgendwas machen sollte, was ich noch nie gemacht hatte und von dem ich nicht wusste, wie es werden würde. Mein äußeres Ich verhielt sich leider nie so, wie mein inneres Ich das gerne gehabt hätte. Es lief jedes Mal darauf hinaus, dass ich total nervös wurde. Ich hatte sogar noch einen Funken Hoffnung gehabt, Harper könnte bei der Arbeitsparty auftauchen. So ganz überraschend. Um mir zu zeigen, dass sie, obwohl wir uns gestritten hatten, mich niemals derart im Stich lassen würde. Doch dann rief ihre Mutter meine Mutter an, um ihr mitzuteilen, dass Harper beschlossen habe, ihren Vater zu begleiten, der an der Universität einen Vortrag über die String-Theorie halten würde. Ich musste also so tun, als hätte ich das längst gewusst, weil ich nicht wollte, dass meine Mutter auch noch anfing, zu Harper und mir Fragen zu stellen. Vermutlich wäre ich dann nämlich in Tränen ausgebrochen.

Ich tanzte da also in einem ultraweiten Overall und einem weißen T-Shirt an, dazu alte Leinenturnschuhe. Keinem wäre aufgefallen, dass ich mich mindestens fünf oder sechs Mal umgezogen hatte, um genau das richtige Outfit zu finden, eine coole Mischung aus alten Arbeitsklamotten kombiniert mit einem Hauch einzigartiger Weiblichkeit. Schließlich hatte ich aufgegeben und einfach etwas ausgewählt, worunter ich mich verstecken konnte. (Das letzte Mal, als ich einen Badeanzug getragen hatte, gegen Ende des Sommers, hatte meine Mutter mich an den Schultern genommen und gemeint, ich hätte einen wundervollen kleinen Körper – dass ich aussähe wie ein geschmeidiges Seehundjunges. Ein Seehundjunges! Jetzt versteht ihr vielleicht, weshalb ich mich für den Overall entschieden hatte.)

Die Arbeitsparty sollte im Anbau stattfinden, so nannten sie den riesigen Lagerraum, der sich hinten an die Bühne anschloss und den man durch eine große Doppeltür erreichte. Die Party wurde nicht von Mr Romeo veranstaltet, sondern von Lou, der, wenn er nicht gerade die Jungs im Fußball trainierte, die Bühnenbilder für die Schulproduktionen entwarf und baute. Er sah aus wie ein professioneller, erfahrener Schreiner, mit seinen abgetragenen Klamotten und der riesigen Wampe, die ihm über den Gürtel hing. Er sah aus wie ein Muffin, bei dem der Teig über den Rand hinausquillt.

Ich war zwar nicht zu spät dran, aber trotzdem herrschte bereits hektische Betriebsamkeit. Leute hämmerten und hoben Sachen und benutzten Schraubenzieher, als hätten sie ihr Leben lang nichts anderes getan. Scooter Nemo sägte doch tatsächlich an irgendwas herum und veranstaltete damit einen beachtlichen Lärm. Er war von oben bis unten voller Sägemehl.

Sofort fühlte ich mich total dämlich, wie ich da so alleine und völlig unnütz rumstand. Keiner war auf mich zugekommen, und alle machten den Eindruck, als wären sie gerade mit etwas höchst Wichtigem beschäftigt, bei dem man sie nicht unterbrechen durfte. Ich versuchte es damit, die Hände in die Hüften zu stemmen und ein wenig die Stirn zu runzeln, damit ich aussah, als würde ich nur ernsthaft darüber nachdenken, was ich tun sollte.

Ich weiß ja nicht, wie es normalen Leuten so geht, aber ich hab immer das Gefühl, die Leute schauen mich alle an. Ganz direkt. Einfach so, als wäre das selbstverständlich. Und dass sie sich fragen, was ich wohl tue und wie ich es tue und warum. Ich fand es einfach fürchterlich, so ganz ohne Harper da rumzustehen, sonst hätte ich wenigstens mit ihr reden können. Das hätte normal ausgesehen. Menno, die Sache mit den in die Hüften gestemmten Händen war einfach lächerlich! Daher versuchte ich es mit vor der Brust verschränkten Armen. Wie idiotisch! Ich entschied mich also für einen kurzen Trip zur Toilette.

Toiletten sind, abgesehen von ihrem offenkundigen Nutzen, den sie für uns haben, ein wunderbarer Zufluchtsort vor der Welt. Ich habe schon viele Toiletten gesehen in meinem Leben – in Restaurants, bei Geburtstagsfeiern, bei Sportveranstaltungen. Das Klo ist der perfekte Ort, an den man verschwinden kann, wenn einem nichts anderes mehr einfällt oder wenn man nicht sein will, wo man gerade ist. Keiner beobachtet je einen Menschen, wie er auf die Toilette verschwindet, und fragt sich, was er da wohl treibt. Weil, ihr wisst schon. Es ist ja echt offensichtlich.

Das einzige Problem am Klo als Rückzugsort war, dass man es lediglich ein Mal pro peinlichem Ereignis aufsuchen konnte. Wenn es ein gutes Klo war, wie zum Beispiel die selten benutzte Toilette für Angestellte draußen vor der Cafeteria, dann konnte man getrost eine Weile drinnen bleiben, ohne dass irgendjemand etwas davon mitbekäme. Aber hier waren haufenweise Leute versammelt, und da konnte ich ja schlecht alle zwanzig Minuten aufs Klo rennen, schon gar nicht bei meiner Vorgeschichte als nervöse Kotztrulla. Aus dem gleichen Grund tickte dann auch die Uhr, wenn man sich erst mal auf das stille Örtchen verzogen hatte. Man musste davon ausgehen, dass Leute einen dabei beobachtet hatten, wie man darin verschwand. Und wenn man nach ungefähr vier Minuten nicht wieder draußen war, maximal vielleicht fünf, dann fingen sie an, sich zu wundern, klar.

Ich schaffte es also erfolgreich aufs Klo, und das war echt die volle Erleichterung, doch der Countdown lief. Ich begutachtete die Waschbecken und überprüfte, ob auch in sämtlichen Seifenspendern was drin war. Dann ging ich sogar wirklich in eins der Abteile rein und sperrte hinter mir zu, nur um irgendwie zu tun, was man hier von mir erwartete. Allerdings musste ich gar nicht, also stand ich nur da und sah zu, dass meine Füße wenigstens in die richtige Richtung zeigten. Wenn jetzt zufällig jemand reinkäme, würde immerhin alles ganz normal aussehen. Ich sah auf die Uhr. Stand da. Sah wieder auf die Uhr.

Die Zeit verging wie im Flug, wenn man sich am stillen Örtchen aufhielt.

Doch es half alles nichts. Ich musste wieder zurück und mich denen da draußen stellen, ehe jemand hier reinkam. Ich machte also die Tür zur Kabine auf und trat nach draußen. Ich ging ans Waschbecken und ließ das Wasser ein bisschen laufen, weil ich mir ja wohl die Hände waschen musste. Dann bereitete ich mich darauf vor, die Tür nach draußen zu öffnen, und wieder überkam mich dieses nervöse Gefühl im Magen.

Einatmen, ausatmen.

Vielleicht musste ich ja doch noch nicht da raus. Bestimmt würde es keiner merken, wenn ich noch weitere anderthalb Minuten hier drinnen bliebe? Schon verspürte ich Erleichterung, dass ich mich noch ein wenig länger verstecken konnte, als plötzlich die Tür aufflog und das blonde Engelchen reinstolziert kam.

»Hey!«, meinte das Engelchen, und ihr Gesicht fing an zu strahlen, als sie mich sah.

Einen Augenblick lang war ich erleichtert. Jemand, den ich kannte! Okay, ich kannte sie nicht richtig, aber immerhin kannte sie mich. Sie war jemand, an den ich mich klammern konnte. Sodass ich die Toilette nicht alleine verlassen musste.

»Phoebe, stimmt's? Mein Name ist Savannah! Wow, also, wir sind dann wohl beide Mitglieder im Missionarschor! Hast du den Text zu den Songs schon auswendig gelernt? In welcher Arbeitsgruppe bist du denn? Ist das alles nicht wahnsinnig aufregend?«

Meine Erleichterung begann zu schwinden. Ich hätte nicht erklären können, warum ich Savannah immer noch nicht recht leiden konnte, aber es war so. Sie war einfach unglaublich aufgedreht und süß – wie ein zufriedenes kleines Streifenhörnchen. Es war einfach peinlich – dass sie nicht mal versuchte, zu verbergen, dass sie voll verzweifelt Anschluss suchte. Ich wusste, dass es total oberflächlich war, aber was würde das wohl über mich aussagen, wenn ich mit Savannah rumhinge? Würden die älteren Mitglieder der Theater-AG denken, dass ich ebenfalls ein Streifenhörnchen war? Ich war aber kein Streifenhörnchen.

Ich rang mir ein schiefes Lächeln ab, das nicht bis zu meinen Augen reichte – die uralte Botschaft, vermittelt durch ein kaltes Lächeln. Außerdem gab ich ihr mit einer Geste zu verstehen, dass ich es eilig hatte und einfach keine Zeit, mit ihr rumzuhängen. Ich gab mir alle Mühe, damit es nicht so aussah, als wollte ich absichtlich gemein zu ihr sein, aber ich musste ihr ja auch eindeutig klarmachen, was ich dachte. Auf gar keinen Fall würde ich mich der Parade von Streifenhörnchen anschließen, nicht jetzt, da die halbe Theater-AG da draußen versammelt war.

Ich stürmte also aus dem Klo, als wäre ich verabredet. Da musste doch jemand sein, zu dem ich gehen konnte. Irgendjemand Harmloses. Wie wäre es mit Romalla? Sie war mir eher schüchtern vorgekommen, daher konnte man sie wohl mit Leichtigkeit ansprechen. Sie hatte vorhin, ganz allein irgendwo am Rande herumgestanden. Eilig sah ich mich um, bis ich sie entdeckte, wie sie neben Lou stand, der ihr gerade eine Auswahl von Hämmern verschiedener Größe hinhielt.

Ich war auf mich allein gestellt, da gab es keinen Ausweg. Weil es total bescheuert ausgesehen hätte, wenn ich jetzt einfach so weiter vor dem Klo rumgestanden hätte, marschierte ich auf einen Haufen zu, keine Ahnung was, und nahm ein Teil in die Hand.

Es hatte in etwa die Größe eines Bagels, mit einem Ring dran, durch den meine Hand passte. Es erinnerte mich an einen Loofah-Schwamm, aber vielleicht einer für einen Menschen, der ein echt schlimmes Gesicht hatte. Was sollte ich mit diesem Ding nur anstellen? Ich fing schon an, meine Entscheidung mich nicht mit Savannah zusammenzutun, zu bezweifeln. Ich sah mich um und versuchte, kein panisches Gesicht zu machen. Irgendwo musste doch jemand sein, der gerade so ein Ding benutzte! Da konnte ja schlecht ein ganzer Haufen von dem Zeug rumliegen, ohne dass es einen Grund gegeben hätte.

»Willst du schleifen?«

Mein Herz begann wild zu hämmern, noch ehe ich mich umgedreht hatte. Weil ich die Stimme nämlich recht gut kannte. Es war das OmZ, und er hatte mir soeben eine Frage gestellt. Mir.

Ich drehte mich viel zu schnell um, und in meiner Stimme lag ein leichtes Zittern, als ich jetzt den Mund aufmachte.

»Ob ich Schleifchen will? Ich …«

Tucker lachte. Sein Lachen war echt so was von süß! So nett! Um seine dunklen Augen herum bildeten sich kleine Fältchen, und sein Haar stand ihm vom Kopf ab, dass es ganz ungewollt aussah – so als hätte er gerade erst eine Mütze abgenommen. Ich verspürte den Drang, die Hand auszustrecken und darüberzustreichen, um es zu glätten. Er trug ein ausgewaschenes T-Shirt mit dem WWF-Schriftzug drauf. Seine Unterarme wirkten gebräunt und muskulös. Er roch nach Holz und Farbe. Ja, ich war verliebt.

»Nein, ich meinte, ob du schleifen willst. Du hast da einen Schleifblock in der Hand.«

Ich hatte leider keine passende Antwort parat. Daher nickte ich ihm bloß zu. Egal, was ich gesagt hätte, es wäre vermutlich das Falsche gewesen. Ich durfte nicht riskieren, mein erstes richtiges Gespräch mit dem OmZ, das mehr als fünf Wörter umfasste, dadurch im Keim zu ersticken, dass ich das Verkehrte sagte. Dieser Moment musste für immer dauern. Ich fing an zu lächeln, aber da ich mich bemühte, beim Lächeln meine Zähne nicht allzu sehr zu zeigen, verzogen meine Lippen sich irgendwie ganz komisch, so als würde ich ein Rülpsen unterdrücken wollen.

»Möchtest du, dass ich dir helfe?«

Wieder nickte ich. Ich spürte genau, dass mein Gesicht jetzt knallrot angelaufen war. Ich war dankbar, dass ich das Loofah-Dingens in der Hand hielt, weil ich so wenigstens was hatte, was ich festhalten konnte, damit meine Hände nicht so nutzlos rumbaumelten.

»Mir nach«, meinte Tucker. Er ging rüber zu einer Wand, wo haufenweise Holz aufeinandergestapelt lag, und ich musste wie ein kleines Hundchen hinter ihm hertappen, um mit ihm Schritt zu halten. Ich warf einen Blick über die Schulter, um zu sehen, ob Savannah, das blonde Engelchen, oder irgendjemand sonst mich mit Tucker zusammen gesehen hatte. Aber das war das Blöde – wenn man *wollte,* dass die Leute einen sahen, dann schienen sie das irgendwie nie zu tun.

Tucker blieb bei den Brettern stehen, zog eines aus dem Haufen und richtete es neben sich auf.

»Also gut«, meinte er. »Die ganzen Bretter auf dem Stapel hier müssen geschliffen werden. Komm, ich zeig es dir.«

Er streckte die Hand nach meinem Schwammdings aus, was wohl ein Schleifblock war, so wie ich das verstanden hatte. Als er es mir abnahm, berührte er mich mit der Hand leicht an den Fingern, und ich musste mich echt zusammenreißen, um nicht entweder die Hand zurückzuziehen oder ihn zu packen. Er hielt das Brett mit einer Hand fest, und mit der anderen begann er, mit dem Schleifblock über das Holz zu fahren, sodass feiner Holzstaub herunterrieselte.

»Reib einfach mit dem Schleifblock ein paarmal großzügig rauf und runter, dann streifst du mit der Hand über das Holz, um es zu prüfen. Es dauert nicht viel länger als eine Minute, bis es schön glatt ist. Man darf es auch nicht zu stark schleifen. Pass nur auf, dass du die gesamte Oberfläche des Brettes erwischst. Wenn das ganze Ding glatt ist, dann leg es hier rüber und nimm dir ein neues.«

Er hielt mir den Schleifblock hin, wartete aber noch ab, ob ich noch Fragen hatte. Tausende von möglichen Fragen schossen mir durch den Kopf, ins Detail gehende, tiefschürfende Fragen. Alles hätte ich fragen können, nur um ihn dazu zu bringen, noch ein paar weitere wertvolle Sekunden bei mir stehen zu bleiben. Aber vielleicht wäre es auch cooler gewesen, einfach so zu tun, als würde ich genau wissen, wie man mit so einem Schleifdings umging und als hätte ich selbstverständlich schon unzählige Bretter glatt geschliffen im Laufe meiner Karriere auf und hinter der Bühne. Und als wäre das für mich reine Routine.

»Danke«, sagte ich. »Du kennst dich ja echt aus.«

Du kennst dich ja echt aus? Mann, ich klang ja wie die Vizevorsitzende seines präpubertären Fanklubs.

Er grinste.

»Klar, ich mach so was gerne. Das ist der Hauptgrund, warum ich bei der Theater-AG mitmachen wollte. Um die Wahrheit zu sagen, ich sollte jetzt eigentlich gerade nachsitzen, weil ich vergessen habe, zu meiner Mathenachhilfe zu gehen, aber eine solche Arbeitsparty würde ich mir nie im Leben entgehen lassen. Den Part des Louie die Lippe zu spielen wird sicher lustig, aber am meisten Spaß macht mir das Kulissenbauen. Ich fände es total cool, mal selbst ein Bühnenbild zu entwerfen.«

»Ich bin mir sicher, du wärst großartig darin!«, quiekte ich.

Präpubertärer Fanklub. Vizevorsitzende.

»Hör zu, danke, dass du heute gekommen bist. Nur so unter uns, einige von diesen Schauspielerinnen meinen ja, sie müssten nichts zu diesen Arbeitspartys beitragen. Aber wenn es kein Bühnenbild gibt, dann gibt es auch kein Stück, ist doch so, oder nicht? Wenn also jemand wie du hier aufkreuzt und mithilft, dann schätzen das die Leute, weißt du. Ich weiß es jedenfalls zu schätzen.«

Moment mal. Wollte Tucker mir damit was Bestimmtes sagen? Wollte er jetzt bloß nett sein, oder hatte er gerade besonders betont, dass er es schätzte? Gleich würde ich ohnmächtig werden. Jeden Moment würde ich anfangen, gefährlich zu schwanken, dann würde ich kreidebleich werden und schließlich bewusstlos zu Boden sinken. Es sei denn, das OmZ fing mich auf, was ja echt soooooo was von … romantisch gewesen wäre …

»… den ganzen Morgen«, sagte Tucker gerade. »Also, ich muss jetzt zurück an meinen Tacker. Aber gib Bescheid, falls du Hilfe brauchst.«

Oh. Er würde mich also nicht auffangen. Schade eigentlich.

»Danke«, sagte ich. Oder zumindest versuchte ich es. Denn es kam derart leise raus, dass ich nicht glaubte, dass er es gehört hatte, als er wegging.

Ich stand also da mit einem Brett in der Hand, und tat so, als würde ich es auf Astlöcher untersuchen, nur um zuzusehen, wie Tucker sich entfernte. Er ging in eine Ecke, wo das meiste Schreinerwerkzeug aufbewahrt wurde – so was wie elektrische Bohrmaschinen und Kettensägen. Die Ecke für echte Profis. Tyler Luddo und Chris Seligman waren auch da und tackerten mit riesigen Bolzen Stoff an einem halb fertigen Holzgestell fest. Chris sah eine Sekunde zu mir hinüber. Diese empfindsamen

Schauspieler spürten es scheinbar manchmal, wenn man in ihre Richtung schaute. Schnell riss ich den Kopf nach unten und fing sofort an, kräftig über das Holz zu scheuern.

Ich brauchte ein paar Minuten, bis ich ein Gespür dafür entwickelt hatte. Dann machte mir die Sache auf einmal total Spaß. Weil man für die Arbeit vor allem Gefühl brauchte, konnte ich beim Schleifen gleichzeitig gucken, was so um mich rum vorging. Irgendwie waren viel mehr Jungs als Mädchen gekommen. Sowohl ältere Jungs als auch Jungs aus meinem Jahrgang, die ich kannte. Aber was Tucker gesagt hatte, stimmte schon – da war wirklich kaum eins der Mädchen, die eine Rolle hatten in *Schwere Jungs, leichte Mädchen*. Nur ein paar von den männlichen Schauspielern arbeiteten mit. Ich sah weder Delilah noch Miranda oder Mia Kezdekian. Fedora Kravitz und Annabelle Peterson waren auch nirgends zu sehen. Abgesehen von mir und dem blonden Engelchen war nur noch Romalla Lee vorbeigekommen.

Je länger ich schmirgelte, desto besser gefiel es mir. Das war einfach perfekt! Ich sah voll beschäftigt aus, war mit Energie bei der Arbeit, und doch konnte ich beobachten, was um mich rum passierte. Es sah so aus, als gehörte ich dazu. Da waren mindestens noch sechs Bretter übrig auf dem Stapel, also wäre ich mindestens noch weitere zwanzig Minuten beschäftigt – vielleicht sogar eine halbe Stunde, wenn ich mir die Zeit gut einteilte. Ich konnte es kaum erwarten, Harper anzurufen und ihr zu erzählen, dass ich die Arbeitsparty erfolgreich allein gemeistert hatte. Bis mir wieder einfiel, dass ich Harper gar nicht anrufen konnte, weil wir ja nicht miteinander redeten.

Also lenkte ich mich dadurch ab, dass ich mir Gedanken machte, weil Tucker das Nachsitzen geschwänzt hatte, nachdem er schon die Nachhilfestunde versäumt hatte. Das OmZ schien irgendwie ständig zu spät zu kommen, oder auch mal überhaupt nicht, und zwar zu den unterschiedlichsten Anlässen. Was, wenn die ihn suspendierten? Ganz von der Schule verwiesen? Was, wenn seine Eltern ihn wegschickten auf eine Militärakademie, um ihm ein wenig Disziplin beizubringen? Verstohlen warf ich einen Blick in Tuckers Richtung und stellte mit Bestürzung fest, dass er neben Romalla stand, während er auf den Hammer in ihrer Hand deutete und irgendwas sagte, woraufhin sie eifrig nickte. Ich runzelte die Stirn. Denn ich wollte doch die Einzige sein, der Tucker bei der Arbeitsparty half. Ich stellte mir gerade vor, wie es wohl wäre, Romalla eins mit ihrem Hammer über die Rübe zu ziehen, als Tucker plötzlich zu mir hinübersah. Er schenkte mir ein kurzes Lächeln, dann verdrehte er ganz leicht die Augen. So als hätte er echt Besseres zu tun, als Romalla zu erklären, wie man einen Hammer benutzte. Mein Herz tat einen Sprung, und wieder fing ich an zu schmirgeln, gleich doppelt so schnell wie vorher. Hatte ich sein Augenrollen richtig gedeutet? Oder wollte er sich damit über mich lustig machen? Oder hatte Tucker schlichtweg irgendwas mit den Augen?

»Hallo noch mal!«

Savannah stand vor mir. Sie wirkte ein wenig nervös, als sie sich eine blonde Strähne hinters Ohr schob.

»Hey«, sagte ich, dann bewegte ich den Schleifblock wieder ganz fest und ganz schnell über das Brett, damit sie auch ja mitbekam, wie unheimlich beschäftigt ich war.

Savannah beugte sich zu mir vor, sodass ich aufhören musste mit Schleifen, sonst hätte sich der Staub auf ihr Haar gelegt.

»Phoebe, ich bin mir irgendwie nicht sicher, was ich tun soll. Alle scheinen schon voll beschäftigt mit irgendwas. Kann ich dir vielleicht helfen, bei dem, was du da tust?«

Ich zog ein finsteres Gesicht. Denn ich war hier doch für das Schmirgeln verantwortlich! Ich! Da war es nicht fair, dass das blonde Engelchen jetzt auch noch schleifen wollte. Ich hatte den perfekten Job für mich gefunden, und jetzt wollte sie mir mein Territorium streitig machen. Doch ich konnte die Furcht in ihren Augen sehen, und ich wusste nur zu genau, wie sie sich fühlte. Erst vor ein paar Minuten noch hatte ich nämlich das Gleiche empfunden. Widerstrebend griff ich also nach einem zweiten Schleifblock und hielt ihn ihr hin.

»Ist nicht viel dabei«, sagte ich. »Fahr einfach nur mit dem Schleifklotz über das Brett, bis alles glatt ist. Aber übertreib es nicht mit dem Schmirgeln. Der ganze Stapel Bretter da muss noch geschliffen werden.«

Savannah nahm den Schleifblock, als würde ich ihr den größten Rubin der Welt überreichen.

»Ach, Phoebe, vielen Dank! Ich dachte schon langsam, ich würde den ganzen Nachmittag nur blöd rumstehen müssen!«

»Schon gut«, meinte ich. Aber es war natürlich nicht gut. Es war so dermaßen nervig, nerviger ging's gar nicht. Aber ich fühlte mich auch schuldig, dass ich Savannah gegenüber so unfreundlich war, wo ihr einziger Fehler doch lediglich darin bestand, dass sie ein glückliches kleines Streifenhörnchen war. Vielleicht hatte ich das jetzt ja ein klein wenig wettgemacht, aber ein bisschen mies kam ich mir schon noch vor.

»Macht doch voll Spaß hier, oder? Kannst du dir vorstellen, dass das alles bis zum Ende der Woche zu einer kompletten Kulisse zusammengebaut sein wird? Es ist echt unglaublich, was Lou alles kann, absolut unglaublich.«

Ihr Geplappere wusch schon bald meine Schuldgefühle weg, stattdessen machte sich bei mir wieder Verärgerung breit. Ich nickte griesgrämig.

»Ich hoffe bloß, dass wir genügend Leute sind«, fuhr Savannah fort. »Sieht so aus, als wären die ganzen Jungs abgesprungen, mit Ausnahme von Ben und Bud. Und die einzigen zwei Mädchen, die ich kenne, sind von der Fußballmannschaft. Ich glaube, die gehören noch nicht mal zum regulären Team. Ich will ja nicht boshaft sein, aber kommt es dir nicht auch so vor, als wären wir die einzigen Schauspielerinnen abgesehen von Romalla, die da sind?«

Ich hatte jetzt echt keine Lust auf dieses ausufernde Streifenhörnchengeplänkel mit Savannah. Aber es stimmte natürlich, wir *waren* die einzigen Mädchen der Theater-AG, abgesehen von Romalla, und ich fand es *echt* total nervig, insbesondere nach dem, was Tucker gesagt hatte. Denn Schauspielerinnen, die zu einem solchen Arbeitseinsatz nicht aufkreuzten, stellten eine persönliche Beleidigung dar für Tucker.

»Ja, ich weiß. Ich meine, das hier ist ja keine Pflichtveranstaltung oder so, aber ich finde eigentlich auch, dass die Leute, die am Ende *auf* der Bühne stehen, auch die Ersten sein sollten, die sich freiwillig melden.«

»Ganz genau!«, pflichtete Savannah mir bei. Sie strahlte jetzt übers ganze Gesicht. Dann beugte sie sich verschwörerisch zu mir.

»Ich habe gehört«, so flüsterte sie, »dass einige von den Mädchen, die oft Rollen kriegen, gewisse … Allüren haben. Was die Arbeit hinter der Bühne und so anbelangt. Dass sie sich irgendwie, na ja, du weißt schon, zu gut dafür sind.«

Ich war echt hin und her gerissen, ob ich mich jetzt auf eine richtige Lästersession mit Savannah einlassen sollte, oder ob ich lieber cool blieb und souverän darüberstand. Außerdem musste ich ja meine neuen Freundinnen in Schutz nehmen.

»Keine Ahnung«, sagte ich deswegen, den Blick auf das Brett gerichtet. »Delilah macht mir eigentlich einen ganz coolen Eindruck. Sie hat letzte Woche bei mir daheim vorbeigeschaut, weißt du? Nur weil sie nett sein wollte. Und Mia Kezdekian war auch total freundlich zu mir.«

Ich warf Savannah einen verstohlenen Blick von der Seite zu, um zu sehen, ob die Erwähnung der Namen bei ihr Eindruck gemacht hatte. Ich war mir nämlich nicht sicher, ob sie mitbekommen hatte, dass ich auf gewisse Weise zu der Clique der Älteren gehörte.

»Ich weiß nur, was ich gehört habe. Man sagt, Delilah kann ganz schön hintenrum sein. Und auch, dass sie und Mia sich hassen. Aber Mia kenne ich überhaupt nicht. Sie hat nie mit mir geredet, um ehrlich zu sein.«

Ich empfand einen Anflug von selbstgefälliger Befriedigung, weil Savannah zugegeben hatte, dass Mia sie ignorierte. Und offensichtlich kannte sie auch Delilah nicht besonders gut. Ich meine, über mich hatte sie ja wohl hintenrum noch nicht gelästert. Schweigend schmirgelte ich die nächsten paar Minuten weiter und versuchte, den Eindruck zu erwecken, als wäre ich ganz in mein handwerkliches Schaffen vertieft.

»Wow, das war jetzt das letzte Brett«, hörte ich Savannah sagen.

Ich blickte auf und konnte es selbst kaum glauben. Wir hatten jedes einzelne Brett auf dem Stapel geschliffen. Dank Savannah war ich jetzt mal wieder arbeitslos.

»Ich könnte ja mal gehen und Lou fragen, ob er schon ein paar Leute für Malerarbeiten brauchen kann«, meinte Savannah. »Willst du mit mir kommen?«

Das wollte ich tatsächlich. Denn sonst hätte ich wieder allein hier herumgestanden, mit den ganzen fertig geschmirgelten Brettern und ohne Aussicht auf weitere Beschäftigung.

Doch dann fiel mein Blick durch den Raum auf das OmZ, gerade als er zu mir rübersah. Er deutete auf den Haufen fertig geschliffener Bretter und hielt den Daumen hoch. Vielleicht wollte er ja wieder zu mir rüberkommen!

»Nein danke, Savannah. Ich überprüf lieber ein paar von den Brettern noch mal. Um sicherzugehen, dass ich auch ja nichts übersehen habe.«

»Oh, okay.« Savannah klang ernsthaft enttäuscht, und mich überkam wieder dieses Schuldgefühl. Doch sie war bereits losgezogen in Lous Richtung.

»Bis später, Phee!«

Ich winkte ihr lustlos hinterher, mit einer tiefen Furche auf der Stirn. Ich *hasste* es, wenn Leute, die ich kaum kannte, meinen Namen verkürzten, und erst recht, wenn dabei irgendwas Komisches rauskam, bloß nicht mein richtiger Spitzname. Nannte ich sie etwa einfach so Sav oder Nah? Eine gemeinsame Schleifsession machte uns noch lange nicht zu besten Freundinnen! Und überhaupt, mein Spitzname hatte ein *b* und ein *s* am Schluss. Pheebs, im Plural quasi. Wenigstens war Tucker nicht angekommen, während das blonde Engelchen wie eine Klette an mir hing. Ich konnte es echt nicht erwarten, Harper zu erzählen, wie Tucker mir geholfen hatte, und die Sache mit dem Augenrollen. Und dann fiel es mir wieder einmal ein. Warum vergaß ich das bloß dauernd und dachte, alles wäre ganz normal und in bester Ordnung? Warum war es bloß nicht so? Ob wohl überhaupt je alles wieder in Ordnung käme, oder würde ich damit jetzt leben müssen?

»Hey, fertig! Du warst ja schnell!«

Ich war so vertieft in meine Gedanken an Harper gewesen, dass ich gar nicht mitgekriegt hatte, dass Tucker rübergekommen war. Ich fühlte mich gleich ein wenig selbstsicherer, da ich immer noch den Schleifklotz in der Hand hielt, also schaute ich zu ihm auf und schenkte ihm ein breites Lächeln, mit Zähnen und allem.

»Danke«, sagte ich. »Ich schleife gern, gefällt mir.«

Endlich! Ich hatte sowohl ein ganz normales Lächeln als auch einen kompletten, wenn auch kurzen Satz hinbekommen!

»Das hast du gut gemacht«, meinte er. »Wie ein Profi.«

»Oh, ich bin kein Profi«, sagte ich. »Aber es hat mir Spaß gemacht. Ist irgendwie schön, wie das Holz sich anfühlt, wenn es immer glatter wird, und wie das erst riecht – keine Ahnung, es ist nur … irgendwie total entspannend. So als wären das Holz und ich eins gewesen … oder so ähnlich.«

War ich jetzt vollkommen PLEMPLEM? Woher kam denn auf einmal dieses philosophisch-meditative Gefasel über Holz? Ich meine, klar, es hatte sich *echt* so angefühlt, aber als ich es jetzt zu Tucker sagte, klang ich ja fast wie … wie eine total IRRE!

Nur dass Tucker mich ganz und gar nicht ansah, als hielte er mich für verrückt.

»Oh Mann, genau das ist es, ehrlich!«, sagte er grinsend. »Ich meine, ich liebe es schon immer, mit Holz zu arbeiten, aber ich hab das nie so richtig in Worte fassen können, warum das so ist, und jetzt hast du echt den Nagel auf den Kopf getroffen! Aber ernsthaft, das ist ja so was von cool.«

Okay. Dann eben keine VOLLKOMMEN Irre.

Ich dachte angestrengt nach, ob ich noch was zum Thema des Zen der Holzbearbeitung sagen konnte, doch leider fiel mir nichts mehr ein.

»Na ja, wie ich schon sagte, danke, dass du heute vorbeigekommen bist«, meinte Tucker.

Ich strahlte von einem Ohr zum anderen.

»Ich glaube, du und Savannah, ihr seid die beiden Einzigen von den neuen Mädchen, die gekommen sind.«

Mein Lächeln verblasste ein klein wenig. Warum musste er mich denn jetzt ausgerechnet mit *der* in einen Topf werfen?

»Wenn du noch nicht wegmusst, dann könnte Lou dich sicher für die Malerarbeiten brauchen.«

Ich zwang das Lächeln zurück auf mein Gesicht.

»Logo. Logo würde ich gern malern. Logo!«

Echte Loser sagen alles immer dreimal. Loser. Loser!

Aber Tucker schenkte mir jetzt so ein umwerfendes Lächeln, dass es fast war, als würde die Sonne hier drinnen aufgehen.

»Danke, Pheebs. Du bist die Beste. Gib Bescheid, wenn du bei irgendwas Hilfe brauchst.«

Er hatte mich Pheebs genannt! Ich bekam kaum Luft vor lauter Glück.

Das OmZ war fast schon wieder zurück in der Ecke mit dem Tacker. Ich blieb noch einen kurzen Moment stehen, um das alles auf mich wirken zu lassen.

Ich gab es ja ungern zu, aber mit einem hatte Harper gestern tatsächlich recht gehabt.

Logo wollte ich beim Flaschendrehen mitmachen.

9

Countdown: nur noch drei Wochen

An jedem ersten Donnerstag im Monat machte meine Mutter diese nervige Sache. Wenn ich ehrlich war, machte meine Mom viele nervige Dinge. Aber diese eine Sache stand explizit in ihrem Kalender.

Sie nannte das Sprachyoga. Die Leute sollten ihre Stimmen und ihre Gefühle verbinden und sie gemeinsam erweitern, um ganz neue Höhen emotionaler Flexibilität zu erforschen. So weit die Theorie. Für mich bedeutete das in der Parxis an jedem ersten Donnerstag im Monat, dass zehn ängstliche, verunsicherte und wütende Leute bei uns daheim aufkreuzten, um sich gefühlsmäßig was Gutes zu tun, indem sie laberten und rumkrakeelten wie ein Haufen höflicher, aber ungehorsamer Hühner.

Um ehrlich zu sein, war es alles in allem gar keine so schlechte Sache. Im Grunde brachte das eine recht nette Seite an meiner Mutter zum Vorschein – weil nämlich Sprachyoga etwas war, das sie umsonst veranstaltete, für Leute, die sich eine richtige Therapie nicht leisten konnten, die aber Hilfe benötigten, um ihre Gefühle zum Ausdruck zu bringen. Denn bei all ihren Therapiegesprächen und den Wohlfühlveranstaltungen war meine Mutter tief im Inneren echt total gut. Wenn sie Sachen sagte wie »pflanze Liebe in deinen Garten, dann wird die Liebe auch deine Welt überwuchern«, dann tat sie das, weil sie wirklich daran glaubte. Sie war nicht einfach nur ein Seelenklempner, weil man in dem Beruf Macht hatte oder weil man gut verdiente. Sie war eher die Sorte Mensch, die immerzu allen helfen wollte, ihr wisst schon. Ein bisschen wie ein Feuerwehrmann, nur für Gefühle.

Doch auch wenn ich fand, dass das Sprachyoga eine nette Sache war, war es für mich persönlich eher störend. Manchmal schaffte ich es, während der Sitzungen gar nicht daheim zu sein, aber da das Sprachyoga an einem Abend unter der Woche stattfand, und ich am nächsten Tag Schule hatte, war das nicht immer machbar. An den Abenden, an denen ich nicht entkommen konnte, verbarrikadierte ich mich in meinem Zimmer und probierte herum, wie laut ich meinen iPod aufdrehen konnte, ohne dass mir die Zähne wehtaten.

Doch an diesem Donnerstagabend konnte ich mich schlecht hinter den Kopfhörern verstecken. Weil ich nämlich nach vier Tagen Proben, die sich allesamt auf die ganzen Szenen konzentriert hatten, in denen ich etwas tun musste, morgen auch noch dran war mit der Gesangsprobe und mit der Stellprobe. Auch wenn das eher nach etwas klang, was man beim Football oder so übte, war die Stellprobe in Wirklichkeit ein Prozess, bei dem der Regisseur und der Schauspieler sich darüber einigten, wo und wie der Schauspieler sich in einer Szene bewegen sollte und wo und wie er seinen Text vortrug. Ich hatte in dem ganzen Stück lediglich zwei Sätze zu sagen, und die waren beide in der Szene, die wir proben würden. Es ging außerdem das Gerücht, dass jedes der Chormitglieder während der Gesangsszenen irgendwas Bestimmtes zu tun bekommen würde. Die Tatsache, dass Harper vor Ort sein würde, sorgte bei mir jetzt nur noch für mehr Anspannung.

Die Probe am Freitag würde also eine große Sache für mich werden. Und auch wenn ich nur zwei Zeilen hatte, nahm ich sie absolut ernst. Ich hatte sie mir im Skript mit gelbem Textmarker angestrichen, genau wie Chris Seligman in seinem Skript seitenweise Text angemarkert hatte. Meine beiden Zeilen hatte ich auswendig gelernt bis zum Erbrechen und sie sogar jeden Morgen unter der Dusche laut deklamiert.

Ich war nun fest entschlossen, ernsthaft Zeit mit meinem Skript zu verbringen, um eine Hintergrundstory für die von mir dargestellte Person innerhalb der Handlung von *Schwere Jungs, leichte Mädchen* zu entwickeln. Warum war sie Mitglied der Heilsarmee? Was dachte sie? Was hielt ich als diese Person von meiner Vorgesetzten, Sergeant Sarah? Was wollte ich, und was hatte ich vielleicht aufgeben müssen? Benutzte ich Shampoo mit oder ohne Conditioner? Aß ich Toast oder Müsli zum Frühstück?

Das alles waren Fragen, über die eine ernsthafte Schauspielerin, selbst wenn sie nur ein paar wenige Zeilen zu sprechen hatte, sich Gedanken machen sollte vor einer wichtigen Probe. Und das war jetzt ein bisschen schwierig, weil ja das Sprachyoga gerade in vollem Gang war und mindestens zwei der Klienten meiner Mutter soeben mit opernhaftem Enthusiasmus ihre emotionalen Muskeln spielen ließen.

Möglicherweise war die von mir verkörperte Person ja zur Heilsarmee gegangen, weil sie ihren Seelenverwandten gefunden hatte, dann aber leider in seiner Gegenwart kotzte und er sie daher nie um ein Date bat. Vielleicht hatte sie Riesenzoff mit ihrer besten Freundin gehabt und sich davon nie so richtig erholt. Vielleicht war diese Person Sklavin ihres eigenen äußeren Ichs und hatte daher den Rückzug in die Welt der karitativen Dienste angetreten.

Ich kuschelte mich mit meinem Skript in den Sitzsack, dazu ein Glas Ovomaltine, ein paar Kekse und eine Orange griffbereit (ich hatte mir angewöhnt, mir schon im Voraus einen Proviant anzulegen, damit ich während der Sprachyogastunden nicht nach unten musste). Ich versuchte alles auszublenden, nur nicht den Missionarschor und meine Rolle, die ich, so hatte ich beschlossen, von nun an Hortensia Godfrey nennen wollte, da sie im Skript immer nur als »Mitglied des Missionarschor Nr. 3« bezeichnet wurde.

Zu meinem Leidwesen begann nun einer der Sprachyoga-Teilnehmer mit einer außerordentlich tiefen Baritonstimme seine Psyche zu erforschen, indem er die ganze Zeit was brüllte von wegen, er wolle sich mit seinem inneren Kind zum Spielen treffen, wieder und wieder. Der Lärm schien mitten durch die Decke des Wohnzimmers aufzusteigen und dann wie durch einen Trichter direkt in den Sitzsack hineinzufließen.

»Das ist ja wohl echt ein Witz!«, rief ich und schlug mir mit dem Skript aufs Bein, um das Ganze noch dramatisch zu unterstreichen. Ich schlang mir Otti-Potti um den Kopf, wie ein Paar aus der Form geratener Ohrenschützer, doch das Geräusch drang ungedämpft zu mir durch, laut und deutlich.

Normalerweise hätte ich in so einer Situation sofort bei Harper angerufen. Und es kam mir fast so vor, als wäre ich, je länger ich Harper *nicht* anrief, umso entschlossener, sie auch *weiterhin* nicht anzurufen. Außerdem wurmte es mich allmählich so richtig, dass Harper sich nicht bei *mir* gemeldet hatte. Sie war diejenige gewesen, die nichts von dem ernst genommen hatte, was mir wichtig war. Sie war diejenige gewesen, die mich kritisiert hatte, die mir Vorträge gehalten hatte. Warum wurde ihr jetzt nicht klar, dass sie diejenige war, die den ersten Schritt würde tun müssen? Was war da nur los? Hatte Harper mich insgeheim loswerden wollen und nun die erstbeste Gelegenheit wahrgenommen?

Es war undenkbar, dass Harper und ich keine besten Freundinnen mehr waren. Mit niemandem sonst fühlte ich mich so wohl in meiner eigenen Haut, fühlte ich mich so vollständig wahrgenommen. Niemand sonst bettelte mich an, ich solle doch Leute nachmachen, und musste dann heulen vor Lachen. Nie wieder würde ich jemand so Talentiertes und Loyales treffen wie Harper Tanaka. Niemand würde mir je seine Geheimnisse anvertrauen oder fähig sein, gemeinsam mit mir den nächsten großartigen Comicstrip zu schaffen. Und ich wusste, dass Harper in Bezug auf mich ähnlich dachte, da wir nämlich darüber gesprochen hatten. Es sei denn, sie hatte ihre Meinung geändert.

Ehe ich mir überhaupt darüber im Klaren war, hatte ich auch schon zu heulen angefangen, mein Gesicht war tränenüberströmt. Und zwischen den Schluchzern holte ich keuchend Luft. Vor dem heutigen Tag war mir ehrlich gesagt nie in den Sinn gekommen, dass die Freundschaft zwischen Harper und mir für immer zerbrechen könnte. Und dieser Gedanke ließ mir plötzlich nichts wichtiger erscheinen als Harper. Nicht Delilah oder Mia. Nicht einmal das OmZ. Ich wollte einfach nur noch, dass alles wieder so war wie früher.

Meine Mutter sagte immer, wenn man das Bedürfnis hatte, zu heulen, dann sollte man das hemmungslos rauslassen. Und dann, wenn man das Gefühl hatte, dass der richtige Zeitpunkt gekommen war, sollte man sich selbst sagen, dass es nun genug sei, und dann sollte man wieder die Kontrolle über sich selbst übernehmen. Sie schlug sogar vor, man sollte sich laut vorsagen: »Ich lasse mich nicht von meinen Gefühlen bestimmen«, aber ich fand das irgendwie peinlich. Der grundlegende Gedanke dahinter war allerdings prinzipiell nicht verkehrt. Denn weder seine Gefühle komplett zu unterdrücken noch stundenlang zu heulen konnte ja die Lösung sein. Oder eine ganze Woche. Vielleicht sogar ein Jahr lang, wenn die Lage ganz ernst wäre. Und das hätte mit

Sicherheit negative Auswirkungen auf den Teint eines jeden Mädchens. Also holte ich tief Luft und redete mir (im Stillen) ein, dass ich jetzt genug geheult und es mir gutgetan hatte, es aber jetzt vorbei war.

Als ich mir mit Otti-Pottis Schwänzchen das nasse Zeug aus dem Gesicht wischte, sah ich mich im Zimmer in Reichweite meines Sitzsacks nach etwas um, das mich auf andere Gedanken brachte. Ich entdeckte eins meiner Filmmagazine, das zur Hälfte gelesen herumlag. Ich ließ mein Skript auf den Boden fallen und platzierte stattdessen das Magazin auf meinem Schoß. Dann blätterte ich durch die Hochglanzseiten auf der Suche nach einem Artikel, der mich davon ablenkte, dass ich Harper womöglich für immer verloren hatte.

Eine Überschrift weckte mein Interesse.

Kattra Samson – ihre wundersame Verwandlung vom unbekannten Mauerblümchen zu Hollywoods heißestem Jungstar!

Ich betrachtete das ganzseitige Farbfoto, das Kattra zeigte. Ihre Nase hatte einen kleinen Huckel, und ihre Lippen zogen sich leicht nach unten, was ihr einen dezent fiesen Ausdruck verlieh. Trotzdem war sie umwerfend, daran bestand kein Zweifel. Auf diesen Artikel folgte ein Überblick über die Kosmetikartikel, die ich mir kaufen sollte, wenn ich mir Kattras Look aneignen möchte.

Wieder betrachtete ich das Foto.

Ich musste gar nicht erst in den Spiegel sehen, um sagen zu können, dass nicht einmal Unmengen von der Hydra Matte Lotion von Clarins und der Eye Contour Balm es schaffen würden, dass mein äußeres Ich aussah wie Kattra Samson. Mir war klar, dass meine Lippen nie so einen Schmollmund bilden könnten und dass kein leicht fieser Zug sie umspielte. Ich würde niemals cool aussehen mit einem Huckel auf der Nase – sondern eher wie ein Volltrottel, der gegen eine Wand gerannt ist.

Ich war keine Kattra Samson. Kattra Samson hatte für mein Leben keinerlei Bedeutung. Es war Phoebe Hart, um die ich mir Sorgen machen musste. Ich streckte die Hand aus und griff nach der Orange. Dann hielt ich sie mir vors Gesicht und betrachtete sie eingehend. Ich schenkte ihr ein zaghaftes, mysteriöses Lächeln. Ich senkte meine Augenlider müde auf Halbmast, während ich die Frucht mit bohrender Intensität ansah. Dann schürzte ich die Lippen. Die Orange, die meine romantischen Absichten ganz offensichtlich teilte, bewegte sich ein Stück auf mich zu. Eine Sekunde später küssten wir uns auch schon. Während ich die Augen geschlossen hielt, gab ich alles, um den Moment voll auszukosten, ganz in dem Augenblick aufzugehen, so wie wir das bei den Übungen im Theatercamp gelernt hatten. Das war keine normale Orange mehr, es war das OmZ unter den Orangen, und ich … ich war Kattra Samson – groß, ein wenig düster und absolut selbstsicher. Ich fühlte mich … bescheuert. Daher schleuderte ich die Orange weg, vielleicht floh sie auch, verstört durch die Tatsache, dass die Chemie zwischen uns offensichtlich nicht stimmte.

Mehr denn je war mir klar, dass ich jetzt alles auf meine Schauspielerei setzen musste. An meinem Aussehen war nichts Besonderes, und im Küssen war ich auch nicht gerade ein Naturtalent. Doch mit ein wenig Fleiß würde ich vielleicht eines Tages wenigstens so tun können, als wäre ich es.

Mr Romeo wollte die ganzen Missionarschormitglieder auf der Bühne sehen, inklusive Delilah Fortescue. Wir sollten unsere erste Szene zusammen proben – nachdem wir durch die sündigen Straßen von New York marschiert waren, wobei unsere kleine Kapelle (Trompete, Triangel und Trommel) den Song »Fels des Heils« intonierte, hielten wir vor unserem Hauptquartier, dem Missionshaus, an, wo Sergeant Sarah Brown gleich zum ersten Mal dem umwerfenden Sky Masterson begegnen sollte.

Ich war extrem dankbar, dass ich auf der Bühne sein durfte und mitmachen – denn das war eine der wenigen Aktivitäten, die meine Gedanken eine Zeit lang von Harper ablenken konnte. Sie saß an dem kleinen Regietisch, den Mr Romeo im Zuschauerbereich aufgestellt hatte, zusammen mit Miss Maslin und Scooter Nemo, der als Bühnenmanager fungierte. Sie hatte kein einziges Mal aufgesehen, als ich eingetroffen war, doch allein der Anblick, wie sie da so eifrig schrieb, das glänzende Haar hinter ein Ohr festgeschoben und die Minzbonbons griffbereit neben ihrem Klemmbrett, sorgte dafür, dass ich sofort wieder einen Kloß im Hals hatte. Aber ich durfte jetzt nicht heulen. Ich durfte es einfach nicht. Es ging hier ums Theater – die eine Sache in meinem Leben, die mir half, aus mir selbst auszubrechen und jemand anderer zu sein, egal wer. Daher schluckte ich den Kloß hinunter und gesellte mich zu den anderen, die schon auf der Bühne warteten.

Wir waren die Hymne noch mal mit Miss Maslin durchgegangen, und jeder Einzelne von uns hatte das komplette Ding auswendig gelernt. Jetzt brachte Mr Romeo uns bei, wie wir im Gleichschritt marschieren und zugleich singen sollten. Das war viel komplizierter, als es klang. Wir fingen an zu singen, als wir noch nicht mal auf der Bühne waren, und mussten weitermachen, bis wir die Tür zur Missionszentrale erreicht hatten.

Dort würden wir die letzten Zeilen der Hymne auf dem Bürgersteig zu Ende singen. Dann mussten wir einer nach dem anderen im Missionsgebäude verschwinden, um unsere Sachen abzulegen, und uns anschließend im Hintergrund zu halten und überrascht und neugierig auszusehen, wenn Sky dann die Bühne betrat. Wie Mr Romeo uns erklärte, war es entscheidend, dass wir nicht zu schnell sangen. Oder zu schnell gingen. Sonst wäre die Hymne zu Ende, ehe wir die Tür zur Mission erreicht hätten, oder das Lied noch nicht fertig gesungen, wenn wir bei der Tür ankamen. Mr Romeo ließ uns das Ganze vier Mal üben, bis wir es endlich fast richtig machten.

Wenn ich nicht mein unterschwelliges Elend verstecken und so hätte tun müssen, als würde ich Harper gar nicht bemerken, dann, würde ich sagen, wäre die Probe das Beste gewesen, was ich seit Monaten erlebt hatte. Im Ernst. Endlich war ich eine von »ihnen« – eins von den Kids auf der echten Bühne mit richtiger Beleuchtung, die eine echte Show inszenierten. Ich hätte meine Szene stundenlang wieder und wieder durchgehen können, ohne dass mir dabei langweilig geworden wäre. Ich wünschte nur, ich hätte es ein bisschen mehr genießen können.

Die Proben zu Delilahs Szene, in der Sergeant Sarah Sky trifft, waren für heute Nachmittag angesetzt, doch da Delilah auch in unserer Szene einen Auftritt hatte, musste sie schon bei unserer Stellprobe anwesend sein. Ich schätzte mal, sie wollte sich ihre Energien für später aufheben, weil sie nämlich den größten Teil der Probe in der zweiten Reihe sitzend verbrachte, die Füße hochgelegt und eine weiße Sonnenbrille mit Gläsern so groß wie Untertassen auf der Nase. Als wir unser Timing endlich richtig draufhatten, teilte Mr Romeo ihr allerdings mit, dass ihre Anwesenheit bei uns auf der Bühne jetzt erforderlich sei.

Als wir die Szene ein letztes Mal durchgingen, geriet unser Timing ein wenig aus dem Takt, daher standen wir jetzt herum und diskutierten, wer von uns zu schnell gewesen war und wer zu langsam. Delilah stand etwas abseits, die Hände in die Hüften gestemmt, und tippte nervös mit dem Fuß auf den Boden, so als würde sie uns mittels Morsecode etwas mitteilen wollen. Als Mr Romeo sich an den Regietisch begab, um im Stillen mit Miss Maslin zu reden, stieß Delilah durch die Nase einen Laut aus, der von einem höchsten Maß an Genervtheit zeugte.

»Der Chor sollte seinen Part doch draufhaben, *bevor* ich auf die Bühne komme, um mit euch zusammen zu proben«, zischte sie in unsere Richtung. »Mehr wird von euch doch nicht verlangt. Ich hingegen muss an dem kompletten Stück arbeiten. Ich habe eine *Hauptrolle*. Da kann ich keine Zeit verplempern, während ihr zuseht, wie ihr diese eine bescheuerte Sache, die ihr zu tun habt, hinbekommt.«

Dann drehte sie sich auf dem Absatz um und marschierte von der Bühne, vorbei an dem riesigen Mülleimer, dessen Inneres ich zu meinem Leidwesen schon einmal genauer in Augenschein genommen hatte. Ich warf einen Blick rüber zu Mr Romeo, um zu sehen, ob er das mitbekommen hatte, doch der schien vollkommen in sein geflüstertes Gespräch mit Miss Maslin vertieft. Dann sah ich kurz in Harpers Richtung mit halb gesenkten Augenlidern und den Kopf etwas seitlich gedreht, damit es nicht den Eindruck machte, als würde ich sie anschauen. Sie zeichnete gerade etwas auf ein Blatt Papier. Ich fragte mich, ob es wohl eine neue Figur für »Mein nicht ganz so außerirdisches Leben« war. Würde Harper weiter an dem Comic arbeiten, jetzt, da wir es nicht mehr gemeinsam taten?

»Was hat die denn für ein Problem?«, raunte Savannah mir zu. »Das ist doch das erste Mal, dass wir diese Szene auf der Bühne proben – sie ist jetzt schon eine Woche dabei, da müsste sie sich doch längst daran gewöhnt haben.«

Ich zuckte mit der Schulter, weil ich mir nicht sicher war, wie weit Delilah sich schon entfernt hatte, und ich wollte ja nicht aus Versehen etwas sagen, was sie dann mitkriegte.

Das einzige männliche Chormitglied, ein rundlicher Achtklässler mit freundlichem Gesicht namens Andrew, pirschte sich an uns heran, als er mitbekam, wie Savannah flüsterte.

»Ist euch aufgefallen, dass sie das laut genug gesagt hat, damit wir das hören, aber nicht laut genug für Mr Romeo«, murmelte Andrew, wobei seine Augen sich königlich verengten. »Sie schmiert ihm Honig ums Maul, und er fällt darauf rein. Und wenn er ihr den Rücken zukehrt, verwandelt sie sich in eine albtraumhafte Diva.«

Dana, das vierte Mitglied in unserem Chor, stand etwas abseits mit gefalteten Händen und gesenktem Blick.

»Sie interessiert sich nicht für diese Szene, weil sie keinen Text hat. Wir singen, deshalb sieht das Publikum natürlich *uns* an. Und das gefällt ihr ganz und gar nicht«, meinte Savannah.

Andrew nickte, während ich versuchte, so auszusehen, als würde ich weder zustimmen noch anderer Ansicht sein. Insgeheim hatte es mich verletzt, dass Delilah den Chor derart kritisiert hatte. Denn wenn sie das so sagte, sahen wir echt aus wie die amateurhaftesten Loser.

Mr Romeo besprach sich immer noch mit Miss Maslin, als er unvermittelt aufsah und uns zum ersten Mal zu bemerken schien, wie wir da so standen.

»Leute, warum machen wir nicht zehn Minuten Pause«, rief er.

Andrew und Savannah schlenderten auf die Sitzreihen zu, wobei sie mir immer wieder Blicke zuwarfen, als erwarteten sie von mir, dass ich sie begleitete. Ich aber drehte mich um und ging hinter die Bühne, in die Richtung, in die Delilah abgerauscht war.

Ich entdeckte sie fast sofort, sie stand an der Tür zum Nebenraum und unterhielt sich mit Bud. Erst wollte ich in Deckung gehen, dann aber beschloss ich, mich ihnen einfach anzuschließen. Schließlich hatte Delilah mir zu Hause einen Besuch abgestattet, eine Geste der Freundschaft. Sicher war es okay, wenn ich jetzt zu ihr hinging und mich mit ihr unterhielt. Doch nachdem ich diesen Entschluss gefasst hatte, wurde ich doch etwas nervös. Es ging hier schließlich um Delilah. Und ich war nichts weiter als eine Siebtklässlerin und riskierte wie immer, dass mein äußeres Ich mein inneres Ich sabotierte. Aber ich musste es wenigstens versuchen, redete ich mir ein. So wie die Dinge mit Harper liefen, war es gut möglich, dass ich im Augenblick gar keine Freunde hatte. Also tu es einfach.

Und ich tat es. Ich marschierte direkt rüber zu Delilah. Sie unterhielt sich angeregt mit Bud und bemerkte gar nicht, wie ich mich näherte.

»... versuche diese Idioten aus dem Chor irgendwie zu ertragen!«, sagte sie gerade. »Da kann ich es echt nicht abhaben, dass du auch noch solche Sachen abziehst! Checkst du denn gar nicht, wie das aussehen würde? Wie sich das auf mein Ansehen auswirken würde? Das letzte Mal waren wir beide noch nicht zusammen, aber jetzt sind wir nun mal ein Paar. Du spielst nicht mit, Bud, mehr ist dazu nicht zu sagen.«

»Ach, krieg dich wieder ein«, meinte Bud. »Du bist doch total lahm dieses Jahr – du klingst wie der letzte Ehedrachen. Wenn ich spielen will, dann spiele ich.«

Dann fiel sein Blick auf mich. Delilah war immer noch voll und ganz auf Bud konzentriert, und sie stieß ein leises Gekeuche aus, als würde sie jeden Moment zu heulen anfangen.

»Kannst du bitte einfach nur …«

»Später«, meinte Bud und stürzte geradewegs auf den hinteren Bühnenausgang zu.

Delilah wirkte verblüfft, dass sie mit einem Mal ganz allein dastand. Sie fing sogar an, sich die Augen zu reiben, und ich fragte mich, wie ich mich jetzt vom Acker machte, ohne es allzu offensichtlich werden zu lassen, dass ich den letzten Teil ihres Gesprächs mitbekommen hatte. Das war wieder mal typisch für mich, dass ich es schaffte, genau den falschen Moment zu wählen, um mich Delilah zu nähern. Ich wusste zwar nicht, um was es da ging, doch mir war klar, dass Bud gar nicht nett zu seiner Freundin gewesen war.

In dem Moment blickte sie auf und bemerkte, das ich da stand. Ob sie wohl sauer auf mich sein würde, weil ich sie so gesehen hatte? Ihr Mund verzog sich zu einem winzigen überraschten O, dann trat allerdings gleich wieder ein Lächeln auf ihr Gesicht.

»Phoebe. Himmel, ich hab gerade einen richtig fiesen allergischen Anfall – mir geht's total mies!«

Okay. Wenn Delilah eine Allergie vorschützen wollte, dann war das für mich in Ordnung.

»Klar, ich kenn das Gefühl«, sagte ich. »Ich krieg im Frühling immer Heuschnupfen, dann lauf ich wochenlang mit einer dicken roten Nase und tränenden Augen durch die Gegend.«

Doch sofort bedauerte ich es, das gesagt zu haben, weil es nämlich implizierte, dass Delilah eine dicke rote Nase und tränende Augen hatte. Was ja irgendwie auch stimmte.

»Zum Glück sieht es so aus, als wär es bei dir nicht so schlimm wie bei mir«, fügte ich daher rasch hinzu. Ja, ich weiß, voll lahm. Aber Delilah lächelte nickend.

»Nein, ich weiß schon«, sagte sie. »Ich krieg nur Kopfweh, weißt du, und ich bin dann viel reizbarer, wenn mir die Proben zu langsam vorangehen. Deshalb ist es ja auch so cool, dass *du* im Chor der Mission bist, Phoebe, weil du das so professionell angehst. Du bist das Rückgrat des Chors, das solltest du wissen. Es ist ja so offensichtlich, dass du es gelernt hast! Du weißt schon, nicht nur deine Rolle, sondern das ganze *Handwerk!*«

Bei diesem Kompliment lief ich vor Freude gleich ganz rot an. Weil ich nämlich *wirklich* gelernt hatte. Bis zum Erbrechen. Ich war vermutlich das einzige Chormitglied, das seiner Rolle sogar einen Namen gegeben hatte. Ich wusste genau, was Hortensia Godfrey zum Frühstück gegessen hatte (trockenen Toast ohne Butter und schwachen Tee). Und das Training im Theatercamp kam mir im Verlauf der Proben zweifelsohne zugute. Es tat mir ja leid, wenn ich jetzt illoyal meinen Chorkameraden gegenüber erschien, aber vielleicht war Delilah die Einzige von den Schülern, die überhaupt qualifiziert war, festzustellen, dass meine Arbeit auf einem ganz anderen Niveau stand als das der anderen Neulinge.

»Oh, und ob«, sagte ich. »Ich hab mir sogar eine Hintergrundstory für meine Rolle ausgedacht. Ich kenne die ganzen Hymnen auswendig und meine zwei Zeilen Text auch.«

Delilah nickte, was ich aus irgendeinem Grund als Ermutigung oder Anerkennung interpretierte, daher redete ich weiter.

»Ach, Delilah, was ich sagen wollte, ich weiß ja, dass es ein Geheimnis ist und alles, aber bei all dem Ärger, den Miranda mit ihrer Stimme hat … da war ich einfach so frei und hab mir auch schon mal ihren Text und ihre Einsätze eingeprägt. Du weißt schon, für den Fall, dass in allerletzter Minute jemand für sie einspringen muss.«

Delilah warf mir einen mehrdeutigen, schiefen Blick zu. Hatte ich es jetzt übertrieben?

»Ich meine, ist ja eigentlich voll bescheuert. Ist ja nicht so, als würde ich denken … Ich will ja keinen hintergehen oder so. Es ist nur so, dass Mia, als sie mir erzählt hat, was mit Mirandas Stimme los ist, mir quasi nahegelegt hat, ich solle ihren Part lernen, weil …«

»Mia Kezdekian hat dir gesagt, du sollst Mirandas Rolle lernen?«, erkundigte Delilah sich in scharfem Ton.

Upsi. Jetzt war ich wohl erst recht zu weit gegangen.

»Ach so, nein, ich meine, du weißt schon. Nicht so wortwörtlich. Wir haben uns nur neulich unterhalten, über verschiedene Sachen und so, und natürlich kam das Gespräch auch auf das Stück, also haben wir einfach … und dann meinte sie so was von wegen, sie würde sich Sorgen machen, dass Miranda vielleicht aussteigen muss, und wenn jemand ihren Text lernen würde – dass wenn ich …«

Ich machte alles nur noch schlimmer, indem ich es wie eine Art Plan klingen ließ, obwohl es das nicht war. Delilahs Lippen hatten sich zu einem schmalen Strich verzogen. Es gab nur einen Ausweg aus diesem Dilemma – ein abrupter Themenwechsel.

»Hey, mir ist gerade eingefallen, dass ich in meiner Tasche noch Kautabletten hab, die gut sind gegen Allergien! Willst du, dass ich loslaufe und sie dir hole?«

Delilah hielt einen Finger hoch, in der Nähe ihres Ohrs. Vollkommene Schauspielerin, die sie war, war mir sofort klar, dass sie damit sagen wollte »Pst – ich höre was«.

»Mr Romeo ruft nach mir. Vermutlich hat er ein paar Anmerkungen für mich«, meinte sie.

Ich hatte zwar nichts gehört, aber Delilah war schon auf dem Weg und ging auf den Vorhang zur Bühne zu. Ich stand da und hätte fast laut aufgestöhnt. Ich hatte ganz entschieden etwas falsch gemacht, aber ich war mir nicht sicher, was es war. Lag es daran, dass ich mich für gut genug gehalten hatte, um in die Fußstapfen von Miranda Goetz zu treten? Oder war der Grund, dass ich Delilah überrascht hatte, wie sie sich mit ihrem Freund stritt? Oder vielleicht lag es daran, dass ich in meinem Übereifer, sie zu beeindrucken, einen Moment ganz vergessen hatte, dass Delilah und Mia sich hassten?

Upsi.

Nun, das konnte ich jetzt im Moment wohl kaum wieder geradebiegen. Ich würde ein Weilchen darüber nachdenken müssen, mir Zeit lassen, und abwarten, wie sich die Dinge entwickelten. Ich stand immer noch da und überlegte, als ich jemanden die Treppe hochkommen hörte, die vom Requisitenraum und Kostümfundus aus hoch in die Kulissen führte. Es war Tucker, der ganz außer Atem wirkte und noch ein bisschen zerzauster als sonst war. Er hatte in beiden Händen je eine Dose Cola. Als er mich sah, blieb er stehen. Eigentlich sah es so aus, als müsste er zweimal hinsehen. Oh nein – ob meine Nähe zu dem Kotzeimer wohl die Erinnerung an meinen peinlichen Auftritt bei ihm wachrief?

»Oh. Pheebs. Ich hab nicht … ich wollte … ich bin echt voll am Arsch.«

»Was bist du?«, fragte ich.

»Äh … Hat Mr Romeo mitgekriegt, dass ich nicht da war?«

»Oh, äh. Ich glaube nicht. Ich meine, ich hab nicht mitgekriegt, dass er nach dir gefragt hätte. Er hat uns noch nicht zusammengetrommelt für die nächste Szene. Noch nicht.«

Tucker stieß einen erleichterten Seufzer aus.

»Ich hab total verpennt, dass die Probe ja schon angefangen hat – ich meine, denk jetzt bitte nicht, dass ich ein totaler Vollidiot bin oder so. Ich bin nicht immer so – es war nur so, dass der Automat bei der Turnhalle kaputt war und umsonst Getränkedosen ausgespuckt hat, und ich dachte … Was für eine Szene proben wir eigentlich? Muss ich jetzt überhaupt hier sein?«

Sein Gesicht war knallrot.

»Na ja, wir sind gerade mit der ersten Szene des Missionarschors durch, und jetzt kommt noch die mit Sarah und Sky dran. Und dann proben wir noch die, in der Nathan Detroit und seine Jungs überlegen, wo sie hingehen sollen, um ihre Würfelspiele abzuhalten.«

»In der bin ich dabei!«, meinte Tucker. »Okay, cool. Ernsthaft, ich bin nicht immer … Ich kann im Grunde total …«

Er hörte auf zu reden und reichte mir stattdessen eine Dose. Ich nahm sie entgegen. Sein Gesicht war immer noch feuerrot. Ob wohl irgendwas vorgefallen war, worüber er nicht reden wollte? Jedenfalls benahm das OmZ sich ziemlich seltsam. Und wollte er jetzt, dass ich die Dose nur mal eben kurz festhielt, oder war es eine Art … Geschenk?

Tucker räusperte sich, dann sah er sich um.

»Also, hör mal zu, Pheebs.«

Ich war ganz Ohr.

»Ich … Nicht dass du unbedingt … 'tschuldige. Pheebs.«

Ich klammerte mich an der Cola fest, als wäre sie der Heilige Gral und ich Sir Lancelot.

»'tschuldige«, wiederholte er noch einmal. »Es ist nur – ich muss dir eine Frage stellen.«

Genau in dem Moment war unverkennbar zu hören, dass Mr Romeo die Leute zur nächsten Szene auf die

Bühne rief. Es klang wie ein tätlicher Angriff in meinen Ohren.

»Oh. Ich geh dann besser …«

»Könnte deine Szene sein«, munterte ich ihn auf.

»Danke«, meinte Tucker. Dann machte er sich flugs aus dem Staub.

Was. War. Das. Denn?

Beruhige dich, redete ich mir selbst gut zu. Das war nichts. Ist überhaupt nichts passiert. Das OmZ war zu spät dran, und er hat mir eine Cola geschenkt. Eine Cola ist nicht das kohlensäurehaltige Äquivalent eines Diamantrings.

Aber was hatte das OmZ mich fragen wollen? Er hatte es gerade sagen wollen.

Oh Mann – Mr Romeo hatte es mir voll vermasselt!

Einen Augenblick lang starrte ich auf die Cola. Im roten Schein, der von dem Hinweisschild auf den Notausgang ausging, kam mir das metallisch glänzende Ding wie das Schönste vor, was ich auf der Welt je gesehen hatte. Entweder war gerade was passiert oder nicht. Ich brauchte jedenfalls Hilfe. Ich musste alles, was das OmZ gesagt hatte, genau analysieren, und auch alles, was er nicht gesagt hatte und vielleicht hatte sagen wollen. Ich brauchte Harper.

Auf der Bühne konnte ich jetzt Stimmen hören. Die Schauspieler fingen gerade mit ihrer Szene an. Was sollte ich jetzt tun? Sollte ich da rausspazieren, als wäre nichts geschehen? Aber es *war* ja auch nichts passiert, rief ich mir selbst ins Gedächtnis. Oder nicht? Ich lugte durch den Vorhang und bemerkte, dass wir tatsächlich gleich Delilahs Szene proben würden, diejenige, die vor der mit Tucker kam. Sie hatten noch nicht angefangen, also überquerte ich die Bühne und ging auf die Sitzreihen zu, wo Savannah und Andrew im Schneidersitz auf den Stufen neben der ersten Reihe saßen und sich angeregt unterhielten. Ich fixierte die beiden, damit ich auf keinen Fall nach Tucker suchen oder zu ihm hinsehen konnte. Savannah und Andrew blickten auf und entdeckten mich.

»Phee, wo hast du denn gesteckt? Wir wollten deine Meinung zu einer Sache hören! Komm und setz dich – wir haben nur noch ungefähr vier Minuten Pause.«

Ich war hin und her gerissen. Ich wollte mich ja ganz gern zu ihnen setzen. Das blonde Engelchen war derart nervig und hartnäckig in ihrem ständigen Bemühen, sich mit mir anzufreunden, dass ich mich langsam sogar ein bisschen für sie erwärmte, auch wenn sie meinen Spitznamen dauernd falsch sagte.

Doch mir schwirrten Abertausende von Gedanken durch den Kopf. Ich musste mir jeden einzelnen Aspekt meiner Unterhaltung mit Tucker ganz genau einprägen, während ich das alles noch frisch im Gedächtnis hatte.

Und das bedeutete, dass ich es sofort tun musste. Außerdem war ich wegen der Sache mit Delilah immer noch total fertig. Wie würde es für sie aussehen, wenn ich mich jetzt bei meiner Rückkehr gleich wieder zu Savannah und Andrew gesellte, zweifelsohne um den neusten Klatsch brühwarm weiterzuerzählen, inklusive der Sache mit Delilahs Divaallüren? Oder was war mit dem OmZ – würde er vielleicht denken, ich redete über *ihn?* Und wenn wir schon dabei waren, was würde wohl Harper denken? Sie könnte vielleicht annehmen, ich hätte mir schon neue Freunde gesucht und mich mit dem blonden Engelchen verbrüdert. Und wenn sie das dachte, dann würde sie vielleicht nie wieder mit mir reden.

Also zuckte ich stattdessen mit der Schulter und winkte Savannah und Andrew kurz zu, dann deutete ich auf die Sitzreihen, um ihnen zu signalisieren, dass da leider etwas Wichtigeres war, was ich dort drüben zu erledigen hatte. Savannah wirkte ein wenig verletzt, doch dann tätschelte Andrew ihr das Knie und fing wieder an zu reden, und schon bald hatte Savannah wieder ihr breites Streifenhörnchengrinsen im Gesicht.

Den Rest der Pause, die dem Chor vergönnt war, saß ich geduldig auf einem Platz in der vordersten Reihe, nur durch den Gang vom Tisch der Regie getrennt. Von meinem Sitzplatz aus konnte ich einen Teil von Harpers Gesicht von der Seite sehen, aber ich war mir ziemlich sicher, dass ich mich außerhalb ihres Blickfeldes befand. Nicht dass sie sich nach mir umgesehen hätte. Und Tucker konnte ich von meinem Platz aus auch nicht entdecken. Das blonde Engelchen und Andrew plauderten immer noch, und ich fragte mich langsam, was die zu bequatschen hatten. Aber ich stand nicht auf. Ich saß ganz allein da und hielt die Coladose an meine Brust gepresst. Es fühlte sich bescheuert an, sich allein Gedanken über irgendwas zu machen. Und ich fand es einfach fürchterlich, dass Harper ganz genau wusste, dass ich allein dasaß und niemanden zum Reden hatte. Und trotzdem unternahm sie nichts dagegen.

Das Theater kann einen ganz schön einsam machen.

10

Countdown: nur noch zehn Tage

Als wir uns mit Riesenschritten dem Premierenabend näherten, musste ich mir – obwohl ich ja keine Harper mehr hatte – keinerlei Gedanken mehr über die Gestaltung meiner Freizeit machen. Ich hatte kaum zwei Minuten für mich selbst, zwischen den ganzen Proben, den Arbeitseinsätzen, den Hausaufgaben und der Zeit, die das heimliche Auswendiglernen von Mirandas Text und Einsätzen in Anspruch nahm.

Wenn ich jetzt Tucker auf dem Flur zufällig über den Weg lief oder bei den Proben in seine Nähe geriet, unterhielt er sich jedes Mal mit mir. Immer schien er total freundlich zu sein. Aber es war unmöglich, zu sagen, ob er einfach nur so nett zu mir war oder ob er sich eigens die Mühe machte, sich mit mir zu unterhalten. Auf der einen Seite lag es einfach in seiner Natur, dass er freundlich war. Andererseits war er manchmal sonderbarerweise ziemlich … *komisch*, wenn er mit mir redete. Doch auf seine Frage kam er nie wieder zu sprechen.

Ich hatte die Coladose behalten. Im Augenblick stand sie oben auf dem Schrank, wo ich sie vom Bett aus betrachten konnte. Heute Morgen, als ich die Augen aufschlug, war die Dose also das Erste gewesen, was ich sah. Und Tucker war damit die erste Person, an die ich dachte. Was, wenn es Tucker tatsächlich genauso erging wie mir? Was, wenn nicht? Ich konnte mich gar nicht entscheiden, was ich schlimmer gefunden hätte: Wenn man sich so nach einem Jungen verzehrte, dass einem das Herz wehtat, ohne zu wissen, ob er einen auch mochte, oder es ganz sicher zu wissen, dass er nicht auf einen stand? Vielleicht hatte Tucker das mit meiner Schwärmerei ja mitgekriegt, und vielleicht fand er es ja komisch, wenn ich mich so unsicher verhielt. Und vielleicht war er ja nur aus reiner Rücksicht auf ein armes, verblendetes, liebeskrankes Mädchen freundlich zu mir. Ihr wisst schon. Aus reiner Nächstenliebe.

Weil er nämlich echt immer wieder nette Dinge für alle und jeden tat. Wenn jemand den Inhalt seiner Schultasche über den Boden verteilte oder ein Schließfach klemmte oder wenn einer was verloren hatte, war Tucker sofort zur Stelle und bot seine Hilfe an. Als eine Achtklässlerin namens Tillie dachte, sie hätte einen der Perlenohrringe verloren, die ihre Großmutter ihr geschenkt hatte, und in der Turnhalle zu heulen anfing, sprach Tucker beruhigend auf sie ein, bis sie sich wieder gefangen hatte, und dann half er ihr, den ganzen Boden abzusuchen, bis der Ohrring gefunden war. Als Ben Pfeiffer feststellte, dass sein Stift in der Tasche ausgelaufen war, borgte Tucker ihm ein sauberes T-Shirt (und ich war insgeheim so verdammt froh, dass er offensichtlich nicht nur Mädchen half).

Er war einfach ein netter Kerl, schlicht und ergreifend. Er war außerdem der am schlechtesten organisierte Mensch, den ich je getroffen hatte. Tucker schien irgendwie immer irgendwas nachholen zu müssen, was er versäumt hatte, oder er vergaß irgendwelche Treffen oder tauchte zur falschen Zeit am falschen Ort auf. Für mich machte ihn das allerdings nur umso liebenswerter. Aber da ich immer genau da war, wo ich sein sollte, und nie irgendwelche Hausaufgaben vergaß, war es vermutlich umso wahrscheinlicher, dass er keineswegs der Ansicht war, wir wären so was wie Seelenverwandte.

Dann war da noch Delilah. Ich hatte irgendwie gehofft, dass wir die Sache mit der Allergie vergessen könnten, und es gab durchaus Zeiten, da dachte ich, wir hätten es geschafft. Doch Delilah war nie ein und dieselbe Person, sie war immer wieder anders. Es gab Zeiten, da dachte ich, sie verhielte sich echt so, als wäre sie sauer auf mich, und dann erzählte sie mir plötzlich vor allen Leuten bei den Proben, wie toll ich meine Sache machte. Ein anderes Mal ging ich dann vor den Proben auf sie zu, und sie ließ mich voll abblitzen. Es war total verwirrend und echt deprimierend. Von der besten Freundin zurückgewiesen, als Seelenverwandte vom OmZ vermutlich nicht erkannt, und dann kassierte ich auch noch eine Abfuhr vom Star und Vorsitzenden der Theater-AG, und das alles in den ersten paar Wochen in der Mittelstufe.

Ich versuchte das alles vor meiner Mutter zu verbergen, indem ich so tat, als würde das Theaterspielen mich an den Rand der Erschöpfung treiben, als sie sich vorsichtig an mich heranpirschte, die Brauen vor Sorge gerunzelt. Dass Harper sich in meinem Privatleben so rar gemacht hatte, tat ich mit der Ausrede ab, dass keine von uns die Zeit hatte, mit der anderen abzuhängen, während die Proben für das Stück noch liefen, was ja genau genommen auch stimmte. Aber wenn wir uns nicht gestritten hätten, hätten wir schon eine Möglichkeit gefunden. Wann immer meine Mutter in meiner Nähe war, achtete ich streng darauf, zu erscheinen wie ein Mädchen, das einfach nur müde war und viel zu viele Verpflichtungen hatte, sich aber ansonsten keinerlei konkrete Sorgen wegen irgendwas machen musste. Ich dachte eigentlich, ich würde das ganz gut hinkriegen. Bis meine Mutter eines Abends mit einem riesigen Glas Kakao in der Hand und einem ziemlich besorgten Ausdruck im Gesicht in mein Zimmer kam.

»Durst?«, fragte sie und reichte mir das Schokogetränk.

Es gibt Dinge, bei denen fällt es einem schwer, so zu tun, als würde man sie nicht wollen, selbst wenn man eine spitzenmäßige Schauspielerin ist. Und Schokolade steht auf meiner Liste dieser Dinge ganz oben. Ich nahm das Glas entgegen.

»Danke«, sagte ich und trank einen riesigen Schluck.

»Schokomilchbart«, meinte meine Mutter lächelnd und streckte den Finger nach meiner Oberlippe aus.

Schnell kam ich ihr zuvor und wischte mir mit dem Ärmel über den Mund – diese widerliche Angewohnheit war noch ein Überbleibsel aus der Grundschulzeit.

»Wir haben uns die letzten Wochen kaum gesehen«, erklärte sie schließlich und ließ sich auf der Bettkante nieder.

»Ja, Mr Romeo hat uns schon gewarnt, dass es ziemlich abgehen würde – wir kaum Freizeit haben und trotzdem alle unsere Hausaufgaben und so erledigen müssten, deswegen bin ich ziemlich beschäftigt. Außerdem lerne ich zusätzlich noch den Text von einem anderen Mädchen, nur für den Fall, dass jemand für sie einspringen muss, weil sie schon seit einer Weile krank ist … lange Geschichte. Wahrscheinlich kommt es gar nicht so weit. Jetzt sind es nur noch zehn Tage bis zur Premiere – danach kehrt wieder Normalität ein.«

»Gut. Bist du … ich meine, ist alles so, wie du es dir vorgestellt hast? Du redest jetzt schon seit Jahren von dieser Theater-AG. Ist es so, wie du dachtest? Sind die anderen Leute nett?«

Ich wollte mich nicht neben meine Mutter auf das Bett setzen, und mich in den Sitzsack zu hocken würde schwierig werden mit einem riesigen Glas Kakao in der Hand, deshalb blieb ich einfach am Fenster stehen. Als ich jetzt sprach, klang meine Stimme übertrieben fröhlich.

»Oh ja, und wie. Total!«

Meine Mutter nickte und lächelte, doch ich wusste, dass sie mir auf die Schliche kommen würde. Wenigstens beschränkte sich ihr Psychiatergewäsch bis jetzt auf ein Minimum. Kein »und wie fühlst du dich damit« oder »was denkst du, hat das zu bedeuten«.

»Ich bin froh, das zu hören, Phoebe. Bin ich wirklich. Und es muss echt schwer sein, in der Schule mitzukommen, wenn so viel von deiner Zeit für die Theater-AG draufgeht. Trotzdem … du scheinst mir in letzter Zeit … nicht ganz du selbst zu sein.«

Ich hob beide Augenbrauen und riss die Augen auf. Ein Gesichtsausdruck, der sagen sollte: Wer, ich? Nicht ganz ich selbst? Im Ernst?

»Ich hab irgendwie das Gefühl, dass dich, abgesehen von der zusätzlichen Arbeitsbelastung und dem Stress wegen den Theaterproben, auch noch was anderes belastet, Pheebs. Ich mache mir Sorgen.«

Ich musste ja nicht lügen, wenn ich einfach mit blinzelnden großen Augen dastand und sie ansah. Deshalb tat ich genau das.

»Okay, Liebes, sei jetzt bitte nicht böse. Aber ich glaube, ich weiß, was dich bedrückt.«

Oh nein. Sie musste mit Harpers Mutter gesprochen haben. Die waren so was wie zwei Staatsoberhäupter – sie hatten völlig gegensätzliche Weltsichten und gaben sich nicht wirklich miteinander ab, doch von Zeit zu Zeit hielten sie ein Gipfeltreffen ab, bei dem sie sich höflich auf den neuesten Stand brachten.

»Nein, das ist es nicht«, sagte ich, obwohl mir klar war, dass meine Mutter mir ihre Theorie noch gar nicht offenbart hatte. Daher ergab mein vager Protest eh keinen Sinn.

»Hör mir nur eine Minute zu«, meinte meine Mutter. Sie zog sich das Gummiband aus dem Haar, sodass ihre grauen Locken auf ihre Schultern fielen. So sah sie irgendwie netter aus, sanfter.

»Ich hab eine der Mütter vom Elternbeirat getroffen, die einen Workshop für Eltern organisiert zum Thema Gruppenzwang. Wir sind ein wenig ins Gespräch gekommen, und dabei hab ich erwähnt, dass du Mitglied in der Theater-AG bist. Sie meinte, da werde gewaltiger Druck auf die Kids ausgeübt.«

»Ich komm schon klar damit, Mom, hab ich dir doch gesagt«, erklärte ich.

»Ich weiß, Phoebe. Aber diese Frau hat auch noch was anderes erwähnt, das ihr zu Ohren gekommen ist, obwohl ihr Kind gar nicht in der Theater-AG ist. Etwas, was den Premierenabend betrifft. Angeblich müssen die ganzen Kids an dem Abend beim Flaschendrehen mitspielen.«

Erschrocken riss ich den Kopf hoch. Das war echt das Letzte, was ich erwartet hatte. Nie hätte ich gedacht, dass meine Mutter ausgerechnet das ansprechen würde, geschweige denn, dass sie davon wusste. Allein sie dieses Wort aussprechen zu hören, und dass sie dessen Bedeutung auch noch verstand, schockierte mich.

»Mom!«, rief ich wütend. Ich wollte nur noch, dass sie das Thema sein ließ.

»Ich kann also davon ausgehen, dass du weißt, worum es bei diesem Spiel geht«, sagte sie.

Ich warf ihr einen Blick zu, der von äußerstem Unbehagen zeugte.

»Nun, es tut mir leid, Liebes, aber wir sollten doch wohl offen über die Sache reden können. Als ich von dem Spiel hörte und dass alle dazu gezwungen werden, mitzumachen, wurde mir klar, dass es sehr wahrscheinlich das ist, was dich so bedrückt. Du bist gerade mal eben in die Mittelstufe gekommen. Du hast keinerlei Erfahrungen mit Jungs. Ich meine, hast du doch nicht, oder?«

Ich starrte sie einfach nur an. Was für ein Horror.

»Liebes, das ist echt nicht fair Kindern wie dir gegenüber. Ich erwarte ja gar nicht, dass du das alles verstehst, aber dass sie Mädchen in deinem Alter zwingen, an einem Kussspiel teilzunehmen, ist echt in vielerlei Hinsicht absolut unangemessen. Du weißt, dass es ein großer Schritt ist, von der sechsten in die siebte Klasse einzutreten, sowohl in sozialer wie in schulischer Hinsicht. Und in Anbetracht der Tatsache, dass die Mittelstufe bis zur neunten geht, triffst du jetzt auf einmal mit viel älteren Teenies aufeinander. Ich muss schon sagen, dass ich es keine so gute Idee finde, dass die Neuntklässler mit denen von der Mittelstufe zusammen sind. Du bist schließlich immer noch ein Kind, Süße! Kein Junge sollte … du bist doch noch gar nicht so weit, um … Du bist noch nicht bereit für – ich meine, glaubst du denn, dass du für so was schon bereit bist?«

Ächz. Kotz. Würg.

»Mom, bitte«, murmelte ich.

»Phoebe, ich weiß, wie peinlich dir das ist. Glaub mir, das weiß ich wirklich. Aber ich würde dieses Gespräch niemals mit dir führen, wenn ich nicht das Gefühl hätte, dass es echt wichtig ist.«

»Hmpfst«, stammelte ich unverständlich.

»Hör mir noch eine Minute zu, bitte«, drängte meine Mutter mich. Sie klopfte neben sich auf das Bett. »Komm her. Setz dich zu mir.«

Als würde das das Ganze nicht gleich *noch* peinlicher machen, wenn ich mich direkt neben sie setzte. Als Seelenklempner sollte ihr das doch eigentlich klar sein. Doch ich tat, worum sie mich bat. Sie roch gut – nach ihrem supertollen Bioshampoo und nach Lavendel. Ich kaute auf meinem Mundwinkel herum, um mich besser konzentrieren zu können und ruhig und gefasst zu bleiben.

»Ich würde nur gerne wissen, ob du dich unwohl fühlst wegen dieses … Spiels. Zwingen die Kids echt alle dazu, mitzuspielen? Selbst die Siebtklässler? Hast du das Gefühl, dass es etwas ist, was du tun musst, um von den anderen akzeptiert zu werden?«

Nein, Mom, eigentlich ist es so, dass ich kürzlich meinem Seelenverwandten begegnet bin, als er auf dem Spielplatz nach seiner Frisbeescheibe suchte. Ich hab seine Seele durch die Fenster seiner Augen gesehen, und er ist total nett und lieb und derart gut aussehend, dass einem ganz schwindelig wird, und ich bin fest entschlossen, bei dem Spiel mitzumachen, weil das vielleicht die einzige Chance ist, die ich in meinem ganzen Leben bekommen werde, dass er mich küsst.

»Keine Ahnung«, sagte ich.

Meine Mutter seufzte – ein tiefer, lang gezogener Seufzer, der nichts Gutes für den weiteren Verlauf des Gesprächs verhieß.

»Okay, dann will ich dich was anderes fragen. Wie steht Harper zu alledem?«

Ich schluckte. Jetzt kam ich echt vom Regen in die Traufe.

»Wie sie dazu *steht?«*, wiederholte ich die Frage.

»Nun, Phoebe, sie ist immerhin auch in der Theater-AG. Wie findet sie das mit dem Spiel? Harper kam mir immer wie ein Mensch vor, der sich nicht so leicht von anderen beeinflussen lässt. Ich bin überzeugt, ihr beide habt euch darüber unterhalten – sie ist immerhin deine beste Freundin. Fühlt sie sich auch unter Druck gesetzt? Hat sie das Gefühl, dass man da etwas von ihr verlangt, wozu sie noch nicht bereit ist?«

Wenn ich ehrlich bin, Mom, interessiert Harper sich einzig und allein fürs Lernen, fürs Comiczeichnen, für die Ausbreitung von Superviren und für alles, was mit Quantenphysik und der String-Theorie zu tun hat. Sie betrachtet Jungs immer noch als außerirdische Lebensformen. Sie lässt sich von den anderen kein bisschen beeinflussen. Da steht sie drüber. Ganz anders als ich.

»Phoebe, hast du gehört?«

Ich warf ihr einen Blick zu, weil ich mir nicht sicher war, ob sie vielleicht noch eine andere Frage gestellt hatte, die mir entgangen war.

Meine Mutter beugte sich zu mir und drängte ihre Schulter gegen meine. Dann drückte sie mit einer Hand mein Handgelenk.

»Pheebs, Liebes. Was ist mit Harper?«

Tja. Genau. Das war dann wohl die große Preisfrage.

Was war mit Harper?

Ehe ich eine Möglichkeit fand, dem Ganzen ein Ende zu setzen, fing ich zu weinen an, und noch bevor mir drei oder vier Tränen über die Wangen gekullert waren, hatte ich auch schon angefangen, wie ein Schlosshund zu heulen.

»Ach, meine Süße«, meinte meine Mom. Und dann zog sie meinen Kopf auf ihren Schoß und hielt mich fest, während sie mir mit den Fingern durchs Haar fuhr. Ich ließ es zu.

»Lass alles raus«, meinte sie leise. »Heul dich richtig aus.«

Sie stellte keine weiteren Fragen, drängte mich nicht, ihr Details zu erzählen, und sagte auch nicht, dass alles wieder gut werden würde. Sie ließ mich einfach tun, was ich tun musste, und dabei strich sie mir die ganze Zeit über den Rücken und war einfach nur für mich da.

Selbst als ich mich schließlich wieder beruhigt hatte, als ich wieder Herr über meine Gefühle war, wie sie das ausdrücken würde, stellte sie keine weiteren Fragen. Sie reichte mir lediglich das halb leere Glas Kakao und nickte, als ich den Rest in einem Zug hinunterstürzte. Dann nahm sie das Glas und verließ leise mein Zimmer, um mich allein zu lassen, damit ich mir über die einzige Sache, die mir Sorgen bereitete, Gedanken machen konnte – das Einzige, das mir schon seit so langer Zeit durch den Kopf ging.

Was *war* mit Harper?

11

Countdown: nur noch acht Tage

Es geschah ein paar Tage später bei den Proben. Wir gingen gerade ein letztes Mal die Abschlussszene durch, in der sowohl Sergeant Sarah als auch Adelaide Brautkleider trugen und wir alle darauf warteten, dass sie gleich mit ihren Freunden im Eheglück vereint wurden.

Das war eine der wenigen Szenen, in der ich mit Mia Kezdekian zusammen spielte. Mia hatte in ihrer Rolle als Adelaide ein paar gemeinsame Szenen mit Sergeant Sarah, aber normalerweise war der Missionarschor dann nicht mit auf der Bühne. Doch Mr Romeo hatte beschlossen, es so zu inszenieren, dass sich das gesamte Ensemble für die offensichtliche Doppelhochzeit zum

Finale gemeinsam auf die Bühne quetschen sollte. Der Chor hatte einen kleinen Auftritt mit dem Song »For She's a Jolly Good Fellow«. Nach ein paar Textzeilen stimmte dann die komplette Besetzung mit ein, und am Schluss würden wir noch einmal »Guys and Dolls« zum Besten geben. Es war so eine Art vereinte Verbeugung, noch vor dem Finale. Mr Romeo hatte sich das ganz allein ausgedacht und war sichtlich stolz darauf.

Die Leiterin des Missionarschors, Lieutenant Agatha, sollte uns etwas zurufen, um uns auf sie aufmerksam zu machen, ehe wir dann gemeinsam die erste Zeile schmetterten. Miranda stand genau dort, wo Mr Romeo sie positioniert hatte, doch als sie dann den Mund aufmachte, kam ganz was Übles dabei raus. Nicht so wie das, was bei meinem Vorsprechen rausgekommen war, sondern ein echt übles Geräusch. Etwas, das anfangs noch klang wie ein Ton, sich dann aber in etwas verwandelte, das sich anhörte wie ein Frosch, der einen Niesanfall hat. Etwas, das ganz entschieden *nicht* nach Miranda Goetz klang.

Im Lauf der vergangenen Woche war Mirandas Stimme nach und nach immer kratziger geworden, aber normalerweise hatte sie das unter Kontrolle. Stets war sie gewappnet mit tassenweise Tee und Rachenspray und Honig-Minz-Bonbons, und in den meisten Fällen war ihre Stimme binnen weniger Minuten wieder ganz die alte. Doch dieses Mal nicht. Ihre Stimme schien irgendwie … gebrochen.

Miranda selbst schien das sofort klar zu sein. Sie stand wie erstarrt da und umklammerte ihren Hals mit beiden Händen, als würde das irgendwas bringen.

Keiner schien genau zu wissen, was er tun sollte. Savannah, die gleich neben mir stand, stupste mich und warf mir einen fragenden Blick zu. Andrew nickte wie ein Wahrsager, der diesen Augenblick exakt vorhergesehen hatte. Zu meinem Erstaunen bemerkte ich, dass Delilah, die mitten auf der Bühne stand, so was wie ein fieses Grinsen im Gesicht hatte.

Es war Tucker, der sich als Erster aus der allgemeinen Erstarrung löste. Er ging rüber zu Miranda und legte ihr die Hand auf die Schulter, während er leise auf sie einredete. Mr Romeo gesellte sich rasch zu ihnen, und dann standen sie zu dritt da, dicht aneinandergedrängt, und unterhielten sich leise. Die beiden schienen Miranda trösten zu wollen, die sich die ganze Zeit mit ungläubigem Gesicht den Hals rieb, als wäre ihr da gerade was reingesprungen und hätte es sich dort gegen ihren Willen gemütlich gemacht. Ich war echt so egoistisch, dass ich auch noch eifersüchtig war, weil Tucker Miranda so viel Beachtung schenkte. Warum passierte nur mir nie was Schlimmes, wenn er in der Nähe war? Kurz stellte ich mir vor, wie es wäre, wenn ich aus Versehen von der Bühne stürzte und mir ein Bein brach – dann würde das OmZ an meine Seite eilen und *meine* Schultern anfassen, und dann würde er *mir* tröstliche Dinge zuflüstern, während der Rest der Theater-AG daneben stand und hilflos zusah.

Miranda quakte unüberhörbar, und es schien so, als würde sie jeden Moment zu heulen anfangen. Mr Romeo redete leise auf sie ein und nickte mit dem Kopf, wie um sie aufzumuntern. Miranda nickte jetzt ebenfalls, dann trat sie an den Rand der Bühne und sprang runter direkt vor die erste Sitzreihe. Tucker hüpfte hinter ihr her. Sie hob ihre riesige Tasche auf, die Tucker ihr abnahm. Mit hängendem Kopf ging Miranda raschen Schrittes auf den Hinterausgang zu. Und Tucker, der sich ihre restlichen Sachen schnappte, lief hinter ihr her. Als sich die Tür hinter ihnen schloss, blieb die komplette Besetzung mehr oder weniger mucksmäuschenstill. Ich warf einen verstohlenen Blick in Harpers Richtung, die wie immer zwischen den Sitzreihen an ihrem Platz am Regietisch saß. Ihre Augen begegneten den meinen, dann schaute sie ganz schnell weg. Ich wandte ebenfalls den Blick ab. Ich wollte nicht, dass Harper mich jetzt sah. Ich platzte fast vor Neugier, und ich war mir sicher, dass das nicht zu übersehen war. Und um so richtig ehrlich zu sein, war ich viel mehr daran interessiert, was Tucker wohl zu Miranda gesagt hatte, als zu erfahren, was denn nun genau passiert mit ihrer Stimme war. Er hatte ihr die Tasche getragen!

Mr Romeo stand einen Moment mit in die Hüften gestützten Händen da. Er sah aus wie der besorgte Trainer in einem Film über ein Football-Außenseiterteam. Dann schien er sich mit einem Mal wieder zu fassen, klatschte ein paarmal lautstark in die Hände und schraubte seine Stimme in Sopranhöhen.

»Leute. Leute! Kommt bitte alle mal her!«

Das war leichter gesagt als getan, doch das komplette Ensemble bewegte sich jetzt im Pulk an den Rand der Bühne. Einige der Hot Box Girls auf der linken Bühnenseite mussten sich durch die Menge drängen und schlängeln, und trotzdem steckten sie immer noch hinter einer Reihe von Glücksspielern fest. Der Chor hatte im Gegenzug optimale Sicht auf Mr Romeo. Ich hielt die Luft an. Was auch immer jetzt passieren würde, es würde sicherlich *höchst* dramatisch werden.

»Okay, hört her. Wie einige von euch wissen, hatte Miranda Goetz in letzter Zeit Probleme mit ihren Stimmbändern. Miss Maslin und ich hatten gehofft, dass sie an der Produktion teilnehmen kann, wenn wir ihr eine eher untergeordnete Rolle geben, sodass sie nur wenige Zeilen sprechen und wenig singen muss. Leider sieht es so aus, als hätte das alles Mirandas Stimme doch viel zu sehr beansprucht. Das konnten wir nicht vorhersehen, doch Miranda hat beschlossen, und ich kann ihr da nur beipflichten, dass sie so schlichtweg nicht weitermachen kann.«

Ein Ächzen und Raunen ging durch die Menge. Ein Stöhnen kam auch aus meinem eigenen Mund. Eine Vielzahl an Stimmen unbekannter Provenienz wurde laut, die alle ein und dieselbe grundlegende Frage stellten: »Was tun wir denn jetzt?« Auch wenn die Rolle eher klein war, hatte sie doch mehr als nur ein paar Zeilen, ein paar Solo-Gesangseinlagen und ein etliche wichtige Szenen. Es mochte sich zwar nur um eine Nebenrolle handeln, aber zumindest war es eine richtige Rolle. Eine richtige Rolle, deren Text ich mir rein zufällig eingeprägt hatte, Mia Kezdekian sei Dank. Ich hatte es die ganze Zeit gewusst! Ich war nie dazu bestimmt gewesen, ein unbedeutendes Mitglied des Missionarschors zu sein. Ich hatte Besseres verdient, und jetzt würde ich die Chance bekommen, das unter Beweis zu stellen.

»Leute, bitte beruhigt euch. Wir müssen einige wichtige Entscheidungen treffen. Nun, das Ganze ist offensichtlich ein herber Rückschlag, doch einer, von dem wir uns gewiss erholen können. Wir werden Miranda durch eine neue Schauspielerin ersetzen müssen. Womöglich müssen wir eine oder zwei Extraproben anberaumen, aber uns bleibt noch Zeit, dass wir das hinbekommen, wenn wir rasch weitermachen. Sind wir uns da einig?«

Einige Leute nickten und äußerten Kommentare, die keiner hören konnte. Delilah Fortescue, die immer noch in der Bühnenmitte stand, hob jetzt die Hand.

»Ja, Delilah?«, rief Mr Romeo sie auf.

»Ich bin absolut Ihrer Meinung, Mr Romeo«, sagte Delilah. »Und auch wenn mir das mit Miranda unendlich leidtut, ist doch klar, dass wir sie so schnell wie möglich ersetzen müssen. Als Vorsitzende der Theater-AG und als Inhaberin der Hauptrolle in diesem Stück hatte ich mit dem Großteil der Schauspieler und Schauspielerinnen zu tun, selbst mit den Neulingen. Ich finde, es wäre das Vernünftigste, wenn Mirandas Ersatz aus dem Chor käme, da der ja an sämtlichen von Mirandas Szenen beteiligt ist, und so wie ich die Arbeit bislang einschätze, hätte ich da auch schon einen Vorschlag, auf wen die Wahl fallen sollte.«

Das Herz schlug mir bis zum Hals. Das Hämmern bewegte sich von der Brust hinunter in den Bauch und wälzte einmal alles um, was ich an diesem Tag zu mir genommen hatte. Ich konnte nicht fassen, was da gerade passierte. Wie hatte ich je infrage stellen können, dass Delilah meine Freundin war?

»Ich finde, Savannah sollte der neue Lieutenant Agatha sein.«

Häh?

Hab ich sie jetzt richtig verstanden? *Savannah?* Das blonde Engelchen, der Neuling? Aber Delilah war doch zu *mir* nach Hause gekommen! Delilah wusste doch, dass *ich* eine schauspielerische Ausbildung hinter mir hatte. Ich wäre die Einzige, die wusste, was sie tat. Ungläubig starrte ich sie an.

Delilah blickte eine Sekunde direkt durch mich hindurch, dann wandte sie sich Mia zu und schenkte ihr ein verschmitztes Grinsen. Was dachte sie sich bloß dabei – hatte sie vollkommen den Verstand verloren?

»Sehr interessant, Delilah«, meinte Mr Romeo. »Ich danke dir. Savannah? Was hältst du davon?«

Alle sahen jetzt zu Savannah, und ich gab mir alle Mühe, schnell wieder einen ganz entspannten Ausdruck auf mein Gesicht zu zwingen, weil ich mir nämlich sicher war, dass die Leute auch zu mir schauten. Zum Glück hatte Tucker das Auditorium längst verlassen. Ob ich wohl so verwirrt aussah, wie ich mich fühlte? Machte ich den Eindruck, als würde ich denken, ich hätte die Rolle viel eher verdient als Savannah? Ich spürte, wie mir die Röte über die Wangen kroch. Ich wusste nicht, wo ich hinsehen und wie ich mich verhalten sollte, daher starrte ich Savannah einfach nur mit ausdruckslosem Gesicht an. Sie strahlte vor lauter Aufregung, und vielleicht war ihr auch ein klein wenig schlecht, weil sie vielleicht, aber nur vielleicht kurz davor war, eine kleine Sprechrolle zu bekommen in *Schwere Jungs, leichte Mädchen*, obwohl sie doch erst in der siebten Klasse war. Ihre Streifenhörnchenbacken waren rosig, und ihre Hände zitterten. Ihre Augen strahlten richtiggehend. Mir entging nicht, dass sie viel zu nervös war, um etwas zu ihren eigenen Gunsten vorzubringen, doch mir war auch klar, sie wollte die Rolle. Und wie. Genau wie ich.

»Ich hätte da auch einen Vorschlag«, sagte in dem Moment eine völlig ruhige Stimme.

Alle drehten sich zu Mia Kezdekian um und sahen sie an.

»Phoebe hat ihr nämlich etwas voraus«, meinte Mia. »Sie kennt die Rolle bereits auswendig – den kompletten Text und auch die Einsätze.«

Und mit einem Schlag wandten sich sämtliche Blicke *mir* zu. Alle sahen mich an, mit Ausnahme von Mia, die Delilah ihrerseits ein triumphierendes, wenn auch unfreundliches Lächeln zuwarf. Die bedachte sie mit einem finsteren Blick.

»Phoebe?«, fragte Mr Romeo. Er runzelte konzentriert die Stirn, dass die silbernen Brauen jetzt eine durchgehende Linie bildeten. »Kennst du den Text und die Einsätze?«

»Mr Romeo, ich finde wirklich, dass Savannah …«, setzte Delilah an.

Er ließ sie verstummen, einfach, indem er eine Hand hob, Handfläche nach außen. Ganz schön cooler Trick.

»Phoebe?«, wiederholte Mr Romeo.

Es war fast so, als hätte sich der Welt größter Scheinwerfer mit einem Mal auf mich gerichtet. Ich war ganz kurz davor, zu kriegen, was ich mir so sehr gewünscht hatte. Wenn ich jetzt den Mund aufmachte und zugab, dass ich Mirandas Rolle in- und auswendig kannte, dann würde Mr Romeo sie mir vermutlich Delilahs Empfehlung zum Trotz geben. Und ich wollte diese Rolle. Ich wollte wirklich und wahrhaftig und leidenschaftlich gern Lieutenant Agatha spielen. Aber irgendwie ging das alles so schnell. Ich musste erst nachdenken, ehe ich den Mund aufmachte.

Ich sah mich auf der Bühne um. Delilah und Mia funkelten einander immer noch böse an. Und dann verstand ich endlich. Wie dumm ich doch gewesen war, zu glauben, dass eine von ihnen mich »auserwählt« haben könnte, weil sie mich für etwas Besonderes hielt. Dabei hatten sie mich beide nur benutzt, um sich gegenseitig eins auszuwischen. Ich war nichts weiter als ein Spielball in ihren Händen.

Aber was machte das, wenn ich am Ende die Agatha spielen durfte? Konnte mir doch egal sein, ob Mia so einen Sieg über Delilah einfahren durfte. Die beiden waren nicht mit mir befreundet, und vermutlich würden sie auch nie meine besten Freundinnen werden. Jetzt ging es um die Rolle, sonst nichts. Ich brauchte doch nur noch zu bestätigen, dass ich den Text auswendig konnte, was ja auch stimmte, und dann wären alle glücklich. Außer Savannah vielleicht. Savannah war immerhin als Erste vorgeschlagen worden. Wenn Mia nicht den Mund aufgemacht hätte, dann wäre die Sache längst geklärt. Wenn ich mir die Rolle krallen wollte, dann würde ich sie Savannah quasi vor der Nase wegschnappen müssen. Ich warf einen Blick zu ihr rüber.

»Phoebe?«, wiederholte Mr Romeo erneut.

Savannah stand schweigend neben mir und starrte auf ihre Füße. Ihre Unterlippe machte fast den Eindruck, als würde sie ein Zittern unterdrücken müssen. Eine feine blonde Strähne war ihr über die Augenbraue gefallen, und am liebsten hätte ich die Hand ausgestreckt und sie ihr aus dem Gesicht gestrichen. Ich konnte sehr gut nachempfinden, was wohl jetzt in ihrem Kopf vorging. Sie wollte diese Rolle genauso sehr wie ich. Aber sie würde sich nicht vordrängen und sie sich schnappen.

Dann warf ich einen verstohlenen Blick in Richtung Regietisch. Harper saß absolut aufrecht da und beobachtete mich. Sie wirkte besorgt und auch ein wenig verwirrt, so wie damals, als sie vom Ebola-Virus erfuhr.

Ich hatte mich in den letzten paar Wochen so dermaßen weit von Harper entfernt. Und all das war geschehen, nachdem ich Delilah und Mia kennengelernt hatte, als ich nur noch sein wollte wie sie und zu der Überzeugung gelangt war, es würde auch mich zu etwas Besonderem machen, wenn ich erst mal mit diesen Mädchen befreundet war. Wie ich jetzt so auf der Bühne stand und mich jedes einzelne Mitglied der Theater-AG anstarrte, da wollte ich plötzlich nichts lieber auf der Welt, als Harper zurückhaben. Zumindest würde ich sie nicht kampflos aufgeben.

»Nein, Mr Romeo«, hörte ich mich da sagen. »Tut mir leid. Ich beherrsche die Rolle nicht.«

Mr Romeo seufzte.

»Nun, wir müssen weitermachen. Savannah, was hältst du von der Sache? Möchtest du es versuchen und Lieutenant Agatha spielen?«

Savannah stand stocksteif da, wie ein Reh im Scheinwerferlicht. Andrew stieß sie in die Seite und sagte irgendwas, doch sie achtete nicht auf ihn. Stattdessen sah sie mich an. Dachte sie denn, sie bräuchte mein Einverständnis? Vielleicht hatte ich ihr die ganze Zeit den Eindruck vermittelt, sie müsse endlich akzeptieren, dass ich in der Hackordnung über ihr stand. Doch mir war klar, dass ich keineswegs besser war als Savannah. Mir kam sogar der Verdacht, dass wir ganz schön viel gemeinsam hatten. Savannahs blassblaue Augen begannen feucht zu werden, und ihre zierlichen blonden Augenbrauen verzogen sich zu einem besorgten Stirnrunzeln. Ich stellte mir uns im Lauf der Jahre vor, wie wir an verschiedenen Produktionen mitarbeiteten, die ganzen Erfahrungen, die wir würden sammeln dürfen – die Rollen, die noch auf uns warteten. Hatte es zwischen Delilah und Mia so begonnen, indem sie sich ein Kopf-an-Kopf-Rennen um eine Rolle geliefert hatten? Hatte eine von ihnen mittlerweile auch richtige Freunde?

»Los, mach es«, flüsterte ich Savannah zu.

Und auch wenn ich befürchtete, ich könnte voll bescheuert aussehen, grinste ich Savannah aufmunternd zu und hielt ihr den hochgereckten Daumen hin.

Das Lächeln, mit dem Savannah mich ihrerseits bedachte, war einfach blendend. Ein solches Lächeln musste schlichtweg schmerzen. Jedenfalls tat es *mir* weh. Aber irgendwie fühlte es sich auch fantastisch an.

»Savannah?«, sagte Mr Romeo in fragendem Ton.

»Ja, Mr Romeo, ich mach's. Ich spiele Lieutenant Agatha.«

»Bist du dir sicher, Savannah? Du wirst den Text und die Einsätze bis morgen draufhaben müssen.«

»Ich helfe ihr dabei«, sagte ich. »Ich kenne den … ich geh gern den Text mit ihr durch.«

»Ausgezeichnet. Dann haben wir also einen neuen Lieutenant Agatha. Glückwunsch, Savannah«, meinte Mr Romeo.

Savannah stieß ein leises Keuchen aus, wie die Teilnehmer bei *Wer wird Millionär* das manchmal tun, wenn sie eine schwere Frage korrekt beantworten. Sie blickte zu mir rüber und wedelte voll spackig mit der Hand vor der Brust rum, und ich wusste, dass das vieles bedeuten konnte, unter anderem auch »Oh mein Gott, ich kann es gar nicht fassen, tausend Dank dir, oh mein Gott!«.

Und ehe ich mich's versah, war Savannah mir auch schon wie ein Killerstreifenhörnchen um den Hals gefallen. Über ihre Schulter hinweg konnte ich in den Zuschauerraum sehen. Mr Romeo war an den Regietisch getreten und unterhielt sich mit Harper. Nur ganz kurz schaute sie auf und begegnete meinem Blick. Und bevor sie wieder wegsah, hatte sie mir ein winziges Lächeln zugeworfen. Zumindest glaubte ich das. Vielleicht bildete ich es mir aber auch nur ein. Ich ließ zu, dass Savannah mich drückte, so viel sie wollte, und ich drückte sie sogar meinerseits ein bisschen.

Wer weiß? Irgendwie mochte ich Streifenhörnchen eigentlich ganz gern.

Aber das war noch nicht das Ende aller Dramen bei den Proben. Wir gingen die Szenen mit Lieutenant Agatha durch, während Savannah sich vor lauter Aufregung an ihr Skript klammerte, und wiederholten das Ganze ein paarmal. Ich muss schon sagen, sie beeindruckte mich wirklich. Nein, sie konnte den Text noch nicht auswendig, aber sie hatte die Rolle recht gut drauf. Sie folgte einerseits Mirandas Vorarbeit, was die Positionierung betraf, fügte aber immer auch noch etwas Eigenes hinzu. Savannah war zweifelsohne eine gute Schauspielerin.

Als die Probe sich allmählich dem Ende zuneigte, ging ich zu dem Sitzplatz, wo ich meine Sachen hatte liegen gelassen. Harper war bereits gegangen, vermutlich weil sie den Schulbus erwischen musste. Ich wühlte in meiner Tasche, um zu sehen, ob ich auch alle Bücher hatte, die ich brauchen würde, als mich etwas aufblicken ließ. Gerade schwang die Tür des Hinterausgangs wieder zu, und ich sah meine Mutter da stehen. Sie sollte mich doch eigentlich auf dem Parkplatz abholen! Warum war sie jetzt hier? Als sie losmarschierte, wurde mir sofort klar, dass sie nicht auf mich zuging, sondern auf Mr Romeo. Und mit einem Mal wusste ich, was sie hier wollte.

Als ich neulich Abend diesen Heulanfall bekam, hatte ich meiner Mutter nichts von meinem Streit mit Harper erzählt. Ich ließ sie in dem Glauben, dass ich allein aus dem Grund heulte, weil ich beim Flaschendrehen mitmachen musste. Und jetzt tauchte sie höchstpersönlich hier auf und marschierte entschlossen auf Mr Romeo zu, wie ein Ritter auf Kreuzzug. Meine Mutter würde die Sache mit dem Flaschendrehen ausplaudern, und dann würde sie verlangen, dass man dem ein Ende setzte. Mir war klar, dass sie das nicht tat, weil sie gemein oder einfach nur uncool sein und den Kontrollfuzzi spielen wollte, sondern weil sie ernsthaft das Gefühl hatte, dass ich deswegen so aus dem Häuschen war. Und dass es vielleicht anderen Schülern ähnlich erging und sie sich deswegen Sorgen machten. Sie wollte nur helfen. Aber was sie damit in Wirklichkeit bewirkte, war, dass sie mir MEIN LEBEN RUINIERTE.

Mit einem dumpfen Geräusch ließ ich meine Tasche fallen, stürzte quer durch den Saal und kletterte über drei Sitzreihen hinweg, nur um mich meiner Mutter in den Weg zu werfen, ehe sie Mr Romeo erreichte.

»Mom«, zischte ich. Und als mir klar wurde, dass das zu leise war, brüllte ich lauter: »MOM!«

Sie blieb stehen, ein bisschen überrascht zwar, aber sie tat es. Ich achtete nicht auf die unzähligen Köpfe, die sich in meine Richtung drehten, und kämpfte mich ein paar Reihen weiter, bis ich neben ihr stand.

»Mom, hör zu. Lass uns nach draußen gehen – gehen wir zum Auto!«

Verwirrt runzelte sie die Stirn.

»Liebes, ich muss aber dringend mit deinem Lehrer sprechen. Wenn du zuhören möchtest, dann bitte, kein Problem, aber das muss einfach mal angesprochen werden, Phoebe. Es ist nur noch ungefähr eine Woche bis zur Premiere.«

»Mom, bitte«, flehte ich. »Wenn du mir helfen willst, und ich weiß, dass du das willst, dann kommst du besser mit mir nach draußen. Wir können uns im Auto unterhalten. Mom. Es ist wichtig. Bitte.«

Ich musste meiner Mutter durchaus zugutehalten, dass sie tatsächlich auf mich hörte, wenn ich sagte, dass eine Sache wichtig war. Dann hob sie sich ihre Fragen für später auf, und selbst wenn sie letzten Endes anderer Meinung war, wenn ich sagte, etwas sei wichtig, dann reagierte sie nach dem Prinzip »im Zweifel für den Angeklagten«.

Daher drehten wir uns nun um und marschierten auf die Tür zu, und ich wusste, wenn wir erst mal draußen und in Sicherheit waren, würde ich ihr alles erzählen – über meinen Streit mit Harper, über Delilah und Mia und wie sie mich benutzt hatten und wie das blonde Engelchen gerade mächtig aufgestiegen war. Ich freute mich kein bisschen darauf, ihr mein Herz auszuschütten, aber ich hatte auch nicht unbedingt Schiss davor. Meine Mutter hatte gelegentlich gar nicht mal so schlechte Ratschläge auf Lager. Wenigstens würde sie verstehen, dass es nicht das Flaschendrehen war, was mich so beschäftigt hatte – dass sie also mitnichten mit aller Gewalt dagegen vorgehen musste. Ihr versteht sicher, dass ich es dennoch für das Beste hielt, ihr nichts vom OmZ zu erzählen.

Während meine Mutter vor mir den Gang entlanglief, wurde mir erst jetzt bewusst, dass sie den Jogginganzug trug, bei dem auf dem Hintern »SMILE« stand.

Tja, und was hätte ich auch sonst tun sollen?

Ich lächelte.

12

Chillen mit Otti-Potti

An diesem Abend konnte ich mich endlich wieder einmal in mein Zimmer zurückziehen und ein bisschen Zeit mit Otti-Potti verbringen. Wie ich erwartet hatte, war es gar nicht so schwer gewesen, mich bei meiner Mutter über die Ereignisse der vergangenen Wochen auszukotzen, aber der recht intensive Austausch im Auto hatte mich doch irgendwie geschlaucht. Ich hatte echt keinen Schimmer, wie ihre Sprachyogapatienten das hinbekamen. Gerade hatte ich es mir mit meinem iPod und meinem Lieblings-Girlband-Mix gemütlich gemacht, als ich ein Klopfen an der Tür vernahm. Klar stand meine Mutter in meinem Zimmer, ehe ich eine Chance hatte, auch nur einen Ton von mir zu geben.

»Pheebs«, meinte sie mit einem breiten Grinsen im Gesicht. Ich hoffte nur, sie erwartete jetzt nicht, dass wir weiter an unserer guten Mutter-Tochter-Beziehung arbeiteten. Ein Mädchen brauchte auch mal Zeit, sich zu erholen.

»Pheebs, Liebes, rate mal, wer unten ist.«

Ich richtete mich auf. Mehrere Möglichkeiten schossen mir durch den Kopf, aber keine von ihnen war besonders verlockend.

»Es ist Harper!«

»Oh nein, Mom, bitte nicht!«, flehte ich, hielt aber die Stimme gesenkt.

»Was, bitte nicht? Ich hab doch gar nichts getan«, meinte meine Mutter, während sie die Lautstärke ihrer Stimme an meine anpasste.

»Du willst mir doch wohl nicht erzählen, dass gerade mal ein paar Stunden nach unserer großen Aussprache, bei der ich dir alles über den Streit erzähle, ausgerechnet jetzt Harper rein zufällig hier aufkreuzt, und zwar aus freien Stücken, ohne dass irgendjemand anderer sie gedrängt oder überredet hätte?«

Meine Mutter sah mich unerbittlich streng an.

»Phoebe, genau das will ich dir damit sagen«, erklärte sie.

Wow. Harper hatte also tatsächlich von sich aus beschlossen, mich zu besuchen. Das war ja toll! Oder nicht? Vielleicht war Harper ja gekommen, um unsere Freundschaft ganz offiziell und höchstpersönlich für beendet zu erklären. Eine formelle Geste wie diese würde ihr echt ähnlich sehen.

»Phoebe?«, meinte meine Mutter. »Willst du denn nicht, dass ich ihr sage, sie kann hochkommen?«

»Klar«, sagte ich schnell. »Logo.«

Meine Mutter blieb kurz im Türrahmen stehen.

»Alles wird gut, Süße«, versicherte sie mir. »Sei einfach du selbst. Harper wird immer deine Freundin bleiben, solange du dich nicht verbiegst.«

Der Satz hätte eigentlich eine eigene Titelmelodie verdient gehabt.

»Okay«, erwiderte ich ein wenig ungeduldig. Die Therapiesitzung war damit dann wohl zu Ende. Jetzt hieß es, den Tatsachen ins Auge sehen und die Suppe auslöffeln.

Meine Mutter verließ mein Zimmer, und ich zog Otti-Potti auf meinen Schoß, sodass er zu mir aufsah.

»Was denn?«, flüsterte ich und quetschte seinen Schwanz, an dem allmählich das Fell ausging. »Sei einfach nur du selbst, Otti-Potti. Keine Angst.«

»Wenigstens hat sich eine Sache nicht geändert.«

Ich blickte auf. Harper stand in der Tür.

»Was?«

»Du sprichst immer noch mit Otti-Potti, wenn du denkst, du wärst allein. Das ist vielleicht ein gutes Zeichen.«

»Kommst du jetzt rein oder nicht?«

Harper trat über die Schwelle und sah sich in meinem Zimmer um, als hätte ich was verändert in den zwei Wochen, die wir nicht zusammen gewesen waren.

»Ist alles noch beim Alten«, erklärte ich. »Vielleicht sollte ich mal wieder Staub wischen. Und den ganzen Mist unterm Bett hervorholen.«

Harper zögerte, dann ließ sie sich vorsichtig in den Sitzsack sinken. Es gab ein leises, knirschendes Geräusch, während sich das Ding an ihren Körper schmiegte.

Es war schon seltsam, dass Harper jetzt da saß, während ich auf dem Bett hockte. So vertraut. So normal. Und doch hatte ich schreckliche Angst, etwas zu sagen, weil es das Falsche hätte sein können. Oder dass ich erfahren könnte, ich konnte gar nichts Richtiges sagen, weil es zu spät war.

»Die Probe heute«, meinte Harper.

»Oh ja«, stellte ich fest, Zustimmung und Redebereitschaft signalisierend.

»Die Ereignisse haben sich ja ganz schön überschlagen«, meinte sie.

»Oh ja«, sagte ich wieder. Eigentlich hätte ich schon gern mehr gesagt, aber ich wusste einfach nicht, worauf Harper mit alldem hinauswollte.

»Und, war es so? Hattest du Mirandas Text und alles auswendig gelernt?«

»Tja. Eigentlich schon. Hatte ich. Ich meine, du erinnerst dich doch, was Mia zu mir gesagt hat und so. Ich dachte mir eben, warum nicht.«

»Aber du hast nichts davon gesagt. Als Mia meinte, du hättest die Rolle bereits drauf, als Mr Romeo sich danach erkundigt hat. Da hast du gemeint, es wäre nicht so.«

»Stimmt.« Echt erstaunlich, wie gewählt und abwechslungsreich mein Vokabular war. Stimmt.

»Warum? Warum hast du nichts gesagt?«

Harpers Ton hatte sich nicht verändert, aber sie sah mich jetzt eindringlich an. Ich hatte das Gefühl, dass sie wegen dieser Frage zu mir gekommen war – und dass ihr die Antwort auf irgendeine Weise ziemlich wichtig war. Aber ich konnte den lieben langen Tag darüber nachdenken, was sie wohl von mir wollte und warum. Am Ende spielte es keine Rolle, was Harper hören wollte. Denn alles, was ich zu bieten hatte, war die Wahrheit.

»Nun, ich wollte die Rolle echt gern. Ich meine, du machst dir gar keine Vorstellung, wie gern. Aber irgendwie kamen mir tausend Dinge auf einmal in den Sinn. Alles ging so schnell. Als Delilah Savannah für die Rolle vorschlug, da wurde mir klar – na ja, da wurde mir klar, dass sie mich nur an der Nase herumgeführt hatte. Denn alles, was Delilah wollte, war, Mia Kezdekian eins auszuwischen. Ich war ja so bescheuert, zu denken, die beiden wären so unheimlich cool, Harper. Ich war derart von naiv.«

Harper nickte ganz leicht. Ich war so sauer gewesen, weil Harper Delilah und Mia niedergemacht hatte, und dabei war sie die ganze Zeit total auf dem richtigen Weg gewesen.

»Diese Mädchen, die sind das genaue Gegenteil von allem, was ich je sein will, Harper.«

»Aber du willst doch Schauspielerin werden«, meinte Harper.

»Ja«, bestätigte ich mit Nachdruck. »Das will ich. Immer noch, mehr denn je. Aber ich will nicht sein *wie sie*.«

Harper nickte nachdenklich.

»Ich weiß, dass ich mir viel zu viele Gedanken darüber mache, was andere Menschen von mir denken«, fuhr ich fort. »Ich wollte, dass mich die Kids von der Theater-AG als eine der ihren akzeptieren. Und irgendwie hab ich dabei alles vermasselt. Ich bin echt eine unglaubliche Idiotin.«

Harper schüttelte den Kopf, beugte sich zu mir vor und pflückte Otti-Potti von meinem Schoß. Lange umarmte sie den dürren ausgestopften Otter. Nach einem Augenblick räusperte sie sich.

»Ich war auch eine Idiotin«, meinte Harper. »Ich war …«

Sie hielt inne und starrte Otti-Potti in die Augen, bestimmt um Mut zu sammeln. Bei mir funktionierte das immer wunderbar.

»Ich war eifersüchtig, Phoebe. Ich war echt richtig eifersüchtig. Weil es so aussah, als würdest du diese Mädchen total bewundern, und du bist so eine großartige Schauspielerin – warum sollten sie dich da nicht gernhaben? Warum sollte dich nicht die komplette Theater-AG total toll finden? Aber ich mochte Delilah und Mia nun mal nicht, und ich konnte ja wohl schlecht so tun, als täte ich es. Ganz offensichtlich haben sie von meiner Existenz auch rein gar nichts mitgekriegt. Ich dachte, sie würden dich mir wegnehmen.«

Wow. Bei allem, was mir durch den Kopf gegangen war, sooft ich unseren Streit und was aus unserer Freundschaft geworden war auch analysiert hatte, war mir nie in den Sinn gekommen, dass Harper eifersüchtig sein könnte. Dass sie Angst hatte, Delilah könnte ihre Stelle einnehmen! Wenn ich jetzt darüber nachdachte, kam mir das echt absolut lächerlich vor. Wie um alles in der Welt war es bloß so weit gekommen?

Ich holte tief Luft und sagte, was ich zu sagen hatte.

»An dem Tag bei dir daheim, da war mir klar, dass du nicht über Delilah und Mia und das Flaschendrehen und all das reden wolltest. Ich wusste, dass dich das nicht interessiert, und ich schätze … Es kam mir so vor, als würdest du dich überlegen fühlen oder erwachsener oder so, und deswegen kam ich mir voll doof vor. Ich dachte, du würdest schlecht über mich denken. Dann war Funkstille, und ich hab geglaubt, dass du mich für ein Mädchen hältst, das *Instyle* abonniert, und du liest doch eher die *National Geographic*, und dass du deswegen nicht mehr mit mir befreundet sein willst.«

Harper seufzte und rieb sich über die Stirn.

»Na ja … ich schätze, vielleicht … ich schätze, ich wollte, dass du das denkst. Ich hatte Angst, konkurrieren zu müssen. Deswegen hab ich mich so überlegen gegeben. Du hast deine Art, mit der Welt umzugehen, und ich hab meine.«

Harper hielt inne, als wäre sie am Ende ihrer Erklärung angelangt. Ich sah sie mit hochgezogener Augenbraue an.

»Bei mir funktioniert das immer, wenn ich so tue, als wäre ich die Klügere«, fuhr sie fort, wobei sie ihre Hände betrachtete. »Darin bin ich echt großartig. Schließlich bin ich Dr. Tanakas Tochter, das kleine Genie. Wenn ich der Meinung bin, irgendjemand kann mich nicht leiden, dann beschimpfe ich denjenigen, na, du weißt schon, als Minihirn und tue so, als stünde ich voll über allem. Und dann sieht es so aus, als wäre mir alles scheißegal.« Wieder machte sie eine Pause, ehe sie fortfuhr. »Ich hatte Angst, ich wäre vielleicht zu langweilig, um weiter deine Freundin zu sein, weil ich nicht beim Flaschendrehen mitmachen wollte. Als du dann nicht angerufen hast, da dachte ich, jetzt wäre es endgültig vorbei.«

»Willst du mich verarschen? Ich hab darauf gewartet, dass *du* mich anrufst!«, sagte ich.

Nun entstand eine Pause. Bis wir im exakt selben Moment beide in Gelächter ausbrachen. Jetzt war mir gar nicht mehr nach Heulen zumute.

»Ich glaube, so langsam schnall ich das alles«, meinte ich. »Wir waren schon immer wie die zwei Seiten ein und derselben Person, Harp. Aber jetzt, da wir in der Mittelstufe sind, befürchte ich, dass wir nicht … ich befürchte, wir entdecken jetzt Dinge, bei denen wir uns nicht immer absolut eins sind. Das heißt aber noch lange nicht, dass wir nicht weiter beste Freundinnen sein können. Wir sind einfach nur …«

»… ein kleines bisschen divergent«, vervollständigte Harper meinen Satz.

»Genau«, bestätigte ich, obwohl mir auch nicht ganz klar war, was dieses Wort bedeuten sollte. Doch so wie Harper es sagte, klang das derart überzeugend, dass ich keinen Zweifel daran hatte, dass es stimmte.

»Wir müssen ja nicht immer die gleichen Dinge toll finden und auch nicht ständig alles zusammen machen«, fügte Harper noch hinzu. »Und wenn eine von uns was Neues für sich entdeckt, dann muss die andere das nicht gleich als Bedrohung sehen.«

»Du sagst es, Schwester«, erwiderte ich. Dann fragte ich vorsichtig: »Sind wir dann also wieder gut?«

»Wir sind mehr als gut«, rief Harper. Und dann kam sie zu mir rüber und warf mir die Arme um den Hals, was echt riesig ist, denn Harper hat es normalerweise nicht so mit dem Umarmen. Ich drückte sie ganz fest, ein typischer Streifenhörnchen-Schachzug, den ich mir von dem blonden Engelchen abgeschaut hatte.

»Mehr als gut«, wiederholte Harper, ehe sie sich sanft aus meiner Umklammerung befreite.

Ich stieß ein tiefes, zufriedenes Seufzen aus. Die Erleichterung war echt enorm, und ich wollte am liebsten gleich alles auf einmal machen: am Comic weiterarbeiten, mit zu Harper heimgehen und bei ihr übernachten, den Französischlehrer nachmachen, der aussah wie eine Tonne. Oh, und ich brauchte dringend Nachhilfe in Mathe.

»Wie lange habt ihr denn noch geprobt, nachdem ich gegangen war?«, wollte Harper wissen.

»Bis fünf Uhr. Oh, du wirst es nicht glauben, Harp. Wir wollten gerade Schluss machen, da guck ich so und sehe, wie meine Mutter hereinmarschiert kommt, wie Attila der Hunnenkönig bei der Eroberung eines winzigen Landes. Was *ist* eigentlich ein Hunne?«

»Die Hunnen waren ein asiatisches Wandervolk im finsteren Mittelalter. Und, was wollte sie?«

»Eine von diesen ständig besorgten Müttern vom Elternbeirat hat ihr das mit dem Flaschendrehen am Premierenabend erzählt. Ich war, na ja, weißt schon … ziemlich fertig gewesen wegen dir und mir und allem. Und sie dachte, mich würde die Sache mit dem Spiel belasten – sie dachte, ich würde dazu gezwungen, bei etwas mitzumachen, was einen psychischen Schaden hinterlassen könnte!«

»Wohl kaum«, meinte Harper prustend.

»Ja, oder? Deswegen wollte sie Mr Romeo zur Rede stellen und von ihm verlangen, dass er dem Ganzen ein Ende setzt. Irgendwie hab ich es geschafft, sie aufzuhalten und sie zu überzeugen, dass ich in diesem speziellen Fall ihre Hilfe nicht brauchte.«

»Hast du ihr erzählt, dass du in Wirklichkeit voll gern mitspielen willst?«, fragte Harper mit einem Grinsen im Gesicht.

»Also bitte. NEINNN. Ich hab ihr voll was vorgeschleimt, von wegen, ich würde ihr schwören, dass ich keineswegs gezwungen werde, von keiner Seite, und dass ich bestimmt nichts tun würde, was ich nicht tun will.«

»Also genau genommen die Wahrheit!«

»Genau genommen die Wahrheit, richtig«, bestätigte ich jetzt ebenfalls grinsend. »Ich kann also mitmachen, wenn ich es will. Vorausgesetzt, es findet dieses Jahr überhaupt statt.«

»Warum sollte es denn nicht stattfinden?«

Ich zuckte mit der Schulter.

»Keine Ahnung – ich hatte so den Eindruck, als hätte Delilah ganz allein das Sagen, was das Spiel betrifft. Du weißt schon, sie ist doch diejenige, die immer davon redet und den Neulingen davon erzählt. Immerzu zischelt sie irgendwas, sobald Mr Romeo mal nicht hinhört …«

»Und dann zwinkert sie dauernd«, ergänzte Harper noch.

Ich musste lachen.

»Stimmt! Das Zwinkern! Na ja, jedenfalls kam meine Mutter mit ihrem unglaublichen Seelenklempnerwissen daher und meinte, Delilah wäre wohl so was wie ein Kontrollfreak. Weißt du, sie will immer das Sagen haben und kommandiert die Leute herum, als wären sie Schachfiguren, aber in Wirklichkeit sind ihr die alle scheißegal.

Sie ist Vorsitzende der Theater-AG und leitet das Flaschendrehen, und es scheint fast so, als würde sie auch das als eine Möglichkeit sehen, über die anderen zu bestimmen. Und wenn sie mal die Kontrolle über jemanden verliert, dann kann sie damit gar nicht umgehen. Ich hab vor ein paar Tagen mitgekriegt, wie Delilah und Bud sich gestritten haben, und es ging im Wesentlichen darum, dass sie ihm untersagte, am Premierenabend beim Flaschendrehen mitzuspielen, weil er jetzt ja ihr Freund ist und deswegen genau genommen nicht mehr zu haben. Ich meine, mal ehrlich, kein Mädchen würde bei so einem Spiel mitspielen wollen, wenn ihr Freund dann vielleicht eine andere küsst.«

»Zum Beispiel Mia Kezdekian«, meinte Harper.

Ich kreischte los.

»Genau! Aber egal, jedenfalls hab ich die Theorie, dass Bud einen kleinen Aufstand plant. Er wird sich nicht von Delilah aufhalten lassen, da mitzuspielen, und wenn ich jetzt so drüber nachdenke, bezweifle ich auch, dass er sich danebenstellt und zusieht, wie sie das Flaschendrehen absagt.«

»Und Delilah wird darüber nicht erfreut sein«, meinte Harper breit grinsend.

»Exakt. Also wer weiß. Entweder findet das Spiel statt oder nicht. Und das bedeutet, dass das OmZ … Oh, du weißt es ja noch gar nicht!«

»Was weiß ich nicht?«, wollte Harper wissen.

Woraufhin ich ihr bis ins kleinste Detail von dem Vorfall mit der Coladose erzählte. Ich spielte ihr vor, was ich gesagt hatte, und dann spielte ich ihr noch vor, was Tucker gesagt hatte. Ich ließ Harper die Dose sogar mal anfassen, damit sie das Ganze so richtig nachempfinden konnte.

»Und er hat es die ganze Zeit nicht geschafft, dir diese ominöse Frage zu stellen?«

»Nein!«, rief ich aus. »Vermutlich ist es nichts weiter, oder? Vielleicht hatte es gar nichts zu bedeuten.«

Harper wirkte jetzt extrem tief in Gedanken versunken, so als würde sie über die Kernspaltung nachdenken. Atemlos beobachtete ich sie dabei. Schließlich schüttelte sie den Kopf.

»Nein? Nein, du denkst nicht, dass es etwas zu bedeuten hat?«

»Doch, das *tu* ich«, erklärte Harper. »Es ist nur so … Jungs sind eine völlig andere Spezies, so viel ist sicher. Aber *blöd* sind sie auch nicht. Wenn ein Junge auf einmal allein vor einem Mädchen steht, und es ist auch nur annähernd offensichtlich, dass er auf sie steht, dann würde er nicht rumstammeln und rot werden und ihr erzählen, er wolle ihr eine Frage stellen, wenn es nichts zu bedeuten hätte. Das wäre fast so, als würde ein Arzt seinem Patienten erklären, er solle sich besser setzen und gewappnet sein, weil er ihm nämlich gleich erklären wird, dass er nichts weiter hat als eine läppische Erkältung.«

»Moment mal ... was willst du damit sagen?«, fragte ich ungeduldig.

»Es ist wie bei Ockhams Rasiermesser«, meinte Harper.

Ich nickte geduldig, und als ich es nicht länger aushielt, brüllte ich: »Ich hab keinen Schimmer, *was DAS heißen soll*!«

»'tschuldige«, erklärte Harper. »Als Ockhams Rasiermesser bezeichnet man ein wissenschaftliches Prinzip, das im Wesentlichen besagt, dass die einfachste Antwort auf eine Frage statistisch gesehen fast immer auch die richtige ist. Das heißt also, wenn es den Eindruck gemacht hat, als wollte Tucker dir eine Frage stellen, die 'ne Mädchen-Jungs-Sache betrifft, dann ist der wahrscheinlichste Grund der, dass es tatsächlich so *war!*«

Ich ließ mich wieder aufs Bett sinken, während sich das Zimmer um mich herum drehte.

»Du meinst, es kann sein, dass er mich echt mag?«

»Es kann sein, dass er dich echt mag, ja«, bestätigte Harper. »Und warum auch nicht?«

Ich sah keinen Sinn darin, ihr eine alphabetische Auflistung all der Gründe zu nennen, warum Tucker

Wells mich nicht mögen könnte. Harper aber, die geniale Tochter von Dr. Tanaka, war aufgrund von Ockhams Kamm oder Zahnbürste oder sonst was der Ansicht, dass es durchaus möglich wäre. Und für den Augenblick genügte mir das voll und ganz.

»Hör zu. Ich geh mit dir dahin zu der Aufführung, Phoebe. Ich hab zwar immer noch keine Lust, mitzumachen, aber du kannst auf mich zählen, wenn es um moralische Unterstützung geht. Wenn du das willst, versteht sich.«

Ich strahlte sie an und nickte begeistert, mein Gesicht fing an zu glühen. Delilah war ein Minihirn, und das OmZ mochte mich vielleicht wirklich. Außerdem hatte ich Harper wieder.

Es war alles in bester Ordnung in meiner Welt, und ich war so bereit wie noch nie für den Premierenabend.

13

Generalprobe

Bei der Generalprobe vibrierte die Luft im Auditorium. Ich selbst konnte die Aufregung und das Lampenfieber kaum mehr unterdrücken. Überall herrschte hektische Betriebsamkeit. Lou stand auf der Bühne und hämmerte in letzter Minute ein paar Nägel irgendwo rein. Drei der Hot Box Girls standen nervös in Reih und Glied da, um sich die Kostüme neu säumen zu lassen. Chris Seligman, der schon im Anzug dastand, aber immer noch seinen eigenen kohlschwarzen Schal trug, ging ständig auf und ab und räusperte sich wiederholt, während er seinen Text vor sich hin murmelte. Ben Pfeiffer schien ein Video nachzuspielen, das er auf MTV gesehen hatte, während Fedora Kravitz ihm dabei wie in Trance zusah. Ich konnte Delilah oder Bud nirgends entdecken und fragte mich schon, ob sie als Stars wohl eigene Garderoben hatten, mit Aircondition und bequemen Polstersesseln, in denen sie sich zurücklehnen und ausruhen konnten, fern von dem ganzen Gesocks, dem Chor und den Bühnenarbeitern. Vielleicht waren sie aber auch wieder mal draußen hinter der Bühne und stritten sich.

Jemand tippte mir auf die Schulter. Ich drehte mich um und stand der berühmten Mia Kezdekian in all ihrer Pracht gegenüber.

Im Kostüm für die erste Tanznummer von »Adelaide und die Hot Box Girls« sah Mia … einfach atemberaubend aus. Der Rock ihres Kleides mit dem engen Mieder glitzerte und umfloss sie bei jeder Bewegung; ihr schwarzes Haar war auf dem Kopf aufgetürmt, wobei einige Strähnen kunstvoll ihr Gesicht umspielten; sie hatte sich sogar eine richtige Federboa in Pink um die Schultern geschlungen. Sie konnte einfach nicht von dieser Welt sein so wie wir anderen. Es war fast so, als käme sie aus … Hollywood.

»Na«, meinte Mia, während sie mich von oben bis unten musterte in meiner militärisch strengen Heilsarmeeuniform. Die bestand aus einem blauen Rock, der über das Knie reichte, und einer dazu passenden Jacke, die bis oben hin mit riesigen Metallknöpfen geschlossen war. Sexy? Ich glaube nicht.

»Du hast's vermasselt. Du hättest Mirandas Rolle haben können.«

Ach, das war es also. Bis jetzt hatten weder Mia noch Delilah irgendwas zu mir gesagt, seit Savannah zum Lieutenant Agatha befördert worden war. Eigentlich hatte Mia ohnehin kaum mit den anderen geredet, außer wenn sie gelegentlich bei den Proben eine patzige Bemerkung über Delilah fallen ließ. Sie schien überhaupt keine Freunde zu haben. Und damit wäre sie nicht viel besser als irgendjemand von uns.

»Ich würde nicht gerade behaupten, dass ich es vermasselt habe«, gab ich zurück. »Ich habe eine Entscheidung getroffen, mehr nicht.«

»Was hattest du denn für eine Entscheidung zu treffen?«, feuerte Mia zurück. »Du hättest aufsteigen können und dir die Rolle schnappen, du hättest jemand sein können. Aber du hast den Schwanz eingezogen und dich rausgemogelt, weil du Schiss hattest. Deswegen bleibst du auch im Chor bei den Babys.«

Es gab so vieles, was ich darauf hätte erwidern können. Mia hatte mir quasi die Steilvorlage geliefert. Ich hätte ihr kinderleicht eine moralische Standpauke halten können. Aber mal im Ernst, wozu? Ich wusste, wer ich war und was ich getan hatte, und ich wusste auch, warum. Wenn Mia glauben wollte, dass ich einfach nur ein Angsthase war, was machte das schon für einen Unterschied?

Zum ersten Mal in meinem Leben spielte für mich keine Rolle, was jemand anderer über mich dachte.

Mia stand immer noch vor mir, ihre spektakulären Lippen leicht zum Schmollmund geschürzt. Ich zuckte lediglich mit der Schulter.

»Ich schätze, ich hab dich völlig falsch eingeschätzt«, sagte Mia schließlich in eisigem Ton.

»Tja, das scheint neuerdings öfter mal der Fall zu sein«, meinte ich.

Einen Augenblick lang wirkte sie völlig perplex.

»Egal«, sagte Mia, drehte sich um und ging.

»Phee!«

Es war Savannah, die mit der Strahlkraft und der Geschwindigkeit einer Sonneneruption auf mich zugeschossen kam.

»Ich hab Schiss! Hast du Schiss? Passiert das alles wirklich? Phee, ich flipp gleich aus!«

Ich tätschelte Savannahs Arm.

»Entspann dich. Du machst das schon, alles wird gut!«, beruhigte ich sie. Irgendwann würde sie schon noch lernen, dass das lediglich bedeutete, dass sie nicht in akuter Lebensgefahr war oder sie irgendjemandem schaden könnte.

»Mir ist ein bisschen übel«, meinte Savannah und umklammerte einen meiner Ellbogen mit ihrem Streifenhörnchen-Todesgriff.

»Das geht doch jedem so«, erklärte ich, als wüsste ich voll Bescheid. »Mach dir keine Gedanken deswegen. Das wird lustig, jede Wette! Außerdem ist ja heute noch nicht Premiere. Es ist bloß die Generalprobe. Da draußen sitzt nur ein kleines Publikum – die sind alle einzig auf die Einladung von Mr Romeo hin hier.«

Savannah wurde kreidebleich.

»Heute Abend sieht uns ein Publikum zu?«

»Nein, nein«, erklärte ich. Ich gab mir alle Mühe, zuversichtlich zu klingen. »Nur ein paar Leute. Echt ein Minipublikum. Vertraust du Mr Romeo denn nicht?«

»Doch, klar, absolut«, versicherte mir Savannah. In ihrer Stimme schwang ein Anflug von Ehrfurcht mit.

»Na dann«, meinte ich und entwand mich sanft ihrem Griff.

»Na dann«, wiederholte Savannah. »Phoebe, ohne dich würde ich das alles gar nicht durchstehen.«

»Klar würdest du«, versetzte ich lächelnd. Aber trotzdem war es echt nett von ihr, so was zu sagen.

»Oh, fast hätte ich vergessen, was ich dir eigentlich erzählen wollte!«, rief Savannah. »Ich weiß ja nicht, ob du es schon gehört hast!«

»Was soll ich gehört haben?«, fragte ich.

»Von dem Problem mit dem Flaschendrehen. Irgendeine Mutter vom Elternbeirat hat das mitgekriegt und ist ausgerastet.«

»Die Mutter von jemandem? Hat das mitgekriegt? Das mit dem Flaschendrehen?«, kreischte ich und gab mir dabei alle Mühe, total erstaunt und entsetzt zu wirken.

»Ja, diese Mutter will angeblich eine Initiative zum Thema Gruppenzwang ins Leben rufen oder so was Ähnliches, und obwohl ihr Kind selbst nicht bei der Theater-AG ist, hat sie Mr Romeo angerufen und ihm die Hölle heißgemacht. Er hat zwar nicht gleich von uns verlangt, dass wir ihm versprechen, es nicht zu tun, weil er meinte … wie hat er es gleich noch mal formuliert? Ach ja, es falle nicht in seinen Verantwortungsbereich. Ist er nicht einfach toll? Aber egal, er hat uns erklärt, dass der Elternbeirat beim Premierenabend Leute einsetzen will, die quasi als Undercover-Anstandswauwaus fungieren. Die werden alles tun, um das Spiel zu verhindern.«

Mir hätte klar sein sollen, dass die Sache noch lange nicht vom Tisch war, nur weil meine Mutter versprochen hatte, die Finger davon zu lassen. Irgendeine andere Mutter hatte die Rolle von Attila dem Hunnenkönig übernommen. Das war doch wohl total verrückt! Wofür denn die ganzen Sorgen, das ganze Grübeln und, ähm … die Übungssession mit der Orange?

Eigentlich hatte ich den ganzen folgenden Morgen schon für ein rituelles Schönheitsprogramm verplant gehabt, inklusive Lippenpeeling, Zahnseide, Gesichtspeeling und dem mehrmaligen und großzügigen Einsatz von Mundwasser und so Zeug für frischen Atem. Ich dachte, ich würde Stunden damit verbringen können, jedes mögliche Flaschendrehszenario im Kopf durchzuspielen und jedes einzelne zu üben. Was ich tun würde, falls der Flaschenhals auf mich zeigen würde, wenn Scooter Nemo drehte. Was ich tun würde, wenn ich die Flasche drehte und sie sich auf Ben Pfeiffer richtete. Wie ich reagieren sollte, sobald Mias Flasche (Gott bewahre!) auf Tucker zeigte. Ich brachte es noch nicht einmal über mich, mir auszumalen, Tuckers Flasche könnte einen derartigen Verrat begehen, auf Mia zu zeigen, sobald er an der Reihe war. Und dann war da noch die Parfumfrage (welches – wie viel) und wie ich mir die Haare machen sollte (hochgesteckt oder offen – lange Ohrringe oder Ohrstecker). Fragen, die den Ausdruck betrafen. Wann sollte ich lächeln? Oder sollte ich nur mit den Augen lächeln? Einen mysteriösen Gesichtsausdruck aufsetzen? Und zurück zu den Lippen. Ich hatte mir vorgenommen, jede halbe Stunde Lippenbalsam aufzutragen, von morgens nach dem Aufstehen bis zu dem Augenblick, da wir am Abend der Premiere Aufstellung beziehen sollten. Ich hatte sogar eine winzig kleine Tasche an meinem Kostüm entdeckt, in der ich die Tube die ganze Zeit mit mir würde herumtragen können. Das alles sollte jetzt umsonst gewesen sein?

»Das Flaschendrehen ist ja nicht abgesagt oder so«, fügte Savannah noch hinzu.

Oh.

»Es ist nur verlegt worden. Auf … bist du bereit? Auf *heute Abend!* Nach der Generalprobe, im Requisitenraum.«

Savanna starrte mich mit großen Augen an, und ich starrte zurück. Irgendwie hatte ich das Gefühl, meine Augen müssten mindestens so groß sein wie Untertassen.

»Und, gehst du hin, Phee? Weil, ich mach's nur, wenn du auch gehst. Also, was ist?«

Ich atmete tief durch. So hatte ich mir das alles nicht vorgestellt. Ich war nicht bereit, heute schon Flaschendrehen zu spielen. Aber wenn sie es verlegt hatten, dann musste ich eben auch umdisponieren.

»Klar, geh ich hin«, erklärte ich und versuchte möglichst locker und entspannt zu klingen, aber es war durchaus möglich, dass da ein leichtes Zittern in meiner Stimme war. Savannah aber überhörte es, weil sie losquiekte, sobald ich das Wort »klar« ausgesprochen hatte. Sie klatschte aufgeregt in die Hände.

»Jippie! Ich muss jetzt hinter die Bühne. Du bist die Beste, Phee!«

»Savannah!«, rief ich ihr hinterher. Sie war bereits losgerannt. Das Mädchen bewegte sich echt schneller als jedes andere Lebewesen, das mir je untergekommen war.

»Ja?«, rief sie zurück.

Ich hatte ihr eigentlich sagen wollen, dass mein Spitzname Pheebs war und nicht Phee. Aber der aufgeregte und glückliche Ausdruck auf Savannahs Gesicht, der mir jetzt entgegenschlug, ließ mich innehalten. Warum sollte ich sie mich nicht einfach Phee nennen lassen? Das war ja eigentlich ganz niedlich, wie das bei Spitznamen nun mal so ist, und wer behauptete denn, dass man nicht mehr als einen Spitznamen haben konnte, jetzt, wo ich doch auch mehr als eine Freundin hatte?

»Viel Glück bei der Aufführung!«

Savannah warf mir ein breites Grinsen zu.

»Dir auch, Phee!«

Dann schoss sie wie der Blitz davon, und mir wurde klar, dass bald schon der Vorhang aufgehen würde.

»Leute!«, kam schließlich wie aus dem Nichts der Fanfarenstoß. »Nur noch zehn Minuten. Das bedeutet, dass ihr in fünf Minuten eure Positionen eingenommen haben müsst. Vergesst nicht, wir ziehen diesen letzten Probelauf so durch, als wäre es eine richtige Vorstellung mit Publikum. Wir spielen das Stück komplett durch, ohne Unterbrechung. Mir ist egal, ob ihr euren Text vergesst, euren Auftritt verpasst oder mit einem Teil der Kulisse kollidiert. Macht. Einfach. Weiter.«

Ich erhaschte einen kurzen Blick auf Mr Romeo, der in all seiner Pracht in der Nähe der ersten Reihe stand. Als ich so zu ihm hinsah, bemerkte ich, wie Harper zu ihm rüberhuschte und ihm was zuflüsterte. Mit einem Schlag verfinsterten Gewitterwolken sein perfekt rasiertes Gesicht.

»Leute! Hat einer von euch Tucker Wells gesehen? Tucker Wells?«

Oh nein. NEIN. Hatte das OmZ, dieser liebe, unglaublich gut aussehende Kerl, mein absoluter Traumtyp, es etwa versäumt, zur Generalprobe zu erscheinen? Dieses unerwartete Ereignis verdrängte mit einem Mal sämtliche Gedanken an das Flaschendrehen aus meinem Gedächtnis.

Ich hatte das Gefühl, keine Luft mehr zu bekommen, und sah mich furchtsam um. Mr Romeo fragte erneut, ob irgendjemand Tucker gesehen hätte. Ich wusste, dass dem nicht so war. Ich sah Tucker nie, ohne dass sich das unauslöschlich in mein Gehirn eingebrannt hätte, inklusive jedes noch so kleinen Details.

»Ihr hättet das doch mitbekommen, wenn er hier wäre, oder?«

In meiner Panik hatte ich gar nicht geschnallt, dass Harper zu mir rübergerannt war. Ich sah sie panisch an.

»Was wird nur aus ihm? Was wird aus dem Stück? Louie die Lippe hat doch Text zu sprechen und alles!«

Harper schüttelte den Kopf.

»Ich hab keinen Schimmer. Wir werden improvisieren müssen. Das ist echt blöd!«

»Aber das hätte er niemals absichtlich getan, Harp. Du kennst ihn doch. Er vergisst dauernd irgendwas. Er würde niemals so was wie das hier sausen lassen.«

»Ich weiß«, meinte Harper. Sie wirkte besorgt. »Aber die unangenehme Wahrheit ist, dass …«

Da hörte ich eine Tür schlagen, und etwas kam wie ein Meteor in den Raum geschossen. Ein Meteor mit strubbeligem Haar, der laut »'tschuldigung« rief.

Ich klammerte mich mit beiden Händen an Harper fest.

»Da ist er. Er ist hier!«

Ich klammerte mich an sie, während ich zusah, wie Mr Romeo auf Tucker zuschlenderte, der völlig außer Atem von seinem Sprint war. Ich hatte keinen Plan, was Mr Romeo zu ihm sagte, aber er funkelte ihn derart intensiv an, dass sich eine tiefe Furche auf seiner Stirn bildete. Tucker nickte und wirkte total unterwürfig und zerknirscht. Dann deutete Mr Romeo auf den Backstagebereich, in Richtung des Kostümraums, und Tucker spurtete wieder los. Ihm blieben noch etwa drei

Minuten, um sich in Louie die Lippe zu verwandeln. Ich hätte vor Erleichterung heulen können.

Ich war schon fertig kostümiert und geschminkt und bereit für den Auftritt. Stocksteif stand ich da. Eine Milliarde Gedanken schossen mir durch den Kopf.

»Pheebs, nur noch drei Minuten, dann müssen wir auf Position. Du solltest längst auf der Bühne sein. Alles in Ordnung mit dir?«

Vor meinen Augen schienen mehrere Harpers mit mehreren Klemmbrettern in der Hand ineinander zu verschwimmen. Langsam drängten die Leute in das Auditorium – Mr Romeos Minipublikum. Ich klammerte mich weiter an Harpers Arm fest.

»Ist dir schlecht?«, flüsterte sie, die braunen Augen vor Schreck weit aufgerissen.

Ich schüttelte den Kopf. Mir war nicht schlecht, nicht so, wie Harper dachte. Was die Generalprobe betraf, war ich eigentlich relativ entspannt. Doch jetzt, nach Tuckers Ankunft, kehrte das Gespenst des Flaschendrehens zurück und ließ mich schier durchdrehen. All meine Planungen waren umsonst gewesen, und jetzt sollte ich also akzeptieren, dass ich *heute Abend* beim Flaschendrehen würde mitmachen müssen. Und zwar in wenigen Stunden. Ohne Üben. Ohne Lippenbalsamkur. Oh Gott, hatte ich heute Morgen überhaupt Zahnseide benutzt? Ich hatte nicht die geringste Möglichkeit, meinen Atem aufzufrischen, und hatte es auch schon länger nicht mehr getan. Konnte ich es riskieren, jemanden mit schlechtem Atem zu küssen? Das konnte ganz schrecklich in die Hose gehen! Es war eine Tragödie. Eine Katastrophe in der Geschichte der oralen Mundhygiene.

»Sie haben das Flaschendrehen auf heute Abend verschoben!«, flüsterte ich.

Harper klappte die Kinnlade runter.

»Aber du …«

Ich nickte.

»Ach, Pheebs, ich hab dir versprochen, dass ich dich begleiten würde als moralische Unterstützung. Aber heute Abend kann ich nicht! Gleich nach der Probe findet in der Stadt so ein Physikertreffen statt, und ich hab meinem Dad versprochen, dass ich mitkomme, weil er einen Vortrag über die String-Theorie halten will. Das haben wir schon seit Ewigkeiten ausgemacht …«

Ich drückte ihren Arm.

»Weißt du was? Ist schon in Ordnung, Harp. Das blonde … Savannah geht auch hin. Und … ich glaub, ich schaff das schon alleine. Im Ernst. Ich komm klar, alles wird gut.«

Ich werde mich nicht unmittelbar in Lebensgefahr begeben, und ich werde auch keinem anderen schaden.

Harper wirkte ernsthaft geknickt, so als würde sie jeden Moment losheulen.

»Auf eure Plätze!«, trällerte Mr Romeo da. »Leute, es ist Zeit, dass ihr eure Position einnehmt!«

Harper wühlte in ihrer Tasche und drückte mir etwas in die Hand, dann sprintete sie los in Richtung Regietisch und zu dem Platz für die Beleuchter. Ich guckte nach, was sie mir gegeben hatte.

Eine Rolle Pfefferminzbonbons.

Harper hatte mir ihr Allheilmittel vermacht, ihr Lebenselixier.

»Ich ruf dich an!«, rief ich ihr nach.

Sie drehte sich kurz um und reckte im Laufen ihren Daumen hoch. Ich konterte mit dem universellen Zeichen fürs Telefonieren, den Daumen am Ohr und den kleinen Finger am Mund, und nickte eifrig. Dann huschte ich die Treppe hoch und verschwand hinter dem Vorhang. Als ich die Position eingenommen hatte, an der ich stehen sollte, sobald die Lichter angingen, flüsterte Savannah mir etwas zu und drückte sanft meinen Arm runter, der mit den Bonbons als Hörer immer noch in Telefonierhaltung erstarrt gewesen war.

14

Flaschendrehen

Meine Erinnerungen an die Generalprobe waren ziemlich verschwommen. Ich war mir eigentlich sicher, dass ich mir keine Patzer erlaubt hatte. Ich wusste aber, dass während Nicely Nicelys Song in unserer großen Szene vor der Mission, wo Sergeant Sarah ein Gebetstreffen mit einem Dutzend bekennender Sünder abhält, irgendwas schiefgegangen war. Es war Kelvin Blacks großer Soloeinsatz, und der Missionarschor sollte immer wieder mal eine kleine Hintergrundmelodie anstimmen. Als Kelvin dann sang »eine gewaltige Welle spülte mich von Bord«, sollte der gesamte Chor eigentlich von den Kirchenbänken aufstehen und »zu Hilfe« schreien. Nur dass Dana eine ganze Strophe zu früh loslegte, während Kelvin immer noch irgendwas davon sang, dass er seinen Würfel mitbringen würde. Sie stand auf, hob eine Hand und schrie »zu Hüüüü«, und setzte sich abrupt wieder hin, weil sie sich das »…fe« offensichtlich für später aufheben wollte. Und so klang es fast, als würde sie brüllen, Nicely Nicely werde zur Hölle fahren. Delilah vergeigte ihren Text auch ein paarmal. So als wüsste sie plötzlich nicht mehr, was sie zu sagen hatte. Außerdem waren noch drei von den Typen in Anzügen, darunter auch Louie die Lippe, beim abschließenden Würfelspiel ein bisschen zu schnell zu weit nach hinten geraten, sodass sie gegen die Kulisse prallten, die sich prompt aus der Verankerung löste und ihnen auf die Köpfe fiel. Romalla Lee Um wählte genau den falschen Moment, um auf die Toilette zu verschwinden, und verpasste so prompt eine komplette Szene, in der sie eigentlich zwei Zeilen Text gehabt hätte. Oh, und eins der Heißen Häschen fiel während einer Tanzeinlage von der Bühne.

Abgesehen davon lief dann aber eigentlich alles recht gut. Als Mr Romeo uns nach der Probe alle zusammenkommen ließ, um noch ein paar Anmerkungen zu machen, schien er einigermaßen zufrieden.

»Denkt daran, Leute, auf eine holprige Generalprobe folgt meist ein fehlerfreier Premierenabend«, meinte er. »So läuft das eigentlich immer. Die Schauspieler, die Harry Messer, Louie die Lippe und Seeräuber Angie spielen, sollten ihre Einsätze bitte noch mal durchspielen, damit es morgen nicht wieder zu einem Einsturz der Kulisse kommt. Romalla, bitte gib in Zukunft der Bühnenassistentin Bescheid, ehe du dem Ruf der Natur folgst, damit man dir bestätigen kann, dass auch genügend Zeit bleibt. Fedora, hast du dich verletzt?«

Fedora war das Hot Box Girl, das über den Bühnenrand gestolpert war.

Sie schüttelte den Kopf. Ihre Locken schienen dennoch ein wenig in Unordnung geraten.

»Auch du solltest auf deine Position achten, Fedora. Vielleicht sollten alle Hot Box Girls sich noch mal genau überlegen, wo sie zu stehen haben. Wir wollen doch am Premierenabend nicht alle auf Mamas und Papas Schoß plumpsen, nicht wahr.«

Bestimmt nicht.

»Delilah? Hattest du da ein kleines Problem mit ein paar Textzeilen?« Selbst Mr Romeos Fragen klangen absolut akkurat, so als wären die Worte gebügelt und auf Kante gelegt worden, ehe sie aus seinem Mund kamen.

Delilah saß auf dem Bühnenrand und hatte die Arme trotzig vor der Brust verschränkt, wie ein Kindergartenkind.

»Da war irgendein Lärm hinter der Bühne, der mich abgelenkt hat. Das hat meine Konzentration gestört.«

Sie sah sich mit einem Anflug von Verachtung im Gesicht unter den Mitgliedern des Ensembles um, so als würde sie sie allesamt herausfordern, sich mit ihr anzulegen.

»Der Missionarschor redet mir ein bisschen zu viel, bevor er auf die Bühne kommt. Die Stimmen hört man auf der Bühne, wisst ihr«, beendete Delilah ihren Monolog.

Wow. Keiner hatte es gewagt, jemand anderem die Schuld dafür zu geben, dass er seinen Einsatz vermasselt hatte. Selbst die arme Fedora Kravitz, die einen Meter in die Tiefe auf den Boden vor das Publikum gestürzt war und sich gerettet hatte, indem sie sich mit den Armen abgefangen hatte, hatte niemand anderen für den Unfall verantwortlich gemacht außer sich selbst. Unsere weibliche Hauptrolle, Madame Delilah, war definitiv kein Teamplayer.

Aber das hatte ich ja im Grunde längst gewusst.

Als Mr Romeo mit seinen Anmerkungen fertig war, gratulierte er uns allen und räumte seine Notizen fein säuberlich in eine Aktentasche aus glänzendem Leder. Möglicherweise hat er gespürt, dass mein Blick auf ihm ruhte, vielleicht war es aber auch ein Zufall, jedenfalls sah er unvermittelt zu mir auf und machte dann eine leichte Seitwärtsbewegung mit dem Kopf. Das bedeutete bei Mr Romeo »Komm doch bitte kurz her – ich würd gern mit dir reden«.

Mein Magen verkrampfte sich, als ich aufstand und zu ihm ging. Was war nur los? Ich war mir sicher, dass ich während der Aufführung keine Fehler gemacht hatte. Hatte es mir an Energie gefehlt?

»Hi«, sagte ich.

Mr Romeo wartete, bis er seinen Mantel übergezogen hatte, so, als bedürfte es all seiner Aufmerksamkeit zu sprechen. Dann sah er mich eindringlich an – etwas, typisch Mr Romeo –, spähte aufmerksam über seine Brillengläser hinweg und bedachte mich mit einem Blick, der unmöglich zu deuten war.

»Du warst gut heute Abend, Phoebe«, sagte er.

Fast wäre mir die Kinnlade heruntergeklappt, aber ich widerstand dem Impuls gerade noch rechtzeitig.

»Oh! Ich meine, danke!«

Mr Romeo nickte.

»Nur fürs Protokoll, ich war absolut überzeugt, dass du die Rolle von Lieutenant Agatha hättest übernehmen können, wenn es nötig gewesen wäre. Savannah war ganz gut, aber du hättest das auch hingekriegt. Ich freue mich schon darauf, bei der nächsten Produktion mit dir zusammenzuarbeiten. Ich habe so ein Gefühl, dass man von dir noch Großes sehen wird.«

Dann schickte er wieder ein Nicken hinterher und rauschte mit großer Geste davon, wie ein Diplomat auf dem Weg zu den Vereinten Nationen.

Ich hätte vor Freude am liebsten losgeschrien. Selbst in meiner unbedeutenden Rolle im Chor war Mr Romeo mein Talent nicht entgangen! Und er sagte mir großartige Dinge voraus! Ich war so dermaßen aus dem Häuschen wegen dieses tollen Kompliments, dass ich fast vergessen hätte, was mir noch bevorstand, bis ich sah, wie Dana und Romalla sich flüsternd unterhielten und hysterisch kicherten vor lauter Nervosität.

Es war so weit.

Ich riss die Rolle Pfefferminzbonbons auf und stopfte mir gleich zwei in den Mund. Fedora Kravitz bürstete sich soeben das Haar, während sie gleichzeitig funkensprühende Blicke in Ben Pfeiffers Richtung warf. Annabelle fuchtelte mit der Hand in der Luft herum und zischelte: »Hey, Leute! Kommt schon. Kommt endlich!« Mia hatte sich gegen die Wand der vorderen Bühne gelehnt und sah vollkommen entspannt und einfach umwerfend aus. Ben und Tyler taten so, als würden sie gegenseitig ihre Frisuren überprüfen, dann schnüffelte Tyler an seinen Achseln. Igitt.

»Ich kann echt nicht fassen, dass wir da mitmachen«, hörte ich Savannahs Stimme. Sie hatte eine Art, sich an mich ranzuschleichen, die mir echt ein Rätsel war. Vorsichtig sog ich die Luft durch die Nase ein und schnupperte, dann sah ich sie an.

»Du riechst gut. Du riechst echt voll gut!«

Savannah strahlte und kramte in ihrer Tasche. Dann zog sie ein kleines Fläschchen in Bordeauxrot mit goldener Verschlusskappe heraus.

»Das ist *Lauren*. Ich hab am Wochenende von meiner Mutter ein Pröbchen bekommen. Willst du auch?«

Und ob. Abwartend stand ich da wie ein Pferd, wenn es gestriegelt wird, während Savannah mich mit dem himmlischen Duft einsprühte. Weil ich vor Dankbarkeit ganz schwach wurde, bot ich ihr ein Pfefferminzbonbon an.

»Ach, SUPER!«, rief sie.

»Ich hab gleich zwei genommen«, erklärte ich, also nahm auch Savannah sich noch ein Zweites.

»Also gut, Mädels, Jungs, seid ihr bereit?«, brüllte Bud Gelcho.

Delilah, die direkt neben ihm stand, begann wütend im Flüsterton auf ihn einzuschimpfen, doch Bud marschierte einfach davon in Richtung Requisitenraum. Allesamt folgten wir ihm. Die Mischung aus Gekicher, Geflüster und dem gelegentlichen Gequieke klang fast wie das Hintergrundgeräusch zu einer Vormittagssendung für Kinder.

»Los geht's«, sagte ich zu Savannah. Kurz umklammerte sie mich mit ihrem Streifenhörnchengriff, dann zogen wir beide duftend wie Rosen los in Richtung Treppe.

Der Requisitenraum war einer der Räume, der wie die Garderobe und der Kostümfundus unterhalb des Bühnenbereichs eingerichtet worden waren. Die Tür stand halb offen, und ich hörte Lachen und lautes Gerede von drinnen. Kelvin Black und Scooter Nemo traten direkt vor uns ein.

Savannah und ich sahen uns an.

»Bereit?«, fragte sie.

Nein. Nein. Nein.

»Oder sollen wir noch eine Minute warten? Um uns vorzubereiten?«

»Gut, eine Minute«, willigte ich dankbar ein.

»Hey, Phoebe, hallo, Savannah. Schätze, das heißt dann wohl, dass ich ausnahmsweise mal nicht zu spät dran bin.«

Tucker war auf einmal direkt hinter uns.

»Was war denn mit dir los?«, entfuhr es mir, und ich vergaß ausnahmsweise mal völlig, auf der Hut zu sein und mir jede einzelne seiner Bewegungen genau einzuprägen. »Ich dachte schon, du würdest die Generalprobe verpassen. Und dann war ich überzeugt, Mr Romeo würde dich rauswerfen!«

Tucker warf mir ein schiefes Grinsen zu.

»Ist echt verrückt. Ich hab heut nach der Schule diese alte Timex-Uhr angelegt, weil ich sie verloren hatte, und dann fand ich sie auf einmal ganz hinten in meiner

Sockenschublade. Voll die coole Uhr. Aber ich hatte sie seit dem Frühjahr nicht mehr getragen, und …« Tucker fing an zu kichern. »Die Batterie war wohl fast leer. Ich war beinahe eine Stunde zu spät dran.«

»Das ist ja das Verrückteste, was ich seit Langem gehört habe«, verkündete ich. »Tucker, kauf dir eine neue Uhr und bleib dann bei der. Am besten eine, die genau geht. Irgendein schweizerisches Fabrikat.«

»Ja, oder?«, meinte er immer noch grinsend. Meine Knie gaben ganz leicht nach.

»Er hat dich also nicht rausgeworfen?«, erkundigte sich Savannah.

»Tja, irgendwie schon«, erwiderte Tucker. »Im Grunde ist es ja auch mehr als fair, wenn man es sich genau überlegt. Er hätte mich gleich ganz rauswerfen können aus der Theater-AG. Immerhin bin ich bei der Generalprobe knapp drei Minuten, bevor der Vorhang hochging, aufgekreuzt. Das ist echt uncool. Jedenfalls darf ich im Frühjahr noch am Bühnenbild mitarbeiten, und ich kann die Extrazeit gut brauchen für meine Hausaufgaben. Also im Ernst. Ist schon okay.«

Ich holte tief Luft.

»Und, was sollen wir davon halten?«, fragte Tucker, während er den Kopf in Richtung Requisitenraum neigte. Er redete mit uns beiden, sah aber mich dabei an.

Schluck.

»Was hältst *du* denn von der Sache?«, fragte ich, um Zeit zu gewinnen. War das jetzt *die Frage?* Hatte das was zu bedeuten, oder lag es bloß wieder mal an meiner regen Fantasie?

»Normalerweise spiele ich das ja gern«, meinte Tucker. »Aber ich war noch nie … ich meine, dieses Jahr ist es etwas komplizierter, weil ich nämlich irgendwie …«

Er warf einen gequälten Blick in Savannahs Richtung und senkte dann die Stimme.

»Weil ich irgendwie … auf jemanden stehe dieses Jahr, wisst ihr?«

Und auch wenn er nichts weiter sagte, war mir in dem Moment alles klar. Allein wie er mich ansah und die rote Färbung, die sein Gesicht angenommen hatte. Das OmZ meinte mich. Er *mochte* mich.

Plötzlich drang ein Schrei aus dem Requisitenraum, das unverkennbare Oberkommandantengebrüll von Sergeant Delilah Fortescue.

»Letzter Aufruf. Diese Tür schließt in DREISSIG SEKUNDEN, danach kommt keiner mehr rein oder raus. LETZTER AUFRUF!«

Savannah drückte meinen Arm. Sie sah irgendwie grün im Gesicht aus.

»Du kommst doch mit mir da rein, oder?«, fragte sie flüsternd.

Tucker und ich wechselten einen Blick.

»Ich hab's ihr versprochen«, erklärte ich. »Dass wir zusammen da hingehen. Damit sie nicht allein reinmuss.«

Tucker nickte. Der Kerl war echt so was von verständnisvoll. Er hatte *verstanden*.

»Wir gehen alle gemeinsam rein«, meinte er.

Und das taten wir. Tucker als Erstes, dann ich und als Schlusslicht Savannah, die leise vor sich hinquiekte.

Der Requisitenraum war in etwa so groß wie ein kleines Klassenzimmer, und jede Wand war vom Boden bis zur Decke mit Regalen vollgestopft, auf denen sich Requisiten aus vergangenen Produktionen angesammelt hatten – alles von Kunstblumen über Plastiktruthähne bis hin zu einer kompletten Rüstung. Alle, die schon da waren, hatten sich bereits in eine Art ungleichförmigen Kreis gesetzt.

Meine Handflächen fühlten sich schwitzig an, daher presste ich sie gegen meinen Rock (warum nur hatte ich mein Kostüm nicht ausgezogen?), während ich mich umsah, wer denn schon da war. Kelvin Black, der gerade eine triumphale Performance hingelegt hatte, war der Erste, den ich erblickte. Sein Gesicht wirkte leicht gerötet, er hatte sich umgezogen und sah in seinem Abercrombie-Shirt und der Jeans ein klein wenig bullig aus. Neben ihm saß Andrew, das einzige andere Mitglied des Missionarschors abgesehen von Savannah und mir. Er wirkte ein bisschen ungeduldig und abwesend – als Achtklässler hatte er bestimmt schon mal mitgespielt, deshalb ging ihm das für seinen Geschmack vermutlich alles einfach ein bisschen zu langsam. Fedora Kravitz saß neben Andrew, und zu ihrer anderen Seite sah ich Ben Pfeiffer. Dann kam Annabelle Peterson, die nicht aufhören konnte zu kichern und sich ständig ihre rotblonden Haare um den Finger wickelte. Neben ihr war Chris Seligman, der sich wie immer von oben bis unten in schwarze Klamotten gehüllt hatte und sich mit der neben ihm sitzenden Mia Kezdekian unterhielt. Mia trug immer noch ihr Adelaide-Kostüm, und der Effekt war einfach … großartig. Bud saß neben Mia und rief über mehrere Köpfe hinweg etwas in Bens Richtung. Wie vorherzusehen saß Delilah auf Buds anderer Seite, und ich fragte mich, ob sie vorhatte, sich als sein Bodyguard aufzuspielen. Denn ich konnte mir echt nicht vorstellen, was Delilah tun würde, wenn Bud an der Reihe war mit Flaschendrehen. Wenn ich sie mir so ansah, zog sie tatsächlich ein ziemlich grimmiges Gesicht. Neben Delilah saß Scooter Nemo, der ein weißes T-Shirt mit einem Loch direkt an der Schulter und ein riesiges Basecap trug, auf dem »Trinkt Milch!« stand. Delilah machte den Eindruck, als wollte sie unauffällig von Scooter wegrücken, aber mir war nicht ganz klar, was für einen Unterschied das gemacht hätte. Sie saßen so oder so zusammen in ein und demselben Kreis. Wenn die Flasche stehen blieb, dann blieb sie stehen.

»Super, noch zwei Mädels«, meinte Annabelle. »Wir brauchen noch eine, die sich zwischen Kelvin und Andrew setzt, und eine zwischen Scooter und Kelvin.«

Savannah und ich tauschten einen Blick, dann ging sie los und setzte sich neben Andrew. Ich nahm den Platz auf Kelvins anderer Seite.

»Der Kreis sieht irgendwie zu klein aus«, fuhr Annabelle fort. »Oh, jetzt haben wir ja noch Tucker. Und da ist Dana.«

Dana war soeben hinter uns reingekommen, und sie hatte sich eindeutig einer Rundumverschönerung unterzogen. Frisch frisiert und Make-up, dass man hätte meinen können, es ginge um ihr Leben.

»Wie wäre es, wenn Dana und ich uns gleich hier hinsetzen«, schlug Tucker vor und führte Dana an den Platz, den er gemeint hatte.

Dann war es also Dana, nicht ich, die neben Tucker sitzen durfte. War das schlimm? War es gut? War es weniger wahrscheinlich, dass seine Flasche so knapp neben ihm zum Stehen kam? Tucker saß mir im Kreis gegenüber, nicht direkt, sondern ein wenig versetzt. Ob das hilfreich war? Delilah hatte dafür gesorgt, dass sie neben Bud saß – ob es wohl das Beste war, direkt neben der Person zu sitzen, auf die man stand? Hatte ich es jetzt schon versemmelt? Mann, hör endlich auf, dir so viele Gedanken zu machen!

Delilah stand auf und hob ihre Hand, so wie Mr Romeo das immer tat, nur dass bei ihr keiner aufhörte zu reden. Mir fiel auf, dass sie ein kleines Pflaster mitten auf der Nase kleben hatte. War es bei der Probe auch schon da gewesen?

»Leute, macht euch locker!«, brüllte Ben Pfeiffer, und allmählich legte sich der Lärm.

»Okay. Ich möchte euch alle willkommen heißen«, sagte Delilah, »und ganz besonders unsere kleinen Neulinge, zu unserem alljährlichen Flaschendrehen, auch wenn heute nicht der Premierenabend ist. Aber die Flasche muss sich weiterdrehen, alles klar?«

Sie kicherte ein wenig, und ihre Augen traten viel zu weit aus ihrem Kopf hervor, als dass sie dabei noch süß ausgesehen hätte.

»Nun, es gibt ein paar grundsätzliche Regeln, die ich erst mal mit euch durchgehen möchte.«

»Wer bist du eigentlich, der selbsternannte Schiedsrichter, oder wie?«, fragte Mia, die ihre langen Beine ausstreckte und mit einer fließenden, anmutigen Kopfbewegung ihr Haar auf den Rücken beförderte.

»Tja, Mia«, meinte Delilah und sprach Mias Namen dabei ausgesprochen langsam aus, hauchte ihn fast, als würde sie sich mit einem ziemlich kleinen, ziemlich zurückgebliebenen Kind unterhalten. »Ich bin, wie du vielleicht weißt, die Vorsitzende der Theater-AG, daher kommt es, dass …«

»Aber das hier ist, wie wir von unserem Gespräch mit Mr Romeo alle wissen, *kein* offizielles Treffen der Theater-AG. Also besteht keinerlei Grund, weshalb du dich hinstellen und uns herumkommandieren solltest. Wie unser furchtloser Anführer schon sagte, das liegt nicht in deinem Verantwortungsbereich.«

Delilah hob die Hand flatternd an die Brust und blickte zu Bud, der Mia ins Gesicht grinste. Das schien sie ziemlich wütend zu machen.

»Verdirb bitte nicht allen die Laune, Mia!« Dieses Mal spie sie Mias Namen richtig angewidert aus. »Es gibt ein paar Regeln, und das war's. Du hältst uns nur vom Spielen ab!«

Sie sah sich nickend im Kreis um und wartete, dass andere ihr beipflichteten. Doch keiner sagte einen Ton. Annabelle entwich ein weiteres Kichern, doch sie unterdrückte es rasch. Savannah und ich tauschten einen verblüfften Blick aus. Wir hatten nicht erwartet, dass das alles so mühsam in Gang käme. Dann fing Fedora an zu prusten, und sofort breitete sich das Kichern aus wie eine ansteckende Krankheit. Bald schon lachten fast alle Mädchen außer Mia und Delilah, und sogar Savannah und ich grinsten jetzt.

»Du willst also allen einreden, dass du hier die Verantwortung trägst, weil nämlich das Einzige, was du in Wirklichkeit willst, ist, dafür zu sorgen, dass keine andere deinen Freund küsst. Deshalb hast du ja auch von ihm verlangt, dass er nicht mitspielt. Und trotzdem ist er jetzt hier«, meinte Mia. »Aber egal, warum sollte er denn nicht mitspielen dürfen, wo du es doch auch tust? So was nennt man dann wohl Doppelmoral, wie, Delilah?« Damit schenkte sie Delilah ein breites und auffallend unfreundliches Lächeln.

Delilah hieb mit der Faust auf den Boden.

»Mach nur weiter so, dann fliegst du hier raus!«, brüllte sie.

Mia lächelte einfach nur.

»Delilah, du hast nicht das Recht, irgendjemanden rauszuwerfen, und keiner hat hier das Sagen«, mischte Tucker sich nun ein. »Wir haben diese Diskussion bereits im vergangenen Jahr geführt, und das Jahr davor auch.«

Mein Herz schlug so fest, dass es mir fast aus der Brust gesprungen wäre, es pochte bis hoch zum Hals und das Blut wummerte in meinen Ohren.

»Los, lasst uns einfach spielen«, fuhr Tucker fort. »Dieselben Regeln wie immer. Wer an der Reihe ist, dreht die Flasche im Uhrzeigersinn. Und auf wen auch immer sie dann zeigt, den küsst man. Wenn die Flasche zwischen zwei Personen landet, dann dreht man noch mal. Wenn ein Mädchen dreht und der Flaschenhals zeigt auf ein Mädchen, oder bei einem Jungen auf einen Jungen, dann darf derjenige noch mal.«

Alle sahen jetzt zu Tucker, mich eingeschlossen. Er war so unglaublich gut aussehend. Sein Gesicht war dermaßen nett, und seine Augen so ehrlich, und diese bezaubernde Strähne, die ihm über eine Augenbraue hing, hätte eigentlich ins Jungsmuseum gehört. Die Flasche in der Mitte unseres Kreises würde womöglich mein persönliches Glücksrad sein. Es könnte mir die Tür öffnen in eine wunderbare Zukunft. War es möglich, dass wir, wenn einer von uns jemand anderen küssen musste, etwas ruinierten, was bislang perfekt war?

Die Flasche lag jedenfalls bereit in der Mitte des Raums. Es handelte sich um eine 750-Milliliter-Plastikflasche mit einem roten Label, auf dem »RC Cola« stand. Ich hatte noch nie von dieser Marke gehört und fragte mich, ob diese Flasche wohl Tradition hatte, ob sie Jahr für Jahr aus einem Regal des Requisitenraums geholt wurde. Während ich auf das Ding starrte, wie es so reglos und unschuldig in der Mitte unseres Kreises lag, da wurde mir allmählich übel. Die Flasche war so … präsent. So … real.

»Die Vorsitzende des Klubs darf als Erste, das ist Tradition«, verkündete Delilah. »Dann machen wir im

Uhrzeigersinn weiter mit Scooter und so weiter, bis wir am Ende angekommen sind.«

»Du willst doch bloß sichergehen, dass Bud als Letzter drankommt«, meinte Mia lachend. »Du kannst das Unvermeidliche nicht hinauszögern, Lady D.«

»Keiner redet mehr«, befahl Delilah, was total lächerlich und unpraktikabel war. Doch sie streckte die Hand nun nach der Flasche aus, und klar verstummten mit einem Mal alle, als sie sich nun auf die Knie niederließ, tief Luft holte und die Flasche dann energisch drehte.

Es war unmöglich, mitzuverfolgen, an wem die Flasche gerade vorbeizischte, während sie sich drehte. Mein Gehirn registrierte Ben, das OmZ (ächz), Bud und Scooter, der direkt neben mir saß. Die Flasche aber hatte ganz schön Schwung abgekriegt, und sie drehte sich einmal komplett im Kreis, wobei sie jeden Einzelnen passierte, vielleicht sogar ganze drei Mal, ehe sie allmählich langsamer wurde. Keiner im Raum schien noch zu atmen. Ich tat es jedenfalls nicht. Mein Blick haftete an der Flasche, während sie holpernd noch einen weiteren Achtelkreis beschrieb und dann anhielt.

Sie zeigte auf Fedora. Alle fingen an zu lachen und redeten sofort wild durcheinander.

»Delilah und Fedora haben sich lieb …«, rief Ben.

»Ich darf noch mal, seid alle still!«, rief Delilah. Sie wirkte wütend und erleichtert zugleich. Ich sah mir die

Leute neben Fedora an und stellte die Theorie auf, dass Delilah recht nah dran gewesen war, Ben oder Andrew zu küssen. Ich hatte so den Verdacht, dass keiner von den beiden auf ihrer persönlichen Favoritenliste ganz oben stand. Wer wohl daraufstand? Chris Seligman vielleicht. Ganz sicher das OmZ – nicht einmal Delilah konnte so blind sein, dass ihr entging, wie großartig er war. Sie könnte ihn wunderbar dazu benutzen, um Bud eifersüchtig zu machen!

Ehe mir klar war, was da geschah, hatte die Flasche sich erneut in Bewegung gesetzt. Immer wieder drehte sie sich im Kreis, und dieses Mal dauerte es noch länger, bis sie stehen blieb. Als es so weit war, zeigte der Hals der Flasche direkt auf Bud Gelcho. Delilah stieß ein triumphierendes Quieken aus, dann klatschte sie in die Hände.

»Spitz schon mal die Lippen, Bud – da kommt dein Klotz am Bein!«, jubelte Scooter Nemo. Delilah warf ihm einen hasserfüllten Blick zu, dann wandte sie sich Bud zu, der sich alle Mühe gab, möglichst gelangweilt und amüsiert zu tun. Sie nahm sein Kinn in die Hand, drehte sein Gesicht zu sich hin und gab ihm einen Kuss mitten auf die Lippen. Sie versuchte sein Kinn festzuhalten, um den Kuss hinauszuzögern, doch in der Sekunde, da ihre Lippen sich berührten, drehte Bud sein Gesicht weg. Dafür, dass sie angeblich das goldene Paar der Theater-AG waren, verhieß dieser Kuss für die Zukunft nicht allzu viel Gutes. Delilah gab natürlich alles, den Schein zu wahren, und tat so, als wäre alles in bester Ordnung. Sie legte ihren Arm um Buds Hüfte und rang sich ein Mann-bin-ich-glücklich-Lächeln ab, das trotz ihrer unzweifelhaften Schauspielqualitäten nicht sonderlich überzeugend geriet.

Scooter war bereits aufgesprungen und griff nach der Flasche. Er brachte sie energisch ins Trudeln. Als die Flasche schließlich stoppte, wies sie auf Fedora Kravitz. Sofort riefen alle im Chor »Ooooooooooh«, mit Ausnahme von Ben Pfeiffer, der ein bisschen angefressen wirkte.

Scooter glättete theatralisch sein Haar, steckte sein Hemd in die Hose und schürzte zum Aufwärmen ein paarmal die Lippen. Als er dann auch noch ein paar Kniebeugen machte, lachten alle vollkommen hysterisch, inklusive Fedora. Als Letztes ließ Scooter noch seine Knöchel knacken, dann kniete er sich vor Fedora, beugte sich zu ihr und küsste sie.

Ich hatte es nicht komisch gefunden, Bud und Delilah beim Küssen zuzusehen, weil sie sich als Paar ja quasi offiziell küssen durften. Aber es war irgendwie seltsam, jetzt hier zu sitzen und Scooter und Fedora dabei zu beobachten, wie sich ihre Lippen berührten.

Für zwei Leute, die ich noch nie irgendwas hatte zusammen machen sehen, war es doch ein recht enthusiastischer Kuss. Es war keiner von diesen übertriebenen Küssen, wie man sie im Kino manchmal sieht. Wenn der Kerl den Eindruck macht, als hätte er irgendwas Wichtiges im Mund des Mädchens verloren, und deswegen würde er jetzt darin rumwühlen, bis er es gefunden hatte. Es war einer von der viel schlichteren Sorte, aber da war eine Spannung zwischen ihnen, dass es wirklich bemerkenswert war.

Als der Kuss vorbei war, stand Scooter auf, und sein Gesicht und auch das von Fedora war knallrot. Außerdem grinsten sie beide von einem Ohr zum anderen. Und Ben schaute jetzt so richtig finster drein. Es ist schwer zu erklären, was das für Gefühle in mir auslöste. Ich kann nur sagen, dass es völlig unerwartet kam. Abgesehen davon, dass ich hin und wieder mit mir selbst im Badezimmerspiegel geflirtet hatte, beschränkte sich meine Praxiserfahrung im Küssen auf Früchte, und dabei hatte sich auch noch rausgestellt, dass die Chemie zwischen mir und irgendeinem Mitglied der Familie der Zitrusfrüchte nicht gerade die beste war. Beim Kuss zwischen Scooter und Fedora hingegen hatte eine Art Kommunikation zwischen Körpern und Seelen stattgefunden. Mehr denn je wollte ich Tucker küssen und denselben Funkenregen mit ihm erleben. Mehr denn je wollte ich auf gar keinen Fall einen anderen küssen als ihn.

Jetzt, da Scooter sich wieder gesetzt hatte, waren aller Augen auf mich gerichtet. Dann konnte es rein theoretisch also losgehen. Theoretisch aber auch nicht. Ich hatte dermaßen viel Zeit damit verbracht, mich darauf zu konzentrieren, wie perfekt es wäre, das OmZ zu küssen. Aber ich hatte nicht einmal im Ansatz darüber nachgedacht, was wäre, wenn ich jemand ANDEREN als das OmZ küssen müsste. Jetzt, da ich quasi Zeuge geworden war, wie es zu sein hatte, wollte ich das erst recht nicht mehr. Und nachdem ich herausgefunden hatte, dass Tucker mich wirklich mochte.

»Wir haben nicht den ganzen Tag Zeit«, drängte Delilah. »Jetzt mach schon.«

Ich saß da wie gelähmt. Deshalb sah ich zu Tucker rüber. Er schaute mir direkt ins Gesicht. Wieder wurde mir ganz flau im Magen.

»Los jetzt, Neuling! DREH ENDLICH!«, blaffte Delilah.

Ich war wie erstarrt. Guckte Tucker an. Tucker guckte mich an.

»Gut. Dann dreh ich eben für dich«, meinte Delilah. Und schon stürzte sie nach vorn und versetzte der Flasche einen geschickten Schubs.

»Warte!«, rief ich, doch die Flasche hatte bereits mit den schicksalhaften Drehungen begonnen. Im Geiste hörte ich plötzlich wie bei einer Quizshow das Publikum brüllen: »Glücksrad!« Mein Gehirn fühlte sich an, als würde es sich ebenso schnell drehen wie die Flasche. Ich schüttelte den Kopf. Das war nicht meine Wahl. Ich wusste nicht, was ich wollte.

Die Flasche passierte Fedora.

Ben.

Dann Annabelle.

Quälend langsam bewegte sie sich weiter auf Tucker zu.

Und drehte sich an ihm vorbei.

Schlingerte in Danas Richtung weiter.

Und kam dann direkt vor Chris Seligman zum Stehen.

Nein.

Mein Blick war immer noch mit dem von Tucker verschmolzen. In diesem Moment wusste ich, dass ich heute Abend nicht länger Flaschendrehen spielen würde. Nicht weil ich keine Lust hatte, einen Jungen zu küssen. Sondern weil es auf der Welt nur einen einzigen Jungen gab, den ich überhaupt geküsst hätte.

»Sitz nicht nur so da«, pflaumte Delilah mich an. »Es ist Chris. Jetzt steh auf.«

Ich tat nichts dergleichen.

»Das zählt nicht, Delilah«, mischte Tucker sich ein. »Sie hat die Flasche nicht gedreht – das warst du.«

»Wen kümmert es denn, wer die blöde Flasche bewegt hat?«, schrie Delilah. »Das Ding zeigt auf Chris, und jetzt soll sie gefälligst aufstehen und ihn küssen.«

»Nein, das werde ich nicht«, meinte ich. Meine Stimme zu hören überraschte mich selbst, doch die Worte waren nun mal raus. »Es hat rein gar nichts mit dir zu tun, Chris«, fügte ich rasch hinzu.

Chris zuckte lediglich mit der Schulter. Ihm schien das egal zu sein.

»Mir ist gerade erst klar geworden … Ich kann nicht einfach irgendeinen Typen küssen. Das wäre nicht …« Unvermittelt musste ich an Harper denken. »Es wäre nicht authentisch.«

»Was meinst du damit, *irgendeinen* Typen?«, kreischte Delilah mit schriller Stimme. »Darum geht es doch überhaupt erst!! Du benimmst dich echt wie ein Baby. Du kannst nicht einfach hier aufkreuzen und dann den Schwanz einziehen, sobald du an der Reihe bist. Wer mitspielt, *muss* mitspielen.«

Ich stand auf.

»Nein, muss ich nicht. Es gibt wirklich viele Dinge, die ich tun *muss*. Aber das gehört definitiv nicht dazu.« Harper hatte genau diesen Satz schon einmal gesagt, aber jetzt wurde mir zum ersten Mal klar, dass ich genau das Gleiche dachte.

Zum zweiten Mal an diesem Tag wurde mir klar, wie egal es mir war, was Delilah oder der Rest von mir dachte. Ich würde nicht mitspielen. Daran konnte keiner was ändern.

Delilah presste die Lippen zu einer superfiesen Linie zusammen.

»Es verstößt gegen die Regeln, einfach abzuhauen, sobald das Spiel angefangen hat«, meinte sie.

»Halt die Klappe, Delilah«, fuhr Mia sie an. »Du solltest allmählich Abschied nehmen von deinem Märchenschloss. *Keiner* lässt sich mehr von dir was sagen. Nicht dein Freund, und auch nicht die Neulinge. Gib endlich auf.«

»Also gut«, blaffte Delilah zurück. »Ich bin hier ja auch nicht der Babysitter. Dann geh mal schön heim zu Mami, Phoebe. Lass dir von ihr ein Glas Milch und Kekse geben, und dann kuschle ein bisschen mit deiner Elmo-Puppe.«

Das war eine so selten dämliche Bemerkung, dass es keiner Antwort bedurfte. Ich drehte mich um und wollte schon gehen, da sprang Savannah unvermittelt auf.

»Ich glaube, ich geh auch. Wir sehen uns dann bei der Premiere!«

Savannah warf mir ein nervöses, aber glückliches Lächeln zu, und gemeinsam marschierten wir Richtung Tür. Ich wollte nicht einfach so verschwinden, ohne noch kurz mit Tucker geredet zu haben, aber wir setzten hier ein Zeichen, deshalb mussten wir es durchziehen. Savannah verließ als Erste den Raum, und ich folgte ihr. Als ich durch die Tür ging, hörte ich Delilah wieder reden.

»Wir sollten eigentlich gar nicht zulassen, dass schon Siebtklässler in die Theater-AG aufgenommen werden«, meinte sie. »Ich werde Mr Romeo den Vorschlag unterbreiten …«

»Bringt endlich mal einer dieses Mädchen zum Schweigen!«, rief da Mia.

Ich nutzte die Gelegenheit, um die Tür hinter mir zuzuziehen.

Savannah stand auf dem Flur und sah mich mit großen Augen an.

»Du hast ja keine Vorstellung, wie erleichtert ich bin, dass du das getan hast. Du bist ja so was von mutig! Ich meine, das klang alles so cool und so, das Flaschendrehen. Aber als es dann ernst wurde, da wusste ich einfach, dass ich noch nicht bereit bin dafür. Ich hab aber auch keine Möglichkeit gesehen, einfach aufzustehen und abzuhauen, und dann machst du genau das. Phee … du bist echt meine Heldin!«

»Ach, Quatsch«, sagte ich grinsend.

»Im Ernst«, bekräftigte Savannah. »Das bist du. Wie hast du nur den Mut aufgebracht, Delilah die Stirn zu bieten? Hattest du auch das Gefühl, dass du noch nicht bereit bist für dieses Spiel?«

Ich holte tief Luft.

»Es ist komisch. Lange Zeit wollte ich echt mitspielen. Aber da ist dieser Junge, den ich wirklich … gernhab. Und jedes Mal, wenn ich an das Spiel dachte, konnte ich nur daran denken, wie die Flasche auf *ihn* zeigte. Erst heute Abend hab ich dann festgestellt, dass er mich wohl auch mag. Wie soll ich denn jemand anderen küssen, wo ich das doch jetzt weiß?«

Savannah stieß ein leises Seufzen aus.

»Das ist ja so romantisch«, meinte sie. Dann fügte sie zu meiner Überraschung noch hinzu: »Du bist echt ein total anständiges Mädchen.«

Das war etwas, was Harper hätte sagen können, sodass ich vollkommen perplex war. Das blonde Engelchen hatte eindeutig mehr auf dem Kasten, als ich gedacht hatte.

»Ich ruf jetzt meine Mom an und bitte sie, mich abzuholen – ich hab mein Handy dabei. Möchtest du, dass wir dich mitnehmen?«

»Das wäre klasse«, sagte ich erleichtert.

»Prima. Ich geh erst noch kurz zur Toilette. Kannst du einen Moment warten?«

»Klar«, meinte ich. Ich war ehrlich gesagt ziemlich versucht, mit Savannah auf dem Klo zu verschwinden, damit ich hier auf dem Flur nicht so blöd allein rumstehen musste. Aber ich redete mir ein, dass ich mir über so Zeug jetzt keine Gedanken mehr zu machen brauchte. Oh Mann, und das sollte sich als äußerst kluge Entscheidung herausstellen.

Denn während ich da stand und wartete, ging plötzlich die Tür zum Requisitenraum auf, und Tucker kam heraus.

»Cool. Ich hatte gehofft, du würdest warten«, meinte er. »Es gab da noch ein paar Dinge, die ich Delilah mal sagen wollte, bevor ich abhaue. Dinge, die wir alle ihr schon längst mal hätten sagen sollen. Bist du okay?«

Ob ich okay war. Ich. Okay. Ich war ungefähr so okay, als hätte ich soeben meinen ersten Oscar gewonnen.

»Ja, mir geht's gut«, sagte ich. Ich hatte ein abartig dämliches Grinsen im Gesicht. Bei Tucker zuckten jetzt auch schon die Mundwinkel nach oben. Nur dass er dabei so süße Grübchen bekam.

»Delilah hat sich echt danebenbenommen, die hat dieses Jahr so einen krassen Kommandoton drauf. War echt toll von dir, dass du ihr die Stirn geboten hast.«

»Das war nicht schwer«, hörte ich mich selbst sagen. »Weil ich nämlich nicht wollte … weil ich nichts anderes wollte …«

Tucker trat einen Schritt auf mich zu. Meine Knie schlotterten.

»Ich auch nicht«, sagte er. »Ich auch.«

Und dann. Beugte er sich vor. Und küsste. Meine Lippen.

Der Kuss war weich, wenn auch kurz, und es flogen definitiv mehr Funken als über der Freiheitsstatue am vierten Juli. Dann war es vorbei. Er lächelte. Und als wäre dieser Augenblick Teil von einem Stück, betrat jetzt Savannah, die soeben zurückkam, die Bühne.

»Hey, Leute!«

»Sendsmo«, flüsterte ich, während ich nickte und zu lächeln versuchte, statt vor Freude zu heulen.

»Sehn wir uns morgen?«, fragte Tucker im Flüsterton.

»Wir sehn uns morgen«, erwiderte ich.

Er winkte Savannah kurz zu, dann drehte er sich um und hüpfte schnell die Treppe hoch.

»Hey – meine Mom kommt uns hier abholen in …« Plötzlich verstummte Savannah und betrachtete aufmerksam mein Gesicht. »Alles in Ordnung mit dir?«

Ich grinste.

»Alles in Ordnung, Savannah. Ich fühle mich okay.«

Und so war es. Ich war okay. Klar hatte ich meine Fehler. Tucker hatte die auch. Aber keiner war ganz ohne Fehler, und ich wusste trotz allem, dass ich dennoch *außergewöhnlich* war. Harper war schon immer der Ansicht gewesen. Und nun dachte das auch Mr Romeo.

Was aber das Erstaunlichste war, auch das Objekt meiner Zuneigung teilte diese Meinung.

15

Vorhang auf!

Premierenabend. Wie oft durfte ein Mädchen eine Nacht wie diese erleben? Ich stellte mir vor, wie ich mir morgen zum Frühstück eine Schüssel gedämpften Reis mit Harper teilen würde, nachdem ich bei ihr übernachtet hätte, und dabei würden wir jeden einzelnen Augenblick sowohl des heutigen Abends als auch des gestrigen noch mal durchgehen, und zwar erst aus ihrer Perspektive und dann aus meiner. Insbesondere die Teile, die mit Tucker und dem nicht durch das Flaschendrehen herbeigeführten Kuss zu tun hatten. Doch vorerst war das alles noch nicht vorbei. Die beste Nacht meines Lebens breitete sich jetzt vor mir aus, und ich hätte am liebsten die Beine in den Boden gestemmt und mich an ihr festgeklammert, damit sie nie vorüberging.

Als ich in die Mädchengarderobe kam, lag da eine Rose auf dem Tisch gleich neben dem Haken, an dem mein Kostüm hing. Daran hing ein kleines Kärtchen mit meinem Namen drauf. Auf der Rückseite stand geschrieben: »Toi. Toi. Toi. Tucker.«

Beim Theater wünschte man sich traditionell »toi toi toi« und nicht »viel Glück«. Ich hatte immer davon geträumt, dass es bei meiner ersten Premiere jemand zu mir sagen würde. Ich hätte bloß nie erwartet, dass … ER es sein würde.

Die Liste der Dinge, über die ich mich freute und die mich zugleich verunsicherten, war also inzwischen ziemlich lang. Aber ich war nicht allein. Das gesamte Ensemble drehte vor Aufregung schier durch. Mit einer Ausnahme.

Delilah benahm sich ganz entschieden nicht so wie sonst. Sie wirkte bedrückt und ziemlich still. Die Leute gingen ihr aus dem Weg. Es war so seltsam, wie sich das auf einmal so komplett geändert hatte, dass sie mir fast schon leidtat. Als Mr Romeo uns auf unsere Positionen rief, saß Delilah einfach nur an ihrem Schminktisch, vollständig in Kostüm und mit Make-up, und starrte auf den Boden.

Ich war schon halb zur Tür raus, als ich doch noch einmal zögerte und mich umdrehte.

»Hey, Delilah«, sagte ich.

Sie sah zu mir auf und zog die Brauen ein wenig zusammen.

»Toi toi toi!«

Sie sagte keinen Ton. Stattdessen stand sie auf und drängte sich an mir vorbei. Was auch passiert war oder immer noch passieren mochte, Delilah würde ihr divenhaftes Gehabe wohl nie ablegen.

Als wir uns auf der Bühne hinter dem bislang noch gesenkten Vorhang in Position begeben hatten, da hüpfte ich fast vor Vorfreude auf den Beginn der Show. Aber ich wollte diesen Moment auch auskosten, wie ich hier mit meinen Schauspielkollegen stand, dem Lärm und dem Geraune der Leute auf ihren Plätzen lauschte und hörte, wie das kleine Orchester ein letztes Mal seine Instrumente stimmte. Ich versuchte mir genau einzuprägen, wo meine Eltern saßen, damit ich ihnen heimlich Blicke zuwerfen konnte. Ich war glücklicher, als ich es mir je hätte vorstellen können. Ich wollte einfach nur noch, dass die Zeit stehen blieb, und diesen Augenblick für immer genießen.

Doch dann hob sich der Vorhang, und die Lichter strahlten uns an, während die Musiker die ersten paar Takte zu »Fels des Heils« anstimmten.

Die Show konnte beginnen.

Noel Coward, der großartige Bühnenautor-Komponist-Regisseur-Schauspieler sang einmal die Zeilen:

»Schöner hätte es nicht sein können, oh nein, schöner hätte es nicht sein können«. Wie wahr.

Wenn ich nicht gerade auf der Bühne stand, verzog ich mich hinter die Seitenbühne und sog jeden einzelnen kostbaren Moment in mir auf. Alle waren super. Als Chris Seligman seinen Auftritt hatte, war es unmöglich, den Blick von ihm abzuwenden. Ben Pfeiffer sorgte dafür, dass das Publikum sich kugelte vor Lachen, weil er den fiesen Gaunerakzent so krass gut imitierte und er den harten Burschen mit seinem dämlichen Geprahle derart überzeugend darstellte. Mia stahl in ihrer Rolle als Adelaide allen die Show. Und obwohl sie vor dem Auftritt so niedergeschlagen gewesen war, zog Delilah als Sarah alle Register. Sie musste nach ihren Gesangseinlagen immer wieder mal eine Pause einlegen, weil das Publikum in spontane Beifallsbekundungen ausbrach. Wie tief sie auch gesunken sein mochte, ihre Bühnenqualitäten beeinträchtigte das nicht im Geringsten. Das gab ich neidlos zu. Delilah Fortescue war trotz allem eine großartige Schauspielerin.

Ich stand also seitlich von der Bühne und beobachtete Delilah und Bud bei einem ihrer großen Auftritte als sie »I've Never Been in Love Before« sangen. Delilahs Stimme klang lieblich und absolut klar. Überhaupt nicht das, was man erwartet hätte, wenn man … nun ja. Wenn man sie kannte.

»Hast du gehört, dass sie fast nicht auf die Bühne wollte?«, flüsterte mir eine piepsige Stimme aufgeregt ins Ohr.

Savannah stand so dicht hinter mir, dass ich sie fast Huckepack hatte.

»Du meinst Delilah?«, flüsterte ich zurück.

Savannah nickte.

»Weißt du noch, dieses kleine Pflaster auf ihrer Nase? Angeblich hat Mia heute Nachmittag nach der letzten Besprechung einfach die Hand ausgestreckt und es ihr von der Nase gerissen.«

Da ich jetzt unmöglich laut aufkreischen konnte, riss ich die Augenbrauen hoch und den Mund auf, so weit es ging. Savannah nickte eifrig.

»Und angeblich hat Delilah dann angefangen zu brüllen: *Es ist nicht ansteckend! Es ist nicht ansteckend!*«, flüsterte Savannah weiter.

»Moment mal. Ansteckend? Meint sie die Windpocken?«

Savannah nickte und wirkte empört.

»Sie wollte das verheimlichen, nicht nur damit sie heute Abend auf der Bühne stehen konnte, sondern auch wegen gestern, um beim Flaschendrehen mitmachen zu können! Da Bud ja definitiv mitspielen wollte, schätze ich, wollte Delilah sich nicht davon abbringen lassen, auch dabei zu sein.«

»Aber sie könnte das halbe Ensemble angesteckt haben!«

»Ja, genau«, flüsterte Savannah.

Aus dem Publikum war jetzt donnernder Applaus zu hören. Delilah und Bud hatten ihre Nummer beendet, und das bedeutete, es war jetzt Pause. Ich zerrte Savannah zur Treppe, die zum Requisitenraum führte, damit wir Bud und Delilah sehen konnten, wie sie von der Bühne kamen.

»Das wird ja immer besser«, sagte ich, erleichtert, dieses Gespräch endlich weiterführen können, ohne dauernd flüstern zu müssen.

»Aber es geht noch weiter«, meinte Savannah. »Mr Romeo war die ganze Zeit dabei. Was zu Mias Plan gehörte, schätze ich. Also hat er angeblich die Schulkrankenschwester kommen lassen. Die untersuchte dieses Ding auf Delilahs Nase, während diese immer wieder betonte, dass keiner sich Sorgen machen müsse, weil niemand von ihr die Windpocken bekommen würde, weil sie nämlich nicht ansteckend sei.«

»Aber woher will sie das denn wissen? Wie kann man denn Windpocken haben und *nicht* ansteckend sein?«

»Das geht nicht«, erwiderte Savannah. »Sie bestand wohl darauf, dass es so sei, weil sie wollte, dass es so ist. Dann beendet die Krankenschwester ihre Untersuchung des Dings auf Delilahs Nase, und dann dreht sie – die

Krankenschwester – sich zu Mr Romeo um und sagt: *Die junge Dame hat recht – sie ist nicht ansteckend.* Daraufhin erkundigt sich Mr Romeo, was das heißen solle, und die Schwester sagte: *Die junge Dame hat nicht die Windpocken. Sie hat nur einen ziemlich hartnäckigen fiesen Pickel. Unschön, aber nicht ansteckend.* Mia Kezdekian hat das Ganze mitgehört und es dann brühwarm Andrew erzählt, und der wiederum hat es mir erzählt. Genau das hat sie gesagt – unschön, aber nicht ansteckend.«

»Aber Delilah wusste nicht, dass es bloß ein Pickel war?«, meinte ich, während die Empörung in mir hochkochte. »Sie dachte ernsthaft, sie hätte die Windpocken, und hat versucht, das mit einem Pflaster zu tarnen?«

»Jep. Und jetzt behauptet sie, genau das die ganze Zeit gewusst zu haben und mit den Windpocken bloß einen Scherz gemacht zu haben«, erklärte Savannah.

Das war ja mies. Richtig, richtig mies. Nicht einmal von jemandem wie Delilah hätte ich so viel Rücksichtslosigkeit erwartet. Für sie zählte nur, dass sie die Kontrolle und das Sagen und die Hauptrolle hatte. Selbst wenn es bedeutete, ihre Klassenkameraden mit Windpocken anzustecken und so womöglich die komplette Vorstellung in Gefahr zu bringen.

Es war inzwischen schier unvorstellbar, dass ich dieses Mädchen mal angehimmelt hatte und der Meinung war, die Freundschaft mit ihr wäre für mich die Garantie, dass man mich akzeptierte. Stattdessen hatte ich Delilah vor der versammelten Theater-AG die Stirn geboten, und trotzdem schienen sie mich alle noch recht gern zu mögen. Obwohl es erst ein paar Wochen her war, kam es mir so vor, als wären Jahre vergangen, seit Delilah mich zu Hause besucht hatte. Ich hatte mich derart geehrt gefühlt und gedacht, es wäre von Bedeutung.

Die Pause dauerte lediglich zehn Minuten, und die Heißen Häschen brachten sich bereits in Aufstellung, um gleich ihren unglaublich witzigen Part mit dem Titel »Deinen Nerz kannste behalten« vorzutragen. Die Vorführung war bereits zur Hälfte vorüber. Nur noch ein paar Songs bis zur letzten großen Nummer des Missionarschors, wo wir den Background singen würden. Ich wollte Dana zur Sicherheit noch mal daran erinnern, dass sie heute Abend nicht wieder bei der falschen Strophe aufstand. Schließlich waren meine Eltern mit im Publikum. Und auch Dr. Tanaka und seine Frau.

Je fester ich mich an jeden einzelnen Augenblick klammerte, desto schneller schien die Zeit zu vergehen. Savannah, Andrew, Dana und ich standen hinter der Bühne und warteten auf unser Zeichen, auf das hin wir auf die Bühne gehen und uns zu Sergeant Sarahs großem Treffen zur Rettung der Sünder begeben sollten. Den Rest der Show würden wir dann mehr oder weniger die ganze Zeit auf der Bühne stehen.

Ich muss schon sagen, von unserem übermütigen Backgroundgesang (ohne einen Patzer von Dana dieses Mal) über Adelaides und Nathan Detroits letzte Nummer bis hin zu der Reprise der Hot Box Girls kurz vor der Doppelhochzeit lief alles perfekt. Ich kostete meine letzte Zeile voll und ganz aus, der Tatsache zum Trotz, dass ich sie gemeinsam mit den anderen Mitgliedern des Missionarschors sprach. Schließlich war es ja die einzige erste Premiere, die ich je erleben würde. Es würden noch viele Premieren kommen, aber niemals wieder eine erste.

Als die Lichter jetzt hell herableuchteten auf Adelaide und Nathan und Sarah und Sky, die in der Bühnenmitte standen, da rissen Savannah, Andrew, Dana und ich unsere Heilsarmeemützen vom Kopf und bejubelten die vier, während wir brüllten: »Auf die glücklichen Brautpaare!« Dann sang Savannah die erste Zeile von »Hoch soll er leben« für Delilah, unserem Sergeant Sarah. Und als ich hörte, wie klar sie mit ihrer süßen Chormädchenstimme sang, da wallte Stolz in mir auf. Bei den nächsten Zeilen fiel der Missionarschor ein, und schließlich stimmte auch noch das restliche Ensemble mit ein, bis wir zur Reprise von »Schwere Jungs und leichte Mädchen« überleiteten.

Wenn ihr noch nie mit einer Gruppe von Leuten auf einer Bühne gestanden und etwas gesungen habt, dann solltet ihr es mal ernsthaft in Erwägung ziehen. Ich kann ohne Einschränkung bestätigen, dass es kein besseres Gefühl auf der Welt gibt. Die Beleuchtung blendet einen, das Herz pocht einem bis zum Hals, man spürt das Publikum, selbst wenn man es nicht richtig sieht, und all diese singenden Stimmen erzeugen eine derart unglaubliche Energie, dass man sie meint mit Händen greifen zu können. Und während wir da standen und gemeinsam die letzte Nummer des Premierenabends intonierten, hatte ich das Gefühl, voll und ganz dazuzugehören. Ich war eine von ihnen. Außerdem waren diese Leute meine Freunde. Zumindest die meisten von ihnen. Fast spürte ich einen leichten Anflug von Zuneigung für Delilah. Sie hatte mehr Fehler als die meisten von uns. Aber sie war auch außergewöhnlich, als Schauspielerin. Ganz gleich, was sonst passiert war oder als was sie sich letzten Endes entpuppt hatte, dafür respektierte ich sie immer noch.

Als die letzte Zeile verklungen war und die Musik verstummte, stellte sich das komplette Ensemble für die Verbeugung auf. Ich war genau da, wo ich immer hatte sein wollen. Es gab kein inneres und äußeres Ich mehr. Nur noch mich. Und ich hätte nichts an diesem Augenblick oder an mir selbst ändern wollen, nicht um alles in der Welt.

Ich stand ziemlich am Rand, und während das Publikum applaudierte und jubelte und auf die Beine sprang, senkte sich der Vorhang, und ich huschte kurz von der Bühne, an der Stelle vorbei, wo ich vor langer Zeit gekotzt hatte, weil ich nämlich den liebsten Menschen auf der ganzen Welt entdeckt hatte. Harper Tanaka.

»Solltest du nicht in der Regiekabine sein?«, rief ich.

»Nicht nachdem ich das Zeichen für den letzten Auftritt gegeben habe«, meinte sie. »Ich wollte dich umarmen, ich wollte bei dir sein, das mit dir gemeinsam erleben.«

»Und ob du das mit mir erlebst!«, rief ich. »Wir müssen noch mal raus und uns verbeugen – gleich geht der Vorhang wieder hoch. Los, komm!«

»Nein!«

Harper lehnte sich mit aller Kraft in die andere Richtung, wie ihr Hund das immer tat, wenn sie mit ihm spazieren gehen wollte. Doch ich hatte von Savannah so einiges über den Streifenhörnchen-Todesgriff gelernt, deshalb hielt ich dagegen und zerrte meine beste Freundin hinter mir her. Und dann waren wir beide plötzlich auf der Bühne, gleich neben Savannah, die ohne Zögern rüberrückte, um Platz für uns zu machen.

Ich sah, wie Harpers Eltern lachten und überrascht auf ihre Tochter deuteten, als sie sie auf der Bühne entdeckten. Meine Eltern winkten mir begeistert zu, und meine Mutter tupfte sich sogar mit einem Taschentuch die Augen.

Das Ensemble rief durcheinander und gestikulierte wild, und dann tauchte Mr Romeo auf – er schien förmlich auf die Bühne zu schweben. Er war wie aus dem Ei gepellt, einfach umwerfend in seinem nachtschwarzen Anzug und den Bügelfalten, die so akkurat waren, dass man etwas damit hätte schneiden können. Vollkommen ruhig vollführte er seine wohlverdiente Verbeugung, dann glitt er wieder von der Bühne.

Ich strahlte meine Kameraden an, während sie sich einer nach dem anderen verbeugten. Tucker winkte mir zu, und ich tat es ihm gleich. Chris Seligman hatte die Hände vor dem Körper verschränkt und die Augen geschlossen, wobei er von Zeit zu Zeit eine leichte Verbeugung machte. Mia und Bud legten eine Art Tango hin, und Delilah stand ein bisschen abseits, mit einem starren Lächeln im Gesicht, das nicht ihren üblichen theatralischen Qualitäten gerecht wurde. So viel Arbeit, so viele Dramen, alles für diesen einen Augenblick. Ob es das wert war?

Absolut.

Am Sonntagnachmittag würden wir die abschließende Vorstellung geben, dann würden das Bühnenbild abgebaut, die Kostüme in den Fundus zurückgeräumt und jegliche Spuren unseres Schaffens beseitigt werden.

Bald schon stand der Vorsprechtermin der nächsten Frühjahrsproduktion an. Vielleicht würden Delilah und Bud ihre glänzende Bilanz halten können und wieder das Hauptrollenpaar geben. Doch nach allem, was ich gesehen hatte, schien es mir wahrscheinlicher, dass sie bis dahin gar nicht mehr zusammen wären. Vielleicht würde Mia Kezdekian die beiden mit ihrem eigenen unglaublichen Talent ausstechen. Und wer weiß? Vielleicht bekam ich ja dann selbst eine reizvolle Rolle. Schließlich erwartete Mr Romeo persönlich Großes von mir.

Was wohl aus dem nächsten Flaschendrehen werden würde? Die Zukunft würde zeigen, wo ich dann stand. Im Augenblick war ich jedenfalls nur an einer einzigen Flasche interessiert, einer Flasche eisgekühlter Cola nämlich. Das Flaschendrehen hatte im Moment keinerlei Reiz für mich. Ich war hier, auf der Bühne. Harper war immer noch meine beste Freundin. Und das Objekt meiner Zuneigung hatte mir einen Kuss und eine Rose geschenkt.

Ich hatte meine Fehler. Ich war bemerkenswert. Ich war ich.

Ende